500년 고전(古典)이 시대에 던지는 메시지

혼돈의 시대
수호전을
다시 읽다

구주모 지음

초판 1쇄 발행 2016년 11월 21일

지은이   구주모
펴낸이   구주모

편집책임   김주완
표지·편집   서정인
일러스트   권범철
유통·마케팅 정원한

펴낸곳   도서출판 피플파워
주소   (우)51320 경상남도 창원시 마산회원구 삼호로38(양덕동)
전화   (055)250-0190
홈페이지   www.idomin.com
블로그   peoplesbooks.tistory.com
페이스북   www.facebook.com/pepobooks

ISBN   979-11-86351-10-9 (03820)

이 도서의 국립중앙도서관 출판예정도서목록(CIP)은 서지정보유통지원시스템 홈페이지(http://seoji.nl.go.kr)와
국가자료공동목록시스템(http://www.nl.go.kr/kolisnet)에서 이용하실 수 있습니다. (CIP제어번호 : CIP2016026894)

혼돈의 시대
수호전을
다시 읽다

차례

01. 술과 고기 그리고 사내

02. 일그러진 권력, 신음하는 사람들

07. "악인들은 각오하라" 뚱뚱한 중 이야기

08. 증오받던 이데올로기 유교儒教

09. 찬양받던 이데올로기 도불道佛

10. 흑선풍 쌍도끼와 살인미학

17. 길 잃은 영웅, 산채에 오르다

18. <수호전>을 다시 음미하다

수호전 서문

육지는 사각형이고, 하늘은 둥글다. 중국인들이 지닌 전통적 지리 관념이다. 이 사각형 땅 끝에 물이 있으니 이를 '수호水滸'라고 한다. 즉 수호란 영토 바깥 물을 일컫는 것으로, 국가권력이 미치지 못하는 곳이다. 따라서 수호에 사는 사람들은 통제받지 않는 백성이라고 할 수 있다. 그들을 다룬 이야기가 바로 〈수호전水滸傳〉이다. 개인이나 집단이 겪은 일을 기록한 것이 '전'이니, 수호전은 권력 바깥에 사는 사람들을 기록한 이야기가 된다.

구전口傳으로 접하던 수호전을 정식으로 읽은 건 40년 전인 1976년이다. 정음사판 70회본으로 기억한다. 한문 투 문장이 상당히 낯설기는 해도 별로 어렵게 느껴지지 않았다. 단숨에 두 권을 다 읽었는데, 보는 내내 가슴이 먹먹했던 기억이 생생하다.

"자세히 듣거라! 태조무덕황제太祖武德皇帝가 만든 구제舊制에 무릇 신도배군新到配軍에게는 반드시 일백살위봉一百殺威棒을 먹이라고 돼 있다!"

무송이 맹주 유배지에 갔을 때 감옥 책임자인 관영이 하는 소리다. 이 말은 '송나라 태조 조광윤이 만든 형벌제도에 의거, 귀양지에 새로 오는 죄수에게는 반드시 일백 대 곤장을 치게 돼 있다'는 뜻이다. 신도배군이니, 일백살위봉이니 하는 구절이 그 당시 귀에 쏙쏙 들어왔으니, 지금 생각해도 신기하다.

오랫동안 잊고 지내던 수호전을 다시 만난 건 12년쯤 전이다. 경남도민일보 주말판인 〈위클리 경남〉에 '서가에서 다시 꺼낸 책'이란 주제로 서평을 연재하고 있을 때다. 불현듯 〈수호전〉이 떠올라 검색해보니 연변대학에서 번역한 〈신역新譯 수호지〉가 있었다. 괜찮은 번역이라고 소개돼 있길래 글을 쓰면서 수호전을 다시 되새김질했다. 120회본인 데다 한글 투 번역이라 옛 정취는 나지 않았지만 한글 세대를 겨냥한 듯한 글이 그런대로 괜찮았다.

〈수호전〉을 주제로 평론집을 계획한 건 요 근래 일이다. 졸저 〈수필 삼국지〉를 낸 지 시간이 제법 흐른 터라 손이 근질근질하던 차에, 지난해부터 동료들이 관심분야를 살린 2탄을 내면 어떻겠느냐고 살살 부채질을 해댔다. 마침 경남도민일보가 출판사 '피플파워'를 통해 좋은 콘텐츠를 쏟아내기 시작한지라 사장으로서 뭔가 역할을 해야겠다는 생각도 들었다.

서술형식은 전작처럼 〈수호전〉에 담긴 함의含意를 몇 가지 주제-주인공을 붙여서로 나눠 평론하는 방식을 택했다. 더불어 〈수호전〉이 소설인 만큼 텍스트에 들어 있는 생동감 있는 대화나 이야기를 실어, 재미를 더하고자 했다. 고전 중의 고전인 수호 이야기를 아는 사람들이라면 한 번쯤 읽어볼만한 거리로 만들고자 고심했다. 〈수호전〉 얼개를 모르는 초심자들은 '해제解題'에 해당하는 '읽기에 앞서' 편을 정독한다면 그런대로 내용을 소화할 수 있지 않나 싶다.

〈수호전〉을 다시 읽으면서, 또 고금에 널려 있는 수호 평評을 새롭게 마주하면서 새삼 느낀 것은 〈수호전〉이 던지는 메시지가 이 시대에도 여전히 유효하다는 점이다. 〈수호전〉은 단순히 소설배경인 송대宋代나 소설이 완성된 명대明代에 국한된 이야기가 아니다. 그 당시 '무전유죄'에 시달리고 권력에 핍박받던 백성들은 지금도 다른 얼굴로 도처에서 발견된다.

　수호 이야기는 권귀權貴·벼슬이 높고 권세가 강한 사람가 토지를 겸병하고 백성을 수탈하던 참담한 역사를 정면으로 치받은 내용이자, 불의를 응징하는 칼부림이 난무하는 서사시다. '억강부약抑强扶弱·강한 자를 누르고 약한 자를 도움'을 기치로 내건 이런 내용 때문에 힘든 삶을 살아온 하층민들은 수백 년 동안 〈수호전〉에 변치 않는 지지를 보냈다.

　작자는 또 엄혹했던 당대 상황을 가감 없이 비판하면서도 소설 속 인물들을 이상화하지 않았다. 배신과 폭력, 익살과 해학으로 아픈 시대상을 생생하게 그려냈기에 〈수호전〉은 '인정人情과 물태物態'가 살아 꿈틀거리는 고전이 됐다.

이 책은 방영학 송도진이 옮긴 '글항아리'판 70회본을 바탕으로, 최영해가 번역한 '정음사'판을 참조해 18개 장章으로 구성했다. 전체 얼개나 내용은 70회본에 따랐지만 어휘연구나 주인공 송강 등에 관한 몇몇 부분은 120회본도 참고했다. 또 어떤 주제나 인물 위주로 이야기를 전개하다 보니 내용이 조금씩 겹치는 부분이 있었다. 이 점 양해 바란다.

글을 써내려가는 동안 네 사람에게 큰 신세를 졌다. 첫째는 바로 명말청초明末淸初 문인 김성탄이다. 120회본 〈수호전〉을 70회본으로 줄여 제오재자서第五才子書란 이름으로 내놓은 성탄이야말로 〈수호전〉을 〈수호전〉답게 만든 일등공신이다. 〈수호전〉에 쏟아지는 그 많은 찬사 중 상당 부분은 성탄에게 돌아가야 할 듯싶다. 그래서 수백 년 전 스러진 인물이지만 그 이름을 다시 한 번 불러본다.

둘째는 성탄과 〈수호전〉을 천착한 이승수 교수다. 주요 등장인물인 송강, 이규, 노지심, 무송, 임충, 삼완三阮에 대해 성탄이 가한 분석은 모두 이 교수 논문을 통해 얻을 수 있었다. 개인적인 연은 없지만 그 노고에 감사드린다.

〈수호전 평설〉을 쓴 진기환 씨도 빠트릴 수 없다. 수호전 체제를 깊이 있는 분석과 함께 일목요연하게 정리한 이 책에서 많은 이야깃거리를 얻을 수 있었다.

평소 책을 통해 자주 접하는 일본 학자 미야자키 이치사다는 이번에도 큰 도움이 됐다. 그가 펴낸 〈중국사의 대가, 수호전을 역사로 읽다〉는 오래 전에 구입한 책인데, 소설 배경을 살피는 데 유용했다. 그런가 하면 〈중국의 시험지옥-과거〉를 비롯한 다른 책들도 좋은 길잡이가 됐다. 그 외 참고한 주요 도서와 논문들도 감사한 마음을 담아 말미에 목록을 만들어 놓았다.

명말청초 시대상황과 지금이 많이 다르다고는 하나 사람들이 맞닥뜨리는 '힘든 현실'은 그때나 이제나 별반 차이가 없는 것 같다. 이 책은 '억강부약'을 기치로, 인간 본성을 주 내용으로, 소설적 재미를 외피로 한 〈수호전〉을 지금 우리 눈높이에 갖다 놓으려 애쓴 결과물이다. 가슴이 답답한 이들에게 작으나마 위안이 됐으면 한다.

2016년 11월 구주모

읽기에 앞서

흔히 〈성경〉이 역대 최고 베스트셀러라고 말하는데, 사실 〈수호전〉도 그에 못지않다. '김성탄 70회본'을 읽기 위해 부녀자들이 가장집물家藏什物·살림도구을 내다파는 바람에 가산을 탕진할 정도라는 구절이 조선시대 기록에 나온다. 시중에 널리 퍼진 그 인기가 어땠는지 짐작이 간다.

플롯이 정교하고 심리묘사가 주종을 이루는 현대 서양소설에 익숙한 독자들은 철 지난 옛날이야기로 치부할지 모르나, 동양 고전이란 독자적 관점에서 본다면 〈수호전〉은 아직도 탄탄한 생명력을 자랑하는 작품이다.

소설은 배경인 송나라 사회와 등장인물들을 풍부한 필치로 생생하게 묘사하고 있다. 풍속화를 방불케 하는 이런 묘사 때문에 지금도 "중매인을 그리면 정말 중매인, 개구쟁이를 묘사하면 정말 개구쟁이가 나오는 듯하다"는 찬사가 끊이지 않는다.

고전소설에 으레 등장하는 이분법적 시각도 찾아보기 힘들다. 선인과 악인이 대립하는 구도가 많으나, 그렇다고 '고결하고 자비로운' 선인이 나타나진 않는다. '파사현정破邪顯正'을 실현하는 주인공이지만 노지심과 무송은 성격이 거친 데다 자못 폭력적이다.

'전傳'이란 말에서 알 수 있듯이 〈수호전〉은 별다른 인과관계 없이 주인공이 연이어 등장하는 장회소설章回小說 구조다. 이야기를 이끌어가는 주인공들은 대부분 핍박받는 하층 영웅이다. 이들은 제각기 모험을 겪다 이런저런 연결고리를 통해 차례차례 양산박에 집결한다. 70회본은 '체천행도替天行道·하늘을 대신해 도를 행한다'라는 기치 아래 108두령이 모두 모여 배맹拜盟·단체결성 의식을 거행하는 것으로 마무리된다.

36천강성과 72지살성으로 구성되는 108두령이 〈수호전〉 주인공이지만 108두령이 모두 같은 무게로 다뤄지진 않는다. 자기 이야기傳를 가지고 있는 주연은 사진, 노지심, 임충, 양지, 송강, 무송, 이규, 양웅과 석수, 노준의 정도다. 도드라지는 조연급은 조개와 오용, 공손승, 화영과 진명, 시진, 장순, 주동과 뇌횡, 손립, 호연작, 시천 등 30여 명이다. 나머지는 대부분 단역이다.

양산박에 오르는 호한들은 크게 세 부류로 나뉜다. 첫째 가장 많은 숫자를 차지하는 부류로, 바로 밑바닥 인생이다. 어부였던 삼완을 비롯해 산적山賊 수적水賊 전력을 지닌 이가 바로 그들이다. 의협기질을 공통적으로 갖고 있긴 하나 생활방식은 살인·방화를 밥 먹듯 하는 무뢰배 도적이다. 둘째 하급 군인이나 서리 출신이다. 송강 임충 양지 무송 대종 등이 여기에 속한다고 할 수 있다. 뛰어난 무예와 자질을 갖추고 있으나 문관 중심 사회에서 뜻을 펼치기 어려운 이들이다. 셋째 항복한 장수들이다. 조정에서 인정하는 무관들이지만 전투에서 양산박군에 패하는 바람에 갈 곳을 잃은 사람이다. 송강은 이들을 회유해 양산박에 끌어들인다.

이들은 서로, 혹은 다른 악역과 얽히며 거대한 드라마를 만들어낸다. 이 드라마는 핍박과 생존이란 구도를 바탕으로 한편으론 의협과 인정을, 다른 한편으론 배신과 폭력을 교직시킨 대 서사시다.

108두령이 안착한 양산박 대척점에는 주로 벼슬아치로 대표되는 악역이 도사리고 있다. 고구와 채경은 권력으로 백성을 짓눌러 '관핍민반官逼民反'을 초래하는 당사자다. 이들에게 빌붙어 호가호위狐假虎威하는 말종들 또한 다양한 형태로 그 얼굴을 드러낸다. 이른바 황제가 혼미하니 간신이 판을 치고, 목민관이 피를 빠니 백성들이 울부짖는다는 형국이다.

전傳을 지닌 주연을 간략하게 정리하면 다음과 같다. 구문룡 사진史進은 사가촌史家村 촌장 아들이다. 처음 등장하는 주인공으로, 왕진을 만나 18반 무예를 익힌 후 강호에 이름을 떨치는 호한이 된다. 호쾌하고 의리 있는 성격으로 노지심을 만나 의기투합한다.

민중들에게 가장 사랑받는 캐릭터인 노지심魯智深은 일자무식 군관이지만 불의를 보면 참지 못하는 열혈남아다. 호탕한 기개에다 62근 선장禪杖을 자유자재로 휘두르는 노지심은 가난한 백성들을 괴롭히는 정도를 죽이고 스님이 되어 강호를 방랑한다. 그는 이 과정에서 독자들을 울리고 웃기는 수많은 이야깃거리를 만들어낸다.

출중한 무용을 지닌 임충林冲은 전형적인 '관핍민반'형 주인공이다. 마누라를 탐하는 권력자 고구 일당에게 쫓겨 살인을 저지르고 양산박에 입산한다. 그는 일신의 이익만 도모하는 산채 주인 왕륜을 죽이고 양산박을 진정한 호걸들이 거주하는 공간으로 재편한다.

양지楊志는 도저히 도적이 될 수 없는 인물이지만, 자신이 호송 책임을 맡았던 뇌물짐이 털리자 도리 없이 입산하는 케이스다. 임충에 필적하는 무예를 지닌 양지가 북경에서 삭초와 벌인 무술시합은 실제 사례처럼 인용될 정도로 유명하다.

송강宋江은 양산박 대두령이다. 도적떼 두목이라면 통상 험상궂고 포악한 이미지로 그려지지만 그는 검고 소박한(?) 외모에 키까지 작다. 게다가 시골 관아 아전 출신이다. 그러나 급시우及時雨란 별명이 말해주듯 재물을 우습게 알고 곤경에 처한 타인을 적극적으로 돕는 사람이다. 몸은 작으나 의기가 태산같아 강호인들이 신처럼 떠받든다.

송강은 생신강뇌물짐 탈취 사건이 터진 후 범인인 조개 일행이 쫓기자 몰래 그를 피신시킨다. 108두령은 이 사건을 계기로 다들 양산박에 집결한다. 따라서 송강은 호걸들을 양산박으로 인도하는 역할을 하는 사람이자, 나중에 대두령으로서 양산박을 호령하는 이가 된다.

'정의를 실천하는 재판관'으로 불리는 무송武松은 천신 같은 용력으로 호랑이를 때려잡은 사나이다. 형을 독살한 형수 반금련과 간부姦夫 서문경을 죽이고, 맹주에서 자신을 함정에 빠트린 장도감 일행을 척살하는 과정은 동양사회에서 전설로 남아 있다. 그는 또한 술과 관련된 수많은 일화를 생산한다.

'문제적' 인간 이규李逵는 〈수호전〉에 담긴 폭력미학을 대표하는 주인공이다. 그는 〈수호전〉 36천강성 중 '하늘에서 하강한 살인 별'이란 뜻을 지닌 천살성天殺星이다. 어떤 고려도 없이 쌍도끼로 저지르는 살인 행각은 오늘날까지 엄청난 논란을 불러일으키고 있다. 때문에 인간에게 내재된 폭력성을 가차없이 표출했다는 찬사와 함께 인간이 넘지 말아야 할 선을 넘은 괴물이란 악평이 교차한다.

양웅楊雄과 석수石秀는 의형제 캐릭터를 상징하는 호한이다. 음산하고 총명한 석수는 의형 양웅을 위해 형수 반교운이 벌이는 간통행각을 밝히고, 양웅과 함께 그녀를 처단한 후 양산박에 오른다.

하북 사람 노준의盧俊義는 앞선 두령들과는 상당히 다른 배경을 지닌 이다. 부자로, 또 호걸로 이름 높은 그는 도적이 될 것이라곤 꿈도 꾸지 않는 사람이지만 오용이 안배한 계교에 넘어가 우여곡절 끝에 양산박 둘째 두령이 된다.

조연급으로 가장 중요한 인물은 조개晁蓋다. 뇌물짐 탈취 주범인 그는 송강의 도움으로 도망친 양산박에서 대두령 자리에 오르나 후일 증두시 전투에서 화살을 맞고 죽는다. 단 몸은 스러졌으되 영혼은 남아 양산박을 지키는 수호신이 된다. 뇌물짐 탈취에 가담했던 완씨阮氏 삼형제(완소이 완소오 완소칠)는 가난 때문에 세상에 원한 많은 밑바닥 인생으로 살던 이들이다. 그러다 강도짓을 벌인 후 폭력적인 본성을 드러내며 양산박을 대표하는 호한이 된다.

이 외에 특기할 만한 인물은 심양강에서 강도로 활약하던 장횡 장순 형제, 궁술로 위세를 떨치는 화영, 진명과 호연작을 비롯해 양산박을 토벌하러 왔다가 산채에 가담하는 장수들, 군사軍師로 활약하는 오용, 전령사로 종횡무진하는 대종, 하급 군관인 주동과 뇌횡, 경상지협卿相之俠·재물과 권세로 협행을 하는 사람으로 알려진 시진 등을 꼽을 수 있다.

〈수호전〉 70회본-100회본이나 120회본에서는 71회까지-전반부는 비교적 질서 있는 열전列傳 형식으로 구성된다. 앞서 언급한 호한들이 차례로 등장해 파란 많은 행보를 선보인다. 후반부는 송강과 이규가 교대로 중심에 나타나 다채로운 이야기를 펼치는가 하면, 정예 군대로 재편된 양산박군이 인근 토호집단과 주부州府·지방정부를 공략하는 내용을 담고 있다.

특이한 건 서장序章에 해당하는 설자楔子나 소설 중간중간에 보이는 도가道家 이야기다. 마왕이 나타나고 도술이 횡행하니 사람들이 공포에 떤다. 황당한 이야기인 듯하나 시대 배경을 감안하면 오히려 그 독특한 구성에 박수를 보내야 할 듯싶다.

〈수호전〉은 단순한 소설이 아니다. 지금과 같은 스토리로 완성된 지 무려 500년이 지나도록 독자들을 흡인해온 마력을 지니고 있다. 옛 선비들은 세상 일이 답답할 때면 늘 '간탐奸貪과 악인을 단칼에 처치하는' 〈수호전〉을 보면서 통쾌함을 느꼈다고 한다.

시중에 나와 있는 〈수호전〉 번역본은 대부분 120회본이다. 회차가 많아 더 풍부한 이야기를 담고 있는 듯하나 속사정은 그게 아니다. 출판사들이 이 책을 많이 팔아먹기 위해 양 많은 120회본을 택한 것에 불과하다. 사실 120회본 후반부는 도저히 읽기 힘들 정도로 지루하다. 생동감 있는 인물들은 어디론가 사라지고 명령에 따라 치러지는 지루한 군담軍談만 가득하다. 게다가 그 군담이란 조정에 귀순한 양산박 두령들이 다른 반란군과 외국군을 토벌하는 이야기다. '수호水滸'라는 양산박 본질이 무색해지는 대목이다.

후대에 많은 이들에게 큰 감동을 선사한 건 김성탄이 개작한 〈제오재자서〉 70회본이다. 동양 사회에서 지금까지 〈수호전〉으로 알려진 건 거개가 이 70회본이다. 108두령이 양산박에 집결하는 것으로 끝을 맺으니 부패한 권력에 대항한 양산박 기조가 온전히 보존된다. 성탄은 여기다 소설을 심층 분석해 구절구절마다 빛나는 평론을 남겼다.

명말청초明末淸初를 살았던 성탄은 청나라 초기 억울한 백성들을 대변하다 소요 선동죄를 뒤집어쓰고 무참하게 사형당했다. 시대가 하 수상하니 다시 한 번 〈수호전〉을 음미할 때다.

01

술과 고기 그리고 사내

무송이 경양강 주점에서 큰 사발에 술을 연거푸 들이키자
주인이 걱정스러운 표정으로 지켜보고 있다.

주육酒肉과 호한好漢

연암 박지원이 연경燕京·베이징에 갔을 때다. 주점에 들러 술을 청하니 일하는 아이가 물었다.

"몇 냥어치 드시겠습니까?"

당시 연경에서는 술을 무게로 팔았다. 연암은 넉 냥어치를 시킨 뒤 술을 데우러 가는 아이에게 그냥 차게 가져오라고 했다.

연암은 이어 작은 술 종지를 쓸어버리고 외쳤다.

"커다란 술 종지를 가져와."

그러고는 거기에 술을 부어 단번에 들이마셨다. 되놈들이 보고 벌어진 입을 다물지 못했다.

청 왕조가 지배하던 이 당시 중국은 술 마시는 법도가 엄했다고 한다. 술은 늘 데워서 마셨다. 도수 높은 소주도 예외가 아니었다. 잔은 은행알만한 종지였다. 여기에 술을 부어 천천히 먹는 게 법도였다.

이런 되놈들이 보기에 연암은 기인奇人이었다. 처음 술을 차게 가져오라고 하자 일하는 아이가 웃었다. '별놈 다 보겠다'는 뜻에서 나온 웃음이다.

대접에 든 찬 술을 한꺼번에 들이켜자 이번엔 손님들이 놀랐다. 연암은 찬 술 주문에 삼 푼쯤 놀란 되놈들이 술을 한꺼번에 마시는 걸 보고는 다들 자신을 두려워했다고 썼다. 〈열하일기〉에 나오는 이야기다.

삼완불과강을 넘어선 호한

그렇다면 중국인들은 왜 그처럼 술을 쪼잔하게 마셨을까? 은행알 같은 종지라든지, 일일이 데워 먹는 주법은 독특하다 못해 상당히 낯설다. 아마도 도수 높은 증류주-고량주 등-가 유입된 후 생긴 문화가 아닌가 싶다.

양산박 호한들은 청나라 오랑캐와 달랐다. 그들은 술을 연암처럼 마셨다. 경양강에서 호랑이를 때려잡은 무송武松은 큰 대접에 술을 가득 따라 마시던 대표적인 호한好漢이다. 호한이란 상남자, 사내 대장부를 일컫는다.

그는 경양강 입구 주점에서 술을 무려 18잔이나 마신다. 그것도 종지가 아닌 큰 사발로 들이켰다. 웬만큼 술을 마시는 사람이라도 견디기 어려운 주량이다.

주점 주인이 원래 내건 주령酒令은 '삼완불과강三碗不過崗'이다. 즉 석 잔 이상을 마시고는 고개를 넘을 수 없다는 말이다. 호랑이가 목숨을 노리는데 어찌 술에 취할 수 있느냐는 것이다. 그래서 그는 무송이 석 잔을 마시고 술을 더 청하자 단호하게 거절한다.

"손님! 우리 집 술은 '투병향透瓶香·향기가 술병을 뚫고 나감'으로 불릴 만큼 좋은 술이지만 한편으로는 '출문도出門倒·문을 나가자마자 쓰러짐'로 불릴 정도로 독한 술입니다."

술에 대한 자부심과 고객을 배려하는 마음가짐이 어우러진 발언이다. 물론 이 발언은 무송을 달래지 못한다.

만주족 문화가 이식된 청나라 주법酒法과는 완전 딴판이다. 〈수호전〉을 읽는 독자들은 이 부분에서 늘 헷갈린다. '출문도'라는 이름에서 보듯 경양강 주점 술은 독한 술이다. 그런데 이런 독주를 사발에 부어 마실 수 있나? 위스키를 막걸리 잔으로 먹을 수 있나?

그들이 즐긴 술은 독주가 아니었다

〈수호전〉이 쓰어진 시대 배경은 송宋대다. 현대 중국인들이 즐겨 마시는 고량주, 즉 도수 높은 백주는 원나라 때 페르시아에서 전래됐다. 소설 속 호한들이 마시던 술은 20도 이하인 황주黃酒다. 조강을 거르지 않은 술이라 마시기도 했지만 숟가락으로 떠먹기도 했다. 그래서 '마시는喝酒'것이 아니라 '먹었다吃酒'라고도 썼다. 황주는 독한 맥주나 우리나라 막걸리 정도로보면 적당하다.

그렇지 않고서야 무송이 어찌 사발에 18잔이나 되는 독주를 마실 수 있으리오? 아니 시은을 위해 장문신을 때려잡는 쾌활림에서는 30잔 이상을 마신다. 술에 정통한 사람들은 무송이 고량주와 같은 술을 사발로 18잔이나 마셨다면 호랑이를 때려잡거나 장문신을 쓰러뜨리기 전에 자신이 먼저 쓰러졌을 것이라고 입을 모은다.

술과 시문詩文으로 일세를 풍미한 이태백은 '월하독작月下獨酌'이란 시에서 이렇게 노래했다.

"꽃밭 가운데 술 한 항아리花間一壺酒 / 함께하는 이 없어 홀로 마신다獨酌無相親"

이태백이 살던 당나라 때에는 독한 고량주가 없었다. 만약 그가 마신 술이 고량주라고 한다면 혼자서 한 항아리를 견딘 셈이다. 그래서 시상이 떠오르기는커녕 생명이 위태로웠을 것이라고 한 지적은 전적으로 옳다.

이백은 또한 '장진주將進酒'에서 '팽양재우차위락烹羊宰牛且爲樂 / 회수일음삼백배會須一飮三百杯'라고 했다. 술 권하는 시를 통해 "양을 삶고 소를 잡아 그저 즐거야 하나니 / 한 번 마시면 반드시 삼백 잔은 마셔야 한다!"는 것이다. 한 번 흥이 일어 마시니 최소한 삼백 잔이라는 말은 이 술이 곧 지금과 같은 독주가 아니라는 뜻이다. 술이 센 사람이라면 황주 18잔 정도는 충분히 도전하고픈 양이다.

큰 주발에 술 마시고 고기는 덩어리로

무송처럼 양산박 호한들이 가장 중시한 생활철학은 '음대완주飮大碗酒 식대괴육食大塊肉'이다. 큰 주발에 술 마시고 커다란 고깃덩어리 먹는 것을 최고로 쳤다. 그래서 주점에 앉았다 하면 종업원에게 하는 첫마디가 술을 있는 대로 내오고 고기를 큼지막하게 썰어 오라는 분부다.

유사 이래 협객俠客을 자처하던 이들은 하나같이 술을 즐겼다. 〈사기史記〉에는 명성이 자자했던 고대 협객 형가가 이렇게 묘사돼 있다.

"형가는 술을 좋아하여 매일 백정 고점리와 시장에서 술을 마셨는데, 거나하게 취하면 고점리는 축筑·고대 악기을 치고 형가는 박자에 맞춰 노래를 부르며 한껏 즐거워하였다."

명색이 협객 전통을 잇는 양산박 호한들이 술을 마다했다면 오히려 그게 이상한 일이다. 오용이 생신강生辰綱·권력자에게 바치던 생신뇌물을 탈취하기 위해 완씨 삼형제를 처음 만났을 때다. 완소오가 양산박 무리를 부러워하며 말한다.

"술은 항아리로 마시고, 고기는 덩어리로 뜯어먹으니 어찌 즐겁지 않겠소?"

노준의를 구하러 북경에 간 석수가 거리가 보이는 주점에 앉았을 때다. 주보酒保·술집 종업원가 다가와 "손님, 누구를 기다렸다 함께 드실 겁니까? 아니면 혼자 드시겠습니까?" 하고 묻는다.

"술은 커다란 사발로 가져오고 고기는 큼직하게 썰어 오거라. 그냥 가져오면 되지 뭘 묻고 지랄이냐?"

석수가 호통치듯 내뱉는 소리에 주보는 화들짝 놀란다.

노지심이 대상국사 채마밭을 지키던 무뢰한들에게 술을 살 때도 그랬다. 큰 잔에 술을 따르고 큼지막하게 고기를 썰어 모두 양껏 먹었다. '음대완주 식대괴육'은 누가 어떤 자리에서도 당연히 지켜야 할 '호한 공식公式'이었다.

송강은 유배지 강주에서 노닐다 적적한 심사를 달래려고 심양루에 오른다. 그는 여기서 '남교풍월南郊風月'이란, 근사한 이름을 가진 술을 시킨다. 흡사 칵테일 이름을 연상시키는 이 술은 그러나 한 잔이 아니라 무려 한 동이다.

흑선풍 이규는 한 술 더 뜬다. 강주에서 송강과 식사를 할 때 이규는 생선탕 세 그릇을 뼈까지 다 씹어 먹는다. 놀란 송강이 주보를 부른다.

"여기 이형이 배가 많이 고프다. 가서 고기 두 근을 썰어 오너라."

그러자 주보는 소고기는 없다며 양고기를 시키면 내오겠다고 한다. 〈수호전〉에 등장하는 고기는 소고기가 주종을 이룬다. 흔히 중국인들이 돼지고기를 주로 먹는다고 하지만 소설에 묘사된 송대宋代 고기는 소고기가 압도적이다.

주보는 손님들이 당연히 소고기를 시킬 줄 알고 양고기밖에 취급하지 않는다고 한 것이다. 이 말을 듣자 이규는 갑자기 생선 국물을 주보에게 퍼붓는다. 동석했던 대종이 깜짝 놀라 왜 이러느냐고 하자 이규가 하는 답이 걸작이다.

"이 자식이 짜증나게 내가 소고기는 먹고 양고기는 안 먹는 줄 알고 만만하게 보잖아!"

물론 이는 트집이다. 군소리 말고 빨리 고기나 가져오라는 명령이다. 호한이 들이켜는 주육酒肉에 분별이 있을 수 없다는 오만한 말이기도 하다.

물과 물을 지배하던 상남자들

성질 급한 이규는 그런 후 송강이 신선한 생선을 원하자 선창가 어선에 올라가 물고기를 뺏으려다 거간꾼 수장인 장순과 격돌한다. 장순은 선원들을 패고 있는 이규에게 달려들었다가 항우 같은 용력을 당하지 못해 흠씬 두들겨 맞는다.

그러다 욕설로 이규를 유인해 강물로 끌어들인다. 이규가 아무리 장사라 하나 날고 기는 뱃사람을 어찌 이길 수 있을까? 눈알 흰자위가 잠기도록 물을 먹고 또 먹는다. 싸움은 송강과 대종이 들어서 말린 후에야 끝난다.

대종이 장순에게 말한다.

"평소에 이규를 알고 있었소?"

"소인이 어찌 이형을 모르겠습니까만 아직 인사는 없었습니다."

이규가 장순을 보며 으르렁거린다.

"네놈이 오늘 내게 물을 흠씬 먹였겠다?"

"당신도 오늘 나를 죽도록 두들겨 팼잖아?"

대종이 화해를 권한다.

"한바탕 싸움을 했으니 두 사람이 이번 기회에 친구가 되었으면 하오!"

그러자 이규가 째려보며 말한다.

"너 다음부터 노상에서 만나면 조심해라!"

"앞으로 물에서 보거든 정신 바짝 차리시우!"

네 사람은 즐겁게 한바탕 웃는다. 원래 이 소동은 술안주 때문에 빚어진 것이다. 생명이 위태로울 만큼 얻어맞고, 눈자위가 뒤집어지도록 물을 먹었는데도 그들은 그런 것엔 아랑곳하지 않는다. 강호에 명성이 자자한 호걸들과 술판을 벌일 수 있다는 게 더 중요하다. 그래서 앙금도 잠시뿐이다.

장순이 큼직한 금색 잉어를 10마리나 가져오니 술자리는 더 흥겹다. 네 사람은 마지막에 '옥호춘玉壺春' 두 단지를 추가하는 것으로 자리를 파한다.

술과 고기는 그 자체로 맛이 남다르다. 술과 고기를 뜻하는 중국 글자를 보면 사람들이 주육을 어떻게 여겼는지 알 수 있다.

고대 문자 중에서 술이 가득 담긴 그릇을 뜻하는 유酉자를 편방으로 하

는 글자, 순醇·진한 술, 담醰·술맛 좋은 등과 고기를 뜻하는 육肉자를 편방으로 하
는 전膞·저민 고기, 회膾·잘게 저민 날고기 등은 모두 그 뜻이 '미美'다. 그리고 이 아
름다움은 바로 맛을 이야기한다.

술이 들어가면 천지가 내 것이라

호한들 또한 전통문화 속에서 살아간 사람들이다. 그들은 맛있는 술상
에서 팍팍한 일상을 견디는 힘을 얻었다.

지금도 그렇듯이 그때도 술과 고기를 놓고 벌이는 술판은 잠시나마 새
로운 세상을 맛보는 일이었다. 장문신이 쾌활림 주점 깃발에 써놓은 문구
는 '취리건곤대醉裡乾坤大 호중일월장壺中日月長'이다. 직역하면 '술이 들어가면 천
지가 내 것이요, 술 먹는 동안은 세월도 잊는 법'이란 말이다. 즉 술을 마시
면 새 세상이 펼쳐진다는 의미다.

게다가 결교結交·서로 사귐를 중시한 호한들은 술판이 그런 결교를 강화해
주는 것이라고 믿었다. 노달이 사진과 처음 만났을 때 두 사람은 술을 함
께 마시며 의기투합한다. 송강과 조우하는 호한들은 그를 앙모한 나머지,
송강이 떠나려할 때마다 붙잡고 끝도 없이 술을 먹는다.

〈수호전〉에 등장하는 가장 긴 술자리는 61회에 나온다. 노준의가 양산
박에 붙잡혔다가 북경으로 돌아가고 싶어 작별을 고했다. 그러자 송강은
"조촐한 술자리를 마련하겠으니 사양말라!"고 한다. 다음 날은 오용이 술자
리를 준비하고, 그 다음 날은 공손승이 마련한다.

이런 식으로 노준의는 상급 두령 30여 명과 한 달 내내 술을 마신다. 더 이상 참을 수 없게 된 노준의가 다시 작별을 고하자 송강은 또 술자리를 준비한다. 이규 또한 자신이 노준의를 데려온 공로가 있는 만큼 자기 술도 받아 마셔야 한다고 한다. 노준의는 그렇게 또 며칠을 보낸다. 마지막에는 하급 두령들이 나선다.

"저희가 비록 하급 두령이지만 노원외(노준의)를 위해 노고를 아끼지 않았는데 공교롭게 우리 술에만 독약을 탔단 말이오?"

사양할 핑계가 없다. 여름에 산채에 도착한 노준의는 늦가을이 되도록 두령들과 술잔을 주고받는다. 아무리 호한이라고는 하나, 술을 이 정도로 마시면 뼈와 살이 녹아내리기 마련이다. 하지만 〈수호전〉에서는 주사酒邪는 있을지언정 술 때문에 무용武勇이 줄어들거나 수명이 단축됐다는 이야기는 없다.

호한들이 펼치는 술자리는 분위기도 사대부 문사文士들이 노는 것과 사뭇 다르다. 격조 같은 건 없다. 고성과 육두문자가 오가는 질펀한 자리는 서민들이 살아가던 일상을 보여준다.

쾌활림 길에 빛나는 주령

그렇다고 멋없이 무턱대기만 한 것은 아니다. 성탄은 무송이 등장하는 〈수호전〉 '무십회武十回'를 분석해 다음과 같은 명언을 남긴다.

"술에는 술꾼酒人이 있는데 경양강에서 범을 때려잡은 호한이 천하제일 술꾼이다. 술에는 술자리酒場가 있는데 맹주고을 동문에서 쾌활림에 이르는 15리가 천년제일 술자리다. 술에는 술 때酒時가 있는데 뜨거운 여름이 설핏 사라지고 갈바람이 불어오는데 옷깃을 풀어헤치고 바람을 맞을 때가 천하제일 술 때이다. 술에는 주령酒令이 있는데 세 사발을 마시지 않으면 술집을 지나치지 않는다無三不過望가 천하제일 주령이다."

무송이 시은을 위해 장문신을 잡으러 가는 쾌활림 가도街道를 술에 빗대 표현한 것이다. 절묘하고 또 절묘하다는 말 외에 딴 말을 쓸 수가 없다. 〈수호전〉이 빛나는 이유는 성탄이 있었기 때문이라는 옛말이 하나도 그르지 않다.

무송은 경양강을 넘을 때 '삼완불과강'을 경험한 바 있다. 당시는 '웃기는 소리 말라'며 주인을 타박했지만, 아무래도 여기서 배운 듯하다.

그래서 그는 시은에게 '무삼불과망'을 내건다. 즉 주막을 만날 때마다 세 사발씩 술을 마시지 않으면 더 이상 움직이지 않겠다는 것이다. 망은 주점 깃발을 말한다. 결투를 하러 가는 사람이 주막마다 들러 술을 세 사발씩 먹겠다는 말에 시은은 기겁하지만 그 고집을 꺾을 수 없다.

"성을 나가서부터 무삼불과망하겠네!"

"형님. 무삼불과망이 무엇입니까? 저는 무슨 말인지 모르겠습니다."

"가르쳐주지. 동생이 장문신을 이기고 싶다면 성문을 나가 주점을 지날 때마다 내게 술 석 잔을 사주고, 만일 석 잔을 사주지 않는다면 주점을 지나지 않는다는 말이네."

"쾌활림은 동문에서 15리나 됩니다. 가는 중에 술집이 적어도 12개가 넘습니다. 그렇게 마셨다간 크게 취할 텐데 어떻게 싸움을 하시겠습니까?"

"나는 술에 취하지 않으면 도리어 실력이 나오지 않는 사람이다. 한 잔 마시면 한 푼 실력이 나오고, 다섯 잔 마시면 다섯 푼 실력이 나온다."

"그런 줄 몰랐습니다."

조선 선비도 덩달아 호기 부리고

큰소리는 그대로 적중한다. 무송이 장문신을 쓰러뜨리고 쾌활림을 평정하자 '무삼불과망'은 그대로 전설이 된다. 연경燕京·베이징에서 사귄 벗들과 헤어지는 술자리에서 조선 선비 김재행은 전설을 인용해 이렇게 말했다.

"오늘 이런 좋은 술자리酒場를 만났으니 쾌활림에 손색이 없다. 시은이 술을 절제시키고 싶었지만, 무행자가 세 사발을 마시지 않고는 술집을 지나치지 않겠다고 한 '무삼불과망'이야말로 천년제일 주령酒令이니 누가 이를 금할 수 있으리오?"

조선 선비가 중국에서 술잔을 놓고 〈수호전〉을 들먹이며 한껏 허세(?)를 부리는 모습이 흥미롭다.

무송은 누구를 만나든 '나는 술을 마시면 마실수록 힘이 나는 사람'이라고 했다. 근데 이 말은 무송의 전유물이 아니다. 양산박 호한들에게 대개 들어맞는 말이겠지만, 그중에서도 손꼽히는 건 노지심이다.

그는 유태공 장원에서 '산적들과 겨룰 사람이 술을 많이 마시면 어쩌나' 하고 걱정하는 유태공에게 "나는 술 한 푼을 마시면 한 푼의 힘이 나고, 열 푼을 마시면 열 푼의 힘을 쓴다"고 큰소리친다.

'여색에 미혹되지 않으면 참된 군자이지만見色不迷眞君子 술을 보고도 마시지 않으면 대장부가 아니다見酒不飲非丈夫' '술이 지기를 만나면 천 잔도 많지 않다酒逢知己千杯少'

모두 음주에 관한 중국 속담들이다. 명나라 범립본이 편찬한 교양수련서 〈명심보감明心寶鑑〉에도 '술은 나를 아는 친구를 만나면 천 잔도 적고酒逢知己千鍾少'라는 구절이 나온다. 양산박 호한들에게 술은 곧 동반자였다. 큼지막한 소고기를 곁들인 술항아리가 없었다면 그들이 펼친 스토리는 무미건조했을 것이다.

무송이 타고난 장사였다고는 하나 만약 술이 없었다면 호랑이를 때려잡을 수 있었을까? '영웅에겐 술이 담력'이란 말은 그래서 사실이다.

원굉도 왈 "수호전이 곧 술이다"

술이 없었다면 생신강을 탈취하기 위해 대추장수로 변장한 조개 일행이 무슨 사기극을 연출할 수 있었을까? 그 더운 날 생신강을 메고 가는 짐꾼들에게 술은 갈증을 풀어줄 유일한 음료였다. 그랬기에 오용은 몽한약을 쓸 수 있었다.

양산박 호한들이 벌이는 소동과 사건마다 술과 고기는 빠지지 않고 따라붙는다. 주육이 없었다면 양산박은 존재하지도 않았을 것이라고 말하는 이들도 있다. 명나라 학자 원굉도袁宏道는 한 술 더 떠 "전기傳奇·기이한 사실을 담은 이야기로는 〈수호전〉이 빼어난 작품이다. 이를 익히지 못한 자는 식견이 좁아서 술 마시는 무리가 될 수 없다"고 했다. 〈수호전〉을 통째로 술에 비유했다. 아니 패관소설稗官小說·민간풍설이나 소문 등을 주제로 한 소설 자체가 본디 술이라는 말이다.

물론 주육이 오로지 이런 활력만 제공한 것은 아니다. 노지심이 오대산 문수원에서 두 차례나 기물을 부수고 승려들을 폭행한 것은 전적으로 술 때문이다. 원치 않는 출가로 답답한 처지에 놓여 있었다고는 하나, 술이 매개가 되지 않았다면 그 같은 폭력은 없었을 것이다. 무송이 시진 장원에 머무르게 된 것도, 거기서 사람들에게 환영받지 못한 것도 술만 먹으면 사람을 두들겨 패는 못된 기질 때문이었다.

이규는 말할 것도 없다. 그가 일 때문에 하산할라치면 양산박 두령들은 또 술을 먹고 문제를 일으킬까봐 전전긍긍했다. 그래서 고향에 어머니를 모시러 갈 때나, 북경 호걸 노준의를 유인하러 갈 때 양산박은 이규에게 '절대 금주禁酒'를 요구한다. 술은 이규에게 '악마 같은 천성'을 폭발시키는 기폭제였기에, 행여 이 불쏘시개가 주점에서 이규를 만나지 않을까 다들 불안해했다.

주육이 사건과 분쟁을 초래한 것은 이 외에도 일일이 열거하기 어려울 정도다. 〈수호전〉에 등장하는 하고많은 사건을 분석하면 술과 고기가 개입돼 있지 않은 게 드물다. 송강이 반시反詩를 주루 벽에 적었다가 고초를 겪은 것도, 사진이 고향 사가장史家莊을 떠나게 된 것도, 몰모대충 우이가 황천길로 직행한 것도, 유당이 영관묘에서 주동 일행과 시비가 붙은 것도 모두 주육이 부린 조화다.

그렇게 즐기는 주육에도 예외는 있다

예외가 있기는 하다. 청안호 이운은 일당백의 무예를 자랑하는 호한임에도 아예 술을 입에 대지 못한다. 그 시대에도 알코올 분해효소가 없는 사람이 있었던 것으로 보인다. 부러 몸을 정갈하게 하기 위해 때때로 고기를 피한 이도 있다. 바로 다리에 갑마甲馬를 붙이면 하루에 팔백 리를 간다는 신행태보神行太保 대종이 그 주인공이다.

그는 신행술을 써서 급보를 전하러 갈 때 소박한 식사에 술과 간식을 조금 먹었으나 고기는 입에 대지 않았다. 육식이 작용하면 신행술을 쓸 수 없기 때문이라는 게 대종이 내놓는 이유다.

양산박 108두령 중에 신행태보라는 '판타지' 인물이 포함된 건 당시 사람들이 정보에 목말라 했으며, 좋거나 나쁜 소식을 빨리 전하고픈 욕구가 강했음을 알 수 있다. 특히 정보가 중요했던 상인들은 더 그랬다.

그런 간절함에는 정성이 깃들어야 한다. 그래서 몸과 마음을 흩뜨리는 고기는 가급적 자제해야 했다. 그렇지만 대종도 신행술을 쓰지 않을 때는 옷을 벗어젖히고 술과 고기를 탐닉했다.

02

일그러진 권력, 신음하는 사람들

고구가 높은 자리에 앉아 왕진을 불러 추달한다.
목소리를 높이는 고구에게 왕진은 시종일관 저자세다.

권력과 부패

'성광만천星光滿天 중인도재선상헐량衆人都在船上歇凉' 하늘에 별빛 가득하니, 사람들이 배 위에서 바람을 쐬고 있다.

어디서나 있을 법한 평범한 이야기다. 하지만 이 상황이 양산박을 토벌하러 간 관군을 묘사한 것이라면 해석이 조금 달라진다. 정확하게는 생신강 탈취범인 완씨 삼형제를 잡으러 간 관군들을 기다리며 포도捕盜 군관이 배 위에서 바람을 쐬는 장면이다.

성탄은 이를 예리한 시선으로 꿰뚫어 봤다. 관군은 도적을 잡는다는 명분으로 양산박에 있는 어부들 배를 징발한다. 합당한 절차와 적절한 보상 없는 배 징발은 엄청난 횡포다. 생계도구를 뺏어가는 그런 횡포는 도적이 저지르는 약탈보다 더 참혹하다.

국가권력과 도적이 충돌했을 때 많은 경우 평범한 민중들에게 더 끔찍한 위협으로 다가온 것은 도적을 토벌하려던 관군이다. 성탄은 도적을 잡는다는 명분으로 어선을 빼앗은 관군들이 오히려 도적이라고 말한다. 그런 도적들이 '별빛 가득한 하늘을 보며 배 위에서 한가하게 쉬고 있다니! 성탄이 이 장면에서 읽어낸 것은 관官이 저지르던 '약탈'과 그들이 보여주는 '무능'이다.

반면 성탄은 조개 일행이 처음 생신강 탈취를 도모하는 것을 두고 이렇게 말했다.

"아! 강도들도 놀고먹지 않는데, 어찌하여 오늘날 관직에 있으면서 녹봉을 먹는 자들은 하나같이 하는 일 없이 어찌 그리 태연할 수 있나?"

관이 핍박하니 반란이 일어나고

소설 배경인 북송시대나, 실제 성탄이 살았던 명나라 말기 분위기를 전하는 말이다. 권력자와 관리들은 가렴주구에만 몰두할 뿐 민생에는 눈곱만큼도 관심 없었다. 그러다 보니 제대로 하는 일이 없었다. 그런 그들을 성탄은 '보물을 훔치기 위해 머리를 싸매는' 강도보다 못한 존재라고 힐난했다.

양산박 이야기는 '관핍민반官逼民反'에서 출발한다. 관핍민반이란 관官이 수탈과 폭력을 일삼으니 백성들이 반란을 일으킨다는 말이다.

출발점은 고구다. 〈수호전〉은 그가 등장하면서 관핍민반 시대가 열림을 알린다. 고구는 원래 방한帮閑이다. 뚜렷한 직업 없이 말재주와 아첨으로 돈 많은 이들을 꾀어 사리를 추구하는 이다.

어느 시대에나 존재하는 이들을 송대에는 방한이라 불렀다. 그런데 고구는 방한 중에서도 탁월한 방한이다. 요즘 말로 치면 재주 많은 건달이다. 그는 노래와 춤에 능했다. 악기도 곧잘 다루었다. 창술과 봉술도 수준급이었고, 씨름을 배워 싸움도 잘했다. 시서詩書도 기본은 했으며, 특히 축국蹴鞠·축구은 독보적이었다.

고구가 신분 상승을 이룬 것은 황족인 단왕端王을 만났을 때다. 단왕 저택에 물건 심부름 온 고구는 축구시합장 한편에서 단왕이 노는 것을 지켜보고 있었다.

마침 공이 굴러왔다. 고구는 본능적으로 '원앙괴鴛鴦拐'라는 멋진 동작으로 공을 차올렸다. 솜씨에 놀란 단왕이 실력 발휘를 요구하자 고구는 사양

끝에 평생 터득한 기술을 펼쳐 보인다.

현란한 발 솜씨에 도취된 단왕은 그를 수족으로 삼아 날밤을 지새운다.

세상 일이란 아무도 예측할 수 없는 법. 얼마 안 가 단왕이 새 황제로 즉위하니 바로 송나라 휘종徽宗이다. 휘종은 총애하는 고구에게 전사부殿司 府 태위라는 큼지막한 벼슬을 내린다.

우리로 치자면 수도방위사령관 격에 해당하는 금군禁軍 지휘관이다. 파락호가, 평생 사기만 치고 다니던 건달이 벼락출세를 한 격이니 나라가 미쳐도 단단히 미친 셈이다.

원래 그렇게 많은 재주를 지녔건만, 고구는 사기꾼 건달답게 '인의예지신행충량仁義禮智信行忠良·인간이 갖춰야 할 기본 도리'과는 담을 쌓고 살아온 사람이다.

인성은 밑바닥이고 재주는 많은데 권력이 손에 들어왔으니, 남은 건 사리사욕을 위해 권력을 휘두르는 일뿐이다.

왕진이 사라지니 사진이 등장한다

그는 곧 개인적인 원한을 이유로 금군교두 왕진王進을 추달한다. 전사부 태위로 부임한 고구는 병에 걸려 하례식에 못 나온 왕진을 억지로 불러내 닦아세운다.

"네놈이 도군 교두 왕승의 아들이냐?"

"네 그렇습니다."

"네 이놈! 네 아비는 거리에서 봉술이나 보여주며 약을 팔던 약장수인

데 네가 무슨 무술을 아느냐? 네가 누구 권세를 믿고 병을 핑계로 나오지 않았으냐?"

"소인이 어찌 그러겠습니까? 사실은 아직 병이 다 낫지 않았습니다."

"이런 죽일 놈! 병 걸렸다는 놈이 지금은 어떻게 나왔느냐?"

"태위께서 부르시는데 어찌 나오지 않을 수 있겠습니까?"

"이놈을 잡아 매우 쳐라!"

부하들이 부임 첫날인 만큼 잠시 봐달라고 하자 고구는 "내일 보자"며 길길이 날뛴다.

두 사람이 나눈 대화는 관핍민반을 여는 서곡이다. 원래 고구는 건달 시절 왕승에게 호되게 얻어맞은 원한이 있다. 위협을 느낀 왕진은 노모를 모시고 도주한다. 그리고 화음현에서 사진史進을 만난다.

사진은 양산박 108두령 중 처음 등장하는 인물이다. 성탄은 이를 두고 "고구가 나타나니 왕진이 사라졌다. 왕진이 사라지니 108인이 등장한다"며 이 인과관계가 〈수호전〉이 시작되는 핵심 맥락이라고 전한다.

왕진이 표상하는 바는 왕도王道다. 사진이 대표하는 건 패사稗史·민간 이야기다. 왕진과 사진은 이름이 나아갈 진進으로 같다. 원래 문학에서 한 단위 안에 같은 글이나 표현을 하는 건 오랜 금기다. 그렇다면 두 사람 이름을 같이 쓴 것은 어떤 의도가 있었기 때문이라고 봐야 한다.

진을 '나아간다'로 본다면 사진은 역사가 될 수 있는 인물이고, 왕진은 왕도王道가 될 수 있는 인물이다. 따라서 왕진이 종적을 감춘 것은 앞으로 왕도 회복은 기대하기 어렵다는 말이 된다. 구체적으로는 간신이 등장하니 인재가 사라짐을 의미한다. 사진이 역사가 된다는 건 곧 법도에 의해 움직이는 체제가 사라지는 대신 그 공백을 민간 서사가 대신한다는 이야기다.

왕진은 금군교두다. 높진 않지만 엄연한 벼슬아치다. 사진은 관직과는 거리가 먼 강호 호한이다. 두 사람이 교대하는 장면은 탐관오리가 판을 치니 백성들이 반란을 일으킬 수밖에 없다는 걸 암시한다.

고구는 실존 인물이다. 그는 환관인 동관童貫과 함께 안팎에서 송나라 군정軍政을 장악했다. 동관은 바깥에서 군대를 지휘하여 전쟁을 했고, 고구는 안에서 금군을 호령했다. 두 사람이 북송 말기 군정을 좌우한 기간은 무려 25년이다.

훗날 고구를 탄핵한 상소문에 따르면 두 사람이 국방업무를 관장하는 동안 송나라 군대는 엉망이 돼버렸다고 한다.

"부하 군인을 돌보는 데는 은혜로움이 없고, 훈련에는 법도가 없으며, 군정은 정비하는 일이 없어 마치 허물어진 담 같아졌다!"

머리 좋은 출세주의자, 국정을 농단하다

소설에서 고구가 혜성처럼 등장한 간신이라면, 또 다른 권신權臣 채경蔡京은 이무기 같은 존재다. 그는 23세에 과거에 급제했다. 요즘 말로 하면 청년등과靑年登科다. 송조사절宋朝四絶로 불릴 만큼 서예가로도 명성을 떨쳤다.

하지만 재주 많은 출세주의자가 그러하듯 채경 또한 '위민爲民'에는 관심 없었다. 오로지 황제에게 자신을 맞추며 권력을 만끽할 뿐이었다. 휘종 때

악명을 떨친 화석강花石綱은 채경이 주도한 작품이다. 그는 건달잡배 출신인 주면이란 사람을 화석강 책임자로 임명해 백성들을 악랄하게 괴롭혔다.

화석강이란 기이한 돌과 아름다운 화초를 채집해 황제에게 바치는 운송조직을 말한다. 채경은 휘종의 취미가 순수하고 천진한 도락이라며 백성들에게 아무런 해도 끼치지 않는다고 했다. 하지만 화석강을 빌미로 한 수탈과 착취는 백성들을 공포로 몰아넣었으며, 실제로 이 때문에 '방랍의 난'과 같은 반란이 초래됐다.

화석강 수탈은 처음엔 그리 심하지 않았고, 지역도 항주 일대에 한정돼 있었다. 그러다 점차 그 대상과 지역이 넓어졌다. 지방관들은 먹이를 노리는 맹수처럼 기이한 수목과 수석을 수집했는데, 조금이라도 기이한 것이 있으면 응봉국應奉局·수집기관 건달들이 들이닥쳐 '황봉조皇封條·황가 소유로 한다는 뜻라 쓴 딱지만 붙이면 탐나는 물건을 그대로 뺏을 수 있었다.

또 큰 나무나 큰 돌을 운반할 때는 백성들 가옥을 허무는 일이 다반사여서 원성이 극에 달했다.

한번은 책임자 주면이 황제 명령을 위조해 소주蘇州 손가교孫家橋 내 수백 가구에 달하는 땅과 재산을 자기 소유로 한 뒤, 백성들에게 5일 이내에 집을 비우고 이사갈 것을 명령했다. 지방관들은 앞잡이가 되어 백성들을 내몰았다. 소주성 내 백성들이 갈 곳을 잃고 길거리에서 목놓아 통곡하니 그 비통함이 하늘을 찔렀다.

응봉국 횡포가 얼마나 심했던지 당시 백성들은 응봉국을 '작은 조정'이라고 불렀다. 이런 화석강 수탈은 20여 년이나 계속됐다.

채경은 휘종이 방종한 사치생활을 하는 데 가장 큰 역할을 한 사람으로 기록되지만, 황제로부터 굳건한 신임을 받았으며 이를 토대로 그 또한 사치와 전횡을 일삼았다. 남송 사람 왕청명이 쓴 〈휘주록揮麈錄〉에는 채경이 강남 전당 땅에 화려한 저택을 지었는데, 금나라 군대가 침입하자 동경에 있던 진귀한 보물을 모두 전당 저택으로 옮겨놓았다는 기록이 나온다. 나라가 위태로운 마당에 재상이란 작자가 개인 재물 빼돌리기에 여념이 없었다는 말이다. 본보기가 돼야 할 이들이 '선사후공先私後公'에 몰두하니 당연히 정치적 병폐도 커졌다.

친인척까지 총동원된 부패 사슬

이 중 뇌물 수수는 사치생활을 충족하기 위한 필수 코스였다. 북경 대명부를 맡고 있던 사위 양중서가 채경에게 생신 선물로 10만 관을 보낸 일은 그 대표적인 사례다. 10만 관이라니! 도대체 얼마나 많은 돈일까?

당시 지역에서 1만 관 재산이 있으면 큰 부자로 인정받았다. 양중서는 그 열 배에 해당하는 재물을 매년 채경에게 바쳤다고 하니 백성을 수탈한 정도가 짐작된다. 채경은 동관, 고구, 양전과 함께 송나라를 멸망으로 이끈 사흉四凶으로 꼽힌다.

성탄은 그래도 이 네 사람이 부리는 횡포는 일정 부분 한계가 있었다고 한다. 그러나 채경과 고구 친인척이 부리는 횡포, 나아가 이들에게 빌붙어 사는 이들이 부리는 횡포는 한량이 없다며, 이런 상황에서 어떻게 백성들이 반란을 일으키지 않고 나라가 망하지 않을 수 있겠느냐고 목소리를 높인다.

"고구가 부리는 행패는 그래도 용서가 된다. 하지만 고구 숙백叔伯 형제가 부리는 행패를 어찌 용서하겠는가? 못한다. 숙백 형제에게는 또 그 친척들이 있고 그들 역시 행패를 부리니 어찌 용서하겠는가? 못한다. 슬프다! 백성은 나라의 아들딸이다. 사악한 무리들이 탐욕스럽게 날뛰며 백성들 재산을 탈취하니 개울은 시체로 가득찼다. 이에 아무도 농사를 지으려 하지 않는다. 어찌 나라가 망하지 않겠는가?"

곁가지 권력이 부리는 패악

고구 친인척으로는 단연 고아내가 첫손 꼽힌다. 원래 아내衙內는 당나라 때 경계와 호위를 맡았던 관원이다. 오대五代와 송대宋代에 이 일을 대부분 대신들 자제가 맡았기에 나중에 고급관료 자제를 가리키는 말이 됐다.

유래는 그럴듯하지만 세월이 지나면서 이들이 하는 행위는 불량소년이나 건달과 다를 바 없었다. 대대로 귀인의 자식이기 때문에 사람을 때려죽여도 목숨으로 대가를 치를 필요가 없고, 어떤 횡포를 부려도 감히 대적할 자가 없었다.

〈진주조미陳州糶米〉라는 책에 수록된 글을 보자. 어떤 아내가 스스로 털어놓은 말이다.

"나는 전적으로 우리 아버지 위엄을 빌려 말썽을 일으키고 터무니없이 남을 못살게 굴고 야료를 부린다. 어느 누가 내 이름을 모르리오? 좋은 기물과 좋은 골동품을 보면 금은보배를 막론하고 공짜로 뺏는다. 주지 않으면 발로 차고 머리끄덩이를 당긴다. 관가에 고발하든 말든 내버려둔다. 그걸 무서워하면 나는 두꺼비 자식이다!"

무소불위 행패가 손에 잡힐 듯하다. 사람들은 그래서 아내를 "화화태세_{花花太歲}"라고 불렀는데, 태세는 '흉악한 귀신'을 뜻한다. 〈수호전〉에 등장하는 고아내는 이 모든 '아내 전통'을 고스란히 물려받은 친구다.

그는 임충_{林冲}의 부인인 장_張씨를 보자마자 그녀를 능욕하고픈 욕구에 시달린다. 힘 있는 아내에게 아첨꾼들이 없을 수 없는 법. 이들은 작당해 임충을 사지로 몰아넣는다. 재미있는 건 고아내가 고구 사촌동생이라는 점이다. 사촌 형제를 양아들로 삼았으니 삼강오륜을 무시한 처사다. 고구가 나쁜 인간이란 점을 강조하기 위해 작자가 일부러 이렇게 설정한 것이다.

또 다른 친인척인 고렴은 어떤가? 이 자는 지방관으로서 백성을 수탈하고 착취하는 건 기본이고, '자신을 능가하는' 괴물까지 보유하고 있다. 그 괴물은 은천석이란 젊은 처남으로, 소설에서는 시진을 괴롭히는 인물로 등장한다. 시진의 숙부 시황성은 이 자가 부리는 행패를 견디다 못해 죽는다. 그 후처가 시진에게 하소연하는 말을 들어보자.

"나이도 어린 놈이 고태위 권세를 믿고 못하는 짓이 없습니다. 주변 아부꾼이 우리 집 뒤뜰 화원에 있는 정자가 보기 좋다고 한 모양입니다. 그 놈이 방 한 몇 십 명을 데리고 집에 들어와 뒤뜰을 구경하더니 우리를 쫓아내고 자기가 살려고 했습니다. 숙부께서 우리는 황실 후손으로 '단서철권_{丹書鐵券}'이 있어 누구도 업신여길 수 없다고 했는데도 오히려 때리기까지 했습니다."

은천석은 사흘 후 건달들과 술이 취해 시황성 집을 찾아 숙부 임종을 하러 온 시진을 폭행한다. 이때 은천석이 시진과 나누는 대화는 '곁가지 권력'이 부리는 패악질이 무엇인지 그 정수를 보여준다.

"너는 뭐하는 놈이냐?"

다짜고짜 반말이다.

"소인은 시황성 조카 시진입니다."

"내가 지난날 이사 가라고 분부했거늘 어찌하여 내 말을 따르지 않느냐?"

"숙부가 병이 나서 감히 움직일 수 없었습니다. 간밤에 고인이 되셨으므로 사십구재를 치르면 나가겠습니다."

"헛소리 마라! 내가 3일 기한을 줄 테니 집을 비워야 한다. 3일이 지나도 비우지 않으면 먼저 네놈부터 칼을 씌워 곤장을 백 대쯤 먹일 테다."

"함부로 대하지 마시오. 우리 가문은 황제집안 자손으로 선대로부터 '단서철권'을 하사받았는데 누가 감히 무례하게 대한단 말이오?"

"이놈이 헛소리를 하는구나! 단서철권이 있다 해도 나는 두렵지 않다. 이놈을 두들겨 패라!

'단서철권이 있다 해도 나는 두렵지 않다'는 말은 〈진주조미〉에서 어떤 아내가 한 '큰소리'와 똑같다. '단서철권'은 송 개국황제 조광윤이 공신들에게 하사한 것으로, 공신을 우대하고 그 자손들에게 대대손손 죄를 면할 수 있는 특권을 부여한 증거다. 철제판에 주사朱砂·붉은 모래로 쓰인 데서 유래한 명칭이다. 시진은 송태조 조광윤에게 황제 자리를 양보한 시씨柴氏가문 직계 후손이다.

하지만 안타깝게도(?) 은천석은 종신토록 영화를 누린 다른 아내와 달리 곧 목숨을 잃고 만다. 일행이 시진을 폭행하는 걸 엿본 흑선풍 이규가 뛰쳐나와 솥뚜껑 같은 주먹을 날리는 바람에 그만 유명을 달리하고 만다.

돈독 오른 아들딸 뇌물 경쟁에

강주 지방장관 채득장은 채경의 아홉째 아들이라 채구로 불린다. 소설은 그가 탐욕스럽고 교만하며 사치스럽다고 전한다. 강주는 돈과 양식이 넘치고 사람과 물산이 풍부한 곳이라, 채경이 부러 그에게 맡긴 곳이다. 돈독 오른 아들이 아비가 보낸 의도를 모를 리 없다. 수탈은 기본이고, 없는 죄까지 만들어 송강을 괴롭힌다.

딸은 아들보다 덜할까? 북경 대명부 유수사로 있는 양중서는 채경의 딸인 마누라로부터 이런 말을 듣는다.

"오늘 이 공명과 부귀가 어디에서 왔는지 아십니까?"

양중서 대답이 걸작이다.

"어려서부터 독서를 하여 나름대로 경사자집經史子集을 알고 있거늘, 초목이 아닌 다음에야 어찌 태산장인, 즉 채경의 은혜를 모르겠소?"

딸이 남편에게 공명과 부귀를 들먹인 까닭은 빨리 뇌물을 만들어 부치라는 소리다. 양중서가 글공부 운운한 것은 알고 있으니 걱정 말라는 말이다. 지식인이 습득한 학문이라는 게 백성을 내려찍는 낫이 되는 순간이다.

무송이 경양강에서 호랑이를 때려잡고 도두로 취직(?)한 양곡현은 제주부 산하 고을이다. 이곳 지현知縣은 무송을 발탁한 데서도 알 수 있듯이, 그래도 벼슬아치로서 기본은 갖춘 사람이다. 임기가 2년 반쯤 지났을 때 이지현은 무송에게 큰 심부름을 시킨다. 바로 지금까지 자신이 마련한 재물을 들고 수도 동경에 전달하는 일이다.

이 재물은 정규 조세나 전매이익이 아니다. 백성들을 수탈하고 뇌물을 받아 마련한 비자금이다. 당시 지방관은 천자를 필두로 유력한 환관과 대신, 후궁들에게 이렇게 마련한 재물을 바쳐야 했다. 승진 또는 영전은 여기에 달려 있었다. 보편적인 벼슬아치가 임기 내내 고민한 사안이 '뇌물 마련'이었다는 건 부정과 부패가 권력자 집안에 국한되지 않았다는 말이다.

지방관은 모두 굶주린 이리

지주知州 지부知府나 그 아래 단계인 지현知縣으로 불리던 지방장관은 권력이 대단했다. 조정에서 파견돼 주나 현에 이른 지방장관은 행정 사법 감찰 권한을 한 몸에 지닌 채 백성들 목숨을 좌지우지했다. 오죽했으면 "지주가 방화하는 것은 허락하지만 백성들이 등잔불을 켜는 것은 불허한다"는 말이 나돌았을까?

세금을 규정보다 많이 거둬 차익을 착복하고, 사법권력을 이용해 백성들을 수탈했다. 민사소송이 벌어지면 원고와 피고 양쪽 모두에게 재물을 강요했다. 재판은 양측이 가산을 탕진할 때까지 끌기 일쑤였다. 형사사건

일 경우에는 고문과 협박으로 자백을 강요하고 인명을 초개처럼 여겼다. 지방장관은 괜찮은 정도가 '게걸쟁이' 수준이었으며, 좀 더 악독한 자는 '굶주린 이리'와 다를 바 없었다.

후대에 당시 관리를 품평한 명문이 있다.

"관리란 관절貫節·뇌물이나 뒷거래을 소통시킬 줄 알고, 권력자들에게는 무릎 꿇을 줄 알며, 세금을 거둘 때는 항목을 추가할 줄 알고, 죄를 심문하는 기소장에 벌금을 부과할 줄 알고, 부유한 백성을 트집 잡아 잡아들일 줄 알며, 서리가 교활하면 측근에 두고 일을 맡길 줄 안다."

명대 소설 〈이각박안경기二刻拍案驚奇〉에는 처참한 이야기가 실려 있다.

무진현에 진정陳定이란 부호가 살고 있었다. 본처 소蘇씨가 첩 정丁씨와 다투다 화병으로 죽자 소씨 남동생이 사인이 의문스럽다며 고발장을 냈다. 탐욕스러운 지현은 불문곡직 진씨를 잡아들여 감옥에 처넣었다. 진씨가 수백 냥을 뿌리고 지현 친구에게 뇌물을 쓴 끝에 겨우 풀려났다.

그런데 뇌물을 전달한 사람이 자기 몫이 적다며 지현 친구에게 준 돈 중 일부를 도로 빼앗자 크게 노한 지현은 다시 진씨를 잡아들였다. 그러고는 부인을 때려죽였다는 가짜 검시보고서를 만들어 교수형을 선고한다. 진씨는 첩 정씨가 가짜 죄를 덮어쓰고 자결하는 바람에 겨우 살아났으나, 알거지가 되고 말았다. 지현은 고발장이 들어오자 처음부터 진씨가 가진 재물을 노린 것이었다.

맹수가 된 '재물의 법'

미국 문인 랠프 월도 에머슨은 '채닝 송가Ode to W. H. Channing'에서 이렇게 말했다.

"법에는 두 종류가 있다. 둘은 한 자리에 설 수 없다. 그 이름은 '인간의 법'과 '재물의 법'이다. 뒤에 놈은…끝내는 맹수가 되어 인간을 다스린다."

간신과 그를 둘러싼 무리가 천하를 횡행하고, 가렴주구가 일상처럼 자행됐으며 평범한 벼슬아치들도 재물을 마련하느라 동분서주했다. 이런 부패는 어디에서 비롯됐을까? 봉건사회가 지닌 구조적 모순이 일차적인 원인이다.

원래 권력은 무서운 것이다. 그것은 인간에게 내재된 악한 본성을 끄집어내고 폭발시킨다. 그 본성이 조금 악하면 그저 득실을 따지며 욕구를 채우는 데 급급한다. 그러나 심하면 얼굴에 철판을 깔고 도의와 사리에 어긋나는 일을 무소불위로 행한다.

봉건 전제정치 시스템은 권력이 황제와 관료집단에 집중돼 있었다. 악한 본성을 끝없이 부채질하는 이런 상황에서 선정善政이 시행되기를 바라는 건 연목구어緣木求魚였다. 악정惡政 중에서도 가장 심각했던 건 토지문제로 당시엔 이런 이야기가 떠돌았다.

"부자는 일망무제一望無際·한눈에 볼 수 없을 정도로 아득히 멀고 넓음로 펼쳐진 전답을 소유하고 있으나 빈자는 송곳 꽂을 땅조차 없었다. 때문에 농민들은 파산하여 유리걸식할 지경에 이르렀다."

농경사회에서 권귀權貴·벼슬이 높고 권세가 강한 사람가 토지를 점탈하는 일이 보편화되면 빈부 격차가 심해진다. 위로 군주와 관원들 창고는 가득 차는데 백성들 곳간은 씻은 듯 빈다. 병법에서 가장 우려하는 '상만하루上滿下漏' 상황이다. 이는 곧 반란과 외침을 불러들이게 된다.

도교에 혹한 건달황제 휘종

두 번째는 무뢰한 고구를 일약 장관급으로 등용한 데서 알 수 있듯이 최종 권력자인 황제가 대단히 무능했다는 사실이다. 휘종 조길趙佶은 정치는 뒷전으로 넘긴 채 예술과 음락淫樂에 푹 빠진 어리석은 황제였다. 재위 25년동안 간신배들과 의기투합해 충신과 명장을 숙청하고, 사치와 향락을 즐겼다. 즉위 전부터 한량으로 소문났던 휘종은 즉위 후 화려한 궁정을 건축하고 진기한 동물, 서화골동, 화목과 기석을 수집하는 데 열을 올렸다. 당연히 재정은 거덜나고 백성들 노역 부담도 늘어났다.

그는 또 도교에 심취해 스스로를 '교주도군황제敎主道君皇帝'라 칭하며 도교 행사에 엄청난 재정을 탕진했다. 이는 간신들이 '휘종은 인주人主로서 상제가 직접 강림한 것'이라며 천신강림설天神降臨說을 주장한 데 따른 것이다. 자신이 하늘나라 상제가 인간세상에 내려온 사람이라고 하니 휘종 같은 한량이 어찌 도교에 혹하지 않겠는가?

휘종은 임령소란 도사를 총애했는데, 단지 그를 따르는 문도라는 이유만으로 도관에 자리를 준 뒤 후한 녹봉을 지급한 이가 2만여 명에 달했다.

그런가 하면 휘종은 수백 명에 달하는 비빈妃嬪으로도 음욕을 채울 수 없었던지 황궁 밖 기생집으로 명기名妓들을 찾아다녔다. 중국 어느 왕조든 황음을 일삼던 황제는 많았지만 휘종은 좀 특별했다. 그는 궁궐에서 기생 이사사 집까지 전용 지하도를 파놓고 왕래했다. 이를 보면 휘종은 황제이기 전에 건달이었고, 그런 건달황제가 건달 고구를 등용한 것은 자연스러운 일이었다.

황제가 이러니 간신들만 격양가를 불렀다. 수도 개봉부에 상주하는 금군禁軍은 본디 15만 명 규모였지만 고구가 개인 사역에 동원하거나 봉급을 유용하기 위해 인원을 줄였기에 마지막에는 3만 명 정도였다고 한다. 그 차이에 해당하는 군 예산은 모두 고구 개인에게 돌아갔다.

통을 부수고 요리를 쏟아버려라

그래서 당시 백성들 사이에서는 '통을 부숴버리고打破筒 요리를 쏟아버리면瀽了菜 곧 인간들에게 좋은 세상이 오리라便是人間好世界'는 노래가 유행했다고 한다. 여기서 통은 동관을, 요리菜는 채경을 뜻한다. 수호 이야기에서 관핍민반을 초래하는 악질은 고구이지만 실제 사적史蹟에서는 4흉凶 중 동관과 채경이 원성을 가장 많이 받았다.

관핍을 자행한 주체는 위로는 황제에서 권신을 거쳐 아래로는 지방관에 이른다. 하지만 관으로부터 직접 핍박을 당하진 않았으나, 실제 내막을 뜯어보면 그와 같은 경우에 해당하는 사례도 많았다.

삽시호 뇌횡은 거리 가무공연을 보다 기녀妓女 부녀로부터 모욕을 당한다. 분함을 참지 못한 뇌횡이 아비 백옥교를 두들겨 패니 딸 백수영은 지현에게 폭행을 당했다며 뇌횡을 고소한다. 재주와 미모가 뛰어난 기녀 백수영은 동경에 있을 때부터 지현과 왕래하던 정부情婦다.

지현은 크게 노해 뇌횡을 칼을 씌워 저잣거리에서 조리돌렸다. 뇌횡에게 밥을 주러 왔던 모친이 발가벗긴 채 묶여 있는 아들을 보자 옥졸들에게 욕을 퍼붓는다.

"당신들은 내 아들이랑 함께 일하던 사람들인데 이럴 수 있소?"

"어머니, 저희는 너그럽게 봐주려고 하는데 고소인이 감시하고 있으니 어쩔 도리가 없습니다."

"고소인이 죄인에게 내려진 명령을 감시하는 경우가 어디에 있단 말이오?"

"고소인이 지현과 사이가 좋아 한마디만 하면 우리가 쫓겨납니다."

"이 천한 년이 권세에 빌붙어 날뛰는구나!"

백수영이 찻집에서 이 소리를 듣고 달려나와 소리 지른다.

"이 늙은 종년아! 지금 뭐라고 떠들었어?"

모친이 손가락질하며 대거리한다.

"천 사람이 타고 만 사람이 누르는 천한 암캐년이 무슨 까닭으로 내게 욕을 하느냐?"

"빌어먹을 할망구야! 감히 나를 욕해?"

"그래 욕했다, 어쩔래! 네년이 운성현 지현이라도 되냐?"

백수영이 독이 올라 따귀를 올려붙이니 뇌횡이 분노를 삭이지 못하고 쓰고 있던 칼로 백수영을 후려쳐 죽인다.

벼슬아치네 개새끼가 사람을 무니

기녀 백수영은 지현이 아끼고 사랑하던(?) 정부였기에 명색이 도두벼슬을 하고 있는 뇌횡을 거리낌 없이 모욕했다. 그리고 그 어미에게도 욕설을 퍼부었다. 일개 기녀가 도두를 무시하고 깔본 짓거리는 '벼슬아치네 개새끼'가 사람들을 마구 무는 것과 같은 이치다. 결국 의분을 참지 못한 뇌횡은 백수영을 때려죽이고 양산박에 오른다.

경략상공과 밀착돼 있던 백정 정도를 죽인 노달도 마찬가지 경우다. 정도는 관부와 직접적인 관계는 없으나, 경략상공을 등에 업고 진관서鎭關西·관서지방을 진동시킴란 별칭으로 불렸다. 돈과 뒷배를 배경 삼아 양민을 괴롭히니 원성이 자자했다. 노달은 그런 정도를 응징하고 쫓기는 몸이 된다.

뇌횡과 노달, 두 사람은 관부로부터 직접 핍박을 당한 게 아니다. 하지만 기녀와 백정이 관부에 빌붙어 '호가호위狐假虎威'하고, 두 사람이 이를 견디지 못했다는 건 결국 관부로부터 핍박을 받은 것으로 보아야 한다.

호연작, 관승을 위시해 조정에서 명을 받고 양산박을 정벌하러 나온 장수들도 사정은 매한가지다. 관군 장수들이 이끈 군대는 실력으로 양산박군을 이길 수 없었다. 하지만 그렇다고 패전이 용인되는 건 아니었다. 패장敗將은 가혹한 처벌을 받을 수밖에 없었다. 게다가 자칫하면 적군과 내통해부러 패전했다는 누명까지 뒤집어쓸 공산이 컸다. 그래서 그들은 포로가 됐을 때 다들 이렇게 말한다.

"동경으로 돌아갈 면목이 없으니 원컨대 빨리 죽여주시오!"

패장이 취할 수 있는 길은 죽음 아니면 투항이었다. 송강은 그런 그들을 죽이기는커녕 극진하게 대접한다. 때문에 다들 투항 이유를 '송강이 지닌 의기義氣에 감동한 때문'이라고 말한다. 하지만 속내는 그게 아니었다. 돌아간들 생명을 자신할 수 없었던 것이 가장 큰 이유였다. 그렇다면 이 또한 다른 형태의 '관핍민반'으로 해석할 수밖에 없다.

노신은 1925년에 쓴 '등하만필燈下漫筆'이란 글에서 중국 역사를 "노예가 되고 싶어도 될 수 없는 시대와 잠시 안전하게 노예가 될 수 있는 시대가 순환한 것에 지나지 않는다"고 극언했다. 즉 '일치일란一治一亂·치세와 난세가 이어지는 일'으로 일컬어지는 역사법칙이라는 게 사실은 안전하게 노예가 될 수 있던 시대治와 노예마저 제대로 될 수 없었던 시대亂가 이어진 것에 불과하다는 말이다.

"중국 문명은 부자들이 벌인 인육 잔치판"

노신은 나아가 중국 문명을 '부자들을 위해 인육으로 마련한 잔치판'이라고 단언하면서 중국 문명을 예찬하는 외국인들을 저주했다.

때문에 권력과 부패를 저주하는 이에게서 나온 듯한 '희망 섞인' 응징 이야기도 있다.

"〈수호전〉 서문에 나오는 복마전 마왕은 송강 무리가 아니라 채경이라고 하는 옛 버전이 있다. 당시 서신옹徐神翁이라는 도사가 있었는데, 그는 자주 미래 일을 예언해서 적중시키는 것으로 유명했다. 채경이 서신옹을 만나 '지금은 천하가 태평을 누리는 행복한 세상'이라고 하자 서신옹은 '아니오! 천제天帝는 지금 수많은 악마를 보내 인간계에 살도록 하면서 질서를 파괴하는 데 힘을 쓰고 계시오'라고 답했다. 채경이 그런 인간을 어떻게 식별하느냐고 묻자 서신옹은 그 자리에서 '당신도 그중 하나인 걸 모르나?' 하고 호통쳤다고 한다."

등효망鄧曉芒은 부패와 동란이 생기는 이유를 이렇게 설명한다.

"부패와 동란은 사람들이 제멋대로 하기 때문에 생기는 게 아니라, 오히려 대다수 사람들은 하지 못하고 소수 사람들만 제멋대로 하기 때문에 생기는 것이다."

황제를 위시한 관료 지배집단, 그리고 이들에게 붙어먹는 무리들이 부패와 동란을 초래한 범인이라는 말이다.

농민반란을 이끌었던 방랍은 처음 군사를 일으킬 때 이렇게 부르짖었다.

"부역이 잡다하고 무거우며 관리 수탈이 너무 심하다. 학정虐政이 끝이 없으니 천심과 인심이 어찌 성내지 않겠는가?"

송나라 사람 왕령王令은 그 당시를 〈몽황夢蝗〉이란 시를 통해 풍자했다. 한 시인이 농작물을 해치는 나방을 책망하자 나방은 꿈속에서 상대방에게 침을 놓으며 이렇게 말한다.

"너희들 인간에게는 귀천이니 등급이니 하는 것이 있지. 너그럽고 재능 있는 관리인 듯, 또 당당하고 인의로운 선비인 듯, 뱃속에는 기생충만 가득해 입만 열면 남의 화복 정하고, 턱과 손으로 상벌을 바꾸지. 사해를 호령하고 천리를 마음대로 하며, 착한 사람 잡아다 씹어대고 으리으리한 집에 창고마다 물건 쌓아놓고…인간이 인간을 먹으며 오히려 나를 책망하는

가?"

　이 시는 권력이 지극한 관료들이 골수와 피를 빨면서 선량한 이들을 해치므로 나방보다 수천 배나 더 지독하다고 지적한다. 〈수호전〉은 썩어 문드러진 권력이 민생을 유린하던 '처참한' 현실을 배경으로 한다.

03

'돈 앞에 장사없다' 은자무적론銀子無敵論

찻집에서 이고가 절급 채복에게 은밀하게 황금을 건네주며
노준의를 죽여주기를 부탁한다.

공안公案과 은자銀子

'은자무적銀子無敵'. 소설 〈수호전〉을 설명하는 핵심 키워드다. 〈수호전〉 이야기는 철기아鐵騎兒와 공안公案으로 이뤄진다. 철기아는 군사작전을 비롯한 병법을 일컫는 것이고, 공안은 곧 형사사건을 말한다.

이 중 공안은 은자가 좌지우지한다. 즉 모든 형사사건에는 많든 적든 돈이 개입된다. 양산박 108두령 중에는 죄를 짓거나 덮어쓰고 유배 가는 사람이 많다. 이들은 강호 호한이라 의리남아를 만나면 살아나고, 호한을 혐오하는 못된 관리를 만나면 곤경에 빠질 것처럼 보인다.

하지만 이들의 운명을 결정짓는 건 다름 아닌 돈이다. 임충이 흉계에 빠져 장씨 부인과 이별하고 창주옥에 도착했을 때다. 영내 죄수들이 임충에게 말한다.

"이곳 관영과 차발은 사람을 괴롭혀 돈과 재물을 우려낸다네. 돈이나 재물을 주면 잘 봐주지만 돈이 없다면 지하 감옥에 가둬 살고 싶어도 살수 없고, 죽고 싶어도 죽을 수 없게 만든다네. 만일 인정人情·뇌물을 받으면 처음 왔을 때 때리는 살위봉殺威棒을 치지 않고 병 걸렸다는 핑계를 주어 나중으로 미룬다네. 인정을 얻지 못하면 100대를 맞고 거의 죽을 지경이 되지."

관영은 감옥 책임자이고, 차발은 관리자다. 처음 임충이 도착했을 때 눈을 부라리던 관영과 차발은 임충이 뇌물을 바치자 태도를 180도 바꾼다. 임충은 이를 두고 "돈이 있으면 귀신과도 통할 수 있다더니 옛말이 조금도 틀리지 않는구나. 정말 끔찍한 곳"이라고 한탄한다.

돈이 있으면 귀신과도 통한다

동일한 장소에서 동일한 시간에 동일한 사람이 은자 앞에서 완전히 영혼을 바꾸는 것은 동서고금을 관통하는 진리(?)이자 냉랭한 현실이다. 하지만 부패로 찌든 송대는 특히 더했다. 관원과 이속들은 자신들이 보유한 권력에 기대어 죄수들을 착취했다. 제법 묵직한 금전이 오가는 상황이라면 사람 목숨도 아랑곳하지 않았다.

구진성丘振聲은 〈수호전종횡담水滸傳縱橫談〉에서 감옥 실상을 이렇게 전한다.

"뇌성牢城·감옥은 얼마나 무서운 곳인가? 그야말로 인간지옥이다. 손에 살위봉을 든 관영 차발 절급은 모두 사람 잡는 악마다. 그들이 외치는 백 대 살위봉은 '황제가 만든 낡은 제도'에 불과하고 눈에 보이는 건 상례전常例錢뿐이다. 상례전을 받으면 얼굴에 웃음이 피어나고 살위봉은 아예 안중에도 없다. 만일 상례전을 안주면 백 대 살위봉을 맞게 되는데, 가벼우면 피부가 찢겨 터질 정도이고 심하면 정신을 잃고 까무러친다."

무송은 맹주감옥에서 일면식도 없는 시은의 배려로 살위봉을 면제받는다. 결정이 내려진 후 독방으로 돌아오자 다른 죄수들이 이구동성으로 묻는다.

"혹시 아는 사람이 관영에게 편지라도 보낸 것 아니오?"

무송이 그럴 일이 없다고 하자 그렇다면 곤장을 치지 않았다고 좋아할 것이 아니라며 걱정한다. 죄수들은 감옥 측에서 분명 그날 밤 다른 방법을 써 무송을 요절낼 것이라며 '분조盆弔'와 '토포대土布袋'를 이야기해준다.

분조와 토포대에 앗기는 생명들

"저녁이 되면 누렇게 마른 쌀로 만든 밥 두 그릇을 먹인다네. 배가 부를 때 지하 감옥으로 데려가 밧줄로 묶어 쓰러뜨리고 짚방석으로 둘둘 말아 얼굴에 난 일곱 구멍을 모두 막고 벽에 거꾸로 세워놓으면 한 시간 안에 끝장난다네. 이를 분조라고 한다네!"

"토포대는 사람을 묶어 놓고 모래를 담은 포대를 그 위에 얹어 놓으면 한 시간도 안돼 죽게 되는 것이네."

원래 송나라 제도는 유배지에 죄수가 도착하면 그를 제압하기 위해 살위봉 백 대를 치도록 규정하고 있다. 하지만 살위봉은 그야말로 제도일 뿐, 실제 운용은 '이현령비현령'이었다. 상례전을 바치면 살위봉은 이런저런 핑계로 미뤄졌다. 살위봉을 미룬다는 건 곧 없던 일로 하겠다는 소리다. 그러나 그럴 돈이 없다면 생명을 장담할 수 없었다.

상례전이 없고, 어디 선처를 바라는 편지도 없다. 그렇지만 공개적으로 살위봉을 때리기 애매한 상황도 있다. 이럴 때는 분조나 토포대 같은 방법을 쓴다. 이 그물에 걸려든 죄수들은 어두운 지하감옥에서 하늘만 원망하며 목숨을 앗길 도리밖에 없다.

송강이 강주옥에 도착했을 때다. 송강은 자신을 인수한 강주옥 공인에게 은자를 3냥 준다. 그리고 차발에게 10냥 은자를 건넨 후, 관영에게는 두 배에 해당하는 20냥을 준다. 다른 옥졸들에게도 몇 냥을 나눠준다. 그 결과 송강은 강주옥 관원들이 가장 사랑하는(?) 죄인이 된다.

죄수 처리를 놓고 죽이려는 자와 살리려는 자가 대립했을 때는 은자 규모가 급격히 늘어난다. 하북 호걸 노준의가 매에 못이겨 양산박 도적들과 한패라고 실토한 후 옥에 갇혔다. 그를 죽이려는 집사 이고는 죄수 관리를 맡고 있는 절급에게 금 50냥을 주며 노준의를 죽여 달라고 부탁한다.

공안마다 벌어지는 뇌물 경쟁

절급 채복이 자신을 찾는 집사 이고와 찻집에서 대면했을 때다.

"집사께서 무슨 일로 보자고 하셨소?"

"오늘 밤 깔끔하게 처리해 주시면 금 50냥을 드리겠습니다."

"당신이 노준의 재산을 가로채고 그 아내까지 도모하더니 50냥 금덩이로 그를 끝내려 한단 말이오? 나는 감당할 수 없소이다."

"돈이 적다면 50냥 더 드리겠습니다."

"북경 노원외가 100냥 값어치밖에 안 된단 말이오? 금덩이 500냥을 주시오!"

"50냥은 여기 있고, 나머지도 곧 절급께 드리겠소. 다만 오늘 밤 일을 끝내주시오."

채복이 금덩이를 거두고 일어나며 말한다.

"내일 아침에 시신이나 들고 가시오."

이고는 쾌재를 부른다.

하지만 노준의를 살리려는 양산박 측도 가만히 있진 않는다. 채복이 막 집으로 들어가려는데 한 사람이 나타났다.

"관인께서는 누구십니까?"

"저는 양산박에서 온 시진이라고 합니다. 노원외 목숨을 살려달라고 부탁하러 왔습니다. 황금 1000냥을 선물로 들고 왔소이다."

도적떼 두목이 왔다는 소리에 채복이 긴장해 식은땀을 흘리자 시진이 빨리 결정하라고 다그친다.

"장사께서는 돌아가십시오. 소인이 알아서 조치하겠습니다."

시진은 "승낙했으니 은혜에 감사한다"며 인사하고 떠난다.

채복은 동생 채경과 상의한 끝에 양산박 편을 들기로 한다. 두 사람이 이고를 버리고 양산박에 기울어진 것은 1000냥이 지닌 무게감 때문이다. 이고는 일이 끝나면 성공보수로 금 450냥을 더 주겠다고 했지만, 양산박 측은 바로 1000냥을 내놨다.

물론 이 돈은 채복 형제가 독식할 수 없다. 그들은 판결권자인 양중서와 그 아래 이속들에게 이 돈을 뇌물로 사용하기로 한다. 결국 노준의는 막대한 금덩이 덕분에 살아난다. 황금 1000냥은 〈수호전〉에서 조개 일행이 탈취한 10만 관 생신강 다음으로 많은 금액이다.

장도감이 꾸민 계략에 빠져 무송이 감옥에 갇히자 그를 죽이려는 장도감 측과 무송을 살리려는 시은 측도 이른바 '뇌물전쟁'을 벌인다. 시은은 먼저 담당 절급에게 은자 100냥을 건네며 무송을 잘 보살펴달라고 당부한다. 이어 은자 20~30냥을 간수들에게 뿌리고 옥졸들에게도 은자 부스러기를 나눠준다.

처결권한을 지닌 맹주지부孟州知府는 무송이 장도감네 재물을 훔친 죄로 잡혀왔을 때 장도감 측으로부터 뇌물을 듬뿍 받았다. 뇌물에 푹 삶긴 그는 그래서 처음 무송을 죽이려 한다. 하지만 나중에 장도감이 장문신으로부터 은자를 받고 무송을 함정에 빠트린 것을 알고는 '누구는 앉아서 돈 벌고 나한테는 사람이나 해치게 했다'며 사건 처리에 시큰둥해진다. 무송은 이 덕분에 목숨을 구한다.

보조화폐 은자銀子, 전면에 나서다

〈수호전〉에는 200여 건에 달하는 금품 수수 건이 등장한다. 형사사건인 공안과 연관된 청탁뇌물이 가장 많고, 인간관계에 따라붙는 선심성 뇌물이 그 다음이다. 그리고 이런 뇌물에 쓰이는 절대 다수 화폐는 은자다.

송대에 통용된 공식 화폐는 동전과 철전, 지폐다. 1000개 동전을 꿴 꾸러미를 1관이라 했다. 그런데 소설에는 주조화폐나 지폐가 잘 보이지 않는다. 몰모대충 우이가 보검 파는 양지를 협박할 때 칼질에 필요한 동전 몇 냥을 구해온 게 동전이 등장한 드문 사례다.

반면 대다수 거래는 은전으로 이뤄진다. 공식 화폐가 아님에도 은이 광범위하게 사용됐다는 건 화폐경제가 다양한 모습으로 발달했음을 말해준다. 시기와 장소에 따라 다르지만 1관은 은자 1냥쯤으로 보면 된다.

그렇다면 은자 가치는 얼마였을까? 현대 물가와 직접 비교가 어려운 만큼 소설 속 문맥을 보고 유추할 수밖에 없다.

무송이 무대가 갑자기 죽은 것을 의심해 조사를 벌일 때 일을 도와달라며 과일장수인 운가에게 은자 닷 냥을 준다. 운가는 이를 두고 '아버지와 몇 달 걱정 없이 살 수 있겠다고 한다. 가난한 하층민이라지만 두 식구가 몇 달을 살 수 있다면 이는 작은 돈이 아니다.

당나라 말기에서 오대를 지나는 동안 중국 사회는 크게 바뀌어 문벌귀족이 몰락하고 향촌을 중심으로 신흥 지주계급이 대두됐는데, 이들을 형세호形勢戶라고 한다.

이들은 부유한 경제력을 바탕으로 송나라 문치주의文治主義 정책에 힘입어 과거시험을 통해 상류 지배층으로 올라선다. 이들이 득세하는 것과 비슷한 시기에 농촌에서는 경작지가 크게 증가하고, 농업기술이 발달하면서 생산력도 덩달아 증대됐다.

이는 곧 상업활동을 촉진했으며, 도시가 흥성하는 계기가 됐다. 당나라 시절 10곳에 불과했던 10만 호 이상 도시가 송대에는 40여 곳으로 늘어났다. 인구가 밀집한 시市와 진鎭 또한 2000여 곳이나 됐다. 수도인 동경 개봉부는 20만 호가 거주했는데, 상업활동으로 밤낮이 없었다.

동경이 흥성한 것은 당나라 장안과 비교하면 더 또렷하다. 장안 또한 문물이 북적댔으나 저자坊와 시장市이 일정한 규격에 따라 건설됐기 때문에 폐쇄적이었다. 그리고 밤이 되면 철시를 해야 했다. 반면 동경을 이루는 큰 거리街와 작은 골목巷은 완전히 개방적인 데다 시간 제한이 없었다.

상인이 늘고 상업규모가 커지자 상인들은 거래와 교역에 불편한 동전 꾸러미 대신 '간편한 화폐'를 찾기 시작했다. 주 화폐인 동전은 표시가격일 뿐 실제 거래를 나타내는 것은 아니었다. 동전 한 관의 경우 표시가表示價 절반이 실제 중량이므로 쌀 한 석 사려면 두세 꾸러미 동전을 짊어지고 가야 했다. 소금을 대량으로 취급하던 염상鹽商들은 이 때문에 큰 불편을 겪어야 했다. 거기다 왕안석이 시행한 신법新法으로 통화가 팽창하면서 물가가 앙등하자 명목화폐 대신 실제 가치를 담보하는 은이 전면에 나서게 된다.

돈은 인간관계 지배한 핵심 동력

어쩌다 황금이 등장하기는 해도 소설에 나오는 절대 다수 거래는 은자가 차지한다. 호연작이 관군 장수로서 대패하여 홀로 찾아들어간 시골 주점은 잘 곳도 양고기도 없지만 호연작이 지닌 금金을 쇄은碎銀·부스러기 은자으로 바꿔주고 양고기도 사준다. 산골 궁벽한 곳에서 홀로 행인을 털던 이귀네 집에서도 비쇄은량坯碎銀兩이 나온다. 은자가 단순히 도회지에서만 유통된 게 아니라는 말이다.

이런 은자는 사실상 〈수호전〉을 이끌어가는 핵심 동력이 된다. 임충이 유배가는 소설 8회를 두고 성탄은 정문 밖에 여문餘門·다른 문이 있는 장章이라고 했다. 여문이란 바로 은자 흐름을 일컫는 말이다.

고아내와 결탁한 육겸은 은자로 호송관리들을 매수했다. 가는 길에 쥐도 새도 모르게 임충을 죽여달라는 부탁을 하면서다.

유배길에 들른 시진 장원에서 임충은 자신을 깔보는 홍교두와 봉술시합을 벌인다. 이때 시진은 은자로 홍교두를 유인해 결투를 성사시킨다. 또 은자로 호송공인을 구워 삶았으며, 임충에게도 은자를 건넨다. 유배지에 도착한 임충 역시 관리와 죄수들에게 은자를 먹인다.

돈이 결교結交나 사건 해결에 결정적인 역할을 하는 장면은 〈수호전〉 구석구석에 나온다. 이는 작품 배경인 북송대, 작품이 쓰인 명말 사회 실상을 고스란히 드러낸 것이다.

뇌물이 도덕보다 우선하고, 부패가 거미줄처럼 엮이는 것을 두고 성탄은 은자가 인간관계를 지배하는 핵심임을 간파했다. 나아가 그것이 소설 서사를 움직이는 원동력이라고 단언한다.

무송은 처음 형수 반금련을 죽인 뒤 관가에 자수했다. 비록 사람을 죽이기는 했으나 음부 반금련이 서문경과 간통하고 형을 죽인 만큼, 정황을 설명하면 양곡현 지현知縣·지방장관이 사건 전말을 밝혀줄 것이라고 믿었다.

하지만 지현은 달랐다. 서문경과 한통속인 서리와 상의한 후 "자고로 간통범을 잡으려면 둘 다 잡아야 한다. 자네 형은 지금 시신도 없고, 직접 간통 현장을 잡은 적도 없다. 지금 두 사람-무대 죽음이 타살이라고 증언한 하구숙과 운가-말만 듣고 살인 사건으로 송사를 진행한다면 너무 편파적"이라고 말한다.

은자로 끌어모은 천하 호한들

소식을 들은 서문경은 바삐 움직였다. 사람을 보내 관리들에게 뇌물을 뿌렸다. 지현은 큼지막한 뇌물보따리를 기대하면서 무송이 내놓은 증거를 돌려준 뒤 이렇게 말한다.

"친히 본 일도 진실이 아닌 경우가 많은데, 남들이 뒤에서 하는 말을 어떻게 모두 믿을 수 있겠는가?"

서문경에게 푹 삶긴 옥리도 옆에서 거든다.

"도두! 일반적으로 살인사건은 반드시 시체, 상처, 병력, 물증, 현장 흔적이 다섯 가지가 모두 갖춰져야 추궁할 수 있습니다."

지현과 이속吏屬·서리와 옥리 등 실무자들이 이구동성으로 내는 소리는 형사 사건에 관한 원칙과 상식이다. 그러나 이들이 하는 말이 진짜 원칙에 입각한 이야기라고 믿는 이는 없다. 그들도 그렇고 듣는 무송도 그렇다.

서문경이 이미 은자로 관아를 매수했음을 확인한 무송은 발길을 돌려 '독자적인 응징'에 나선다.

생명을 담보로 하는 '공안 은자'와 함께 가장 많이 등장하는 건 '인간관계를 위한 선심성 뇌물'인데, 이는 주로 시진과 송강에게서 발견된다.

시진은 이른바 '경상지협卿相之俠'이다. 높은 사회지위나 부를 이용해 호걸들을 사귀어 사회 금기를 넘나드는 협사다. 막대한 재산을 지닌 그는 거리낌 없이 은자를 뿌린다.

아전 출신인 송강은 시진에겐 턱없이 못 미친다. 그러나 어떻게 은자를 마련했는지 씀씀이가 자못 크다. 송강을 깊이 혐오한 성탄은 송강이 오로지 돈을 이용해 천하 호한들을 사귀었다며 그런 사귐을 '은자결인銀子結人'이라고 요약했다.

게양진에서 약장수 설영에게 은자 닷 냥을 준 일, 설영과 헤어지며 은전 스무 냥을 준 일, 목홍에게 쫓기다가 사공에게 배를 태워주면 돈을 주겠다고 한 일, 강주에 도착해서 압송 사령 및 옥졸들에게 두루 은자를 주어 환심을 산 일, 이규에게 선뜻 은자 열 냥을 준 일 등을 성탄은 '은자출색銀子出色·은자를 뿌리느라 분주함'이라고 비판했다.

의를 무겁게 여기고 재물은 가볍게 본 '장의소재仗義疏財'형 인간인 송강으로선 억울할 수도 있겠지만, 그가 재물로 많은 이를 포섭한 건 사실이다. 만약 그 같은 은자가 없었다면 송강이 가는 곳마다 환영을 받았을까 하는 의구심이 든다.

여기서 눈여겨볼 것은 호한들이 무겁게 여기는 의義란 절대적이며 대가를 바라지 않는 충忠과 다르다는 점이다. 수호 이야기에 등장하는 의, 혹은 의기義氣란 이利와 병존하는 것으로, 상대적이며 '반대급부' 성격을 띠고 있다. 따라서 송강이 은자를 뿌리는 것은 '선처를 부탁하는' 의미도 있으나, 그것보다는 자신을 믿고 따르는 이들에게 당연히 해야 할 행동이 된다.

토호들이 누리던 유전유세有錢有勢

동서고금이 다 그렇듯 공안에서 은자는 '유전무죄 무전유죄'를 이끈다. 때문에 다들 형편이 닿는 한 두루 은자를 뿌리려 한다. 그런가 하면 관리들에게 뇌물을 바치고 그들과 결탁한 돈 많은 민간인들 또한 은자에 힘입어 '유전유세有錢有勢'를 누린다.

소설 초반부에 등장하는 정도鄭屠는 이름에서 보듯 백정이자 정육업자다. 그는 진관서鎭關西라는 별칭으로 불린다. 진관서란 관서지방을 진동시킨다는 뜻이다.

일반 백정이 쓸 수 있는 말이 아니다. 이 말은 적어도 관서지방을 방비하는 경략안무사經略按撫使나, 통상 관서지방 수비에 공이 많은 장수를 부를 때 쓰는 말이다.

하지만 정도는 일개 정육업자임에도 이런 별칭을 사용하면서 사람들이 돈 많은 토호에게 갖다붙이는 대관인大官人으로 불린다.

양가 부녀자를 예사로 농락하는 이가 이렇게 행세를 할 수 있었던 것은 관서지방을 다스리던 경략상공과 밀착돼 있었기 때문이다. 그가 큰돈을 번 것은 고리대금업에 손댔다는 뜻이다. 그리고 그 고리대금업 배후에 지역 실력자인 경략상공이 있었다는 건 충분히 추측 가능하다.

관리가 직접 고리대금업을 할 수 없기에 정도를 이용했을 것이다. 뇌물을 주고받는 밀착관계가 아니라면 일개 백정인 정도가 어떻게 큰소리를 치겠는가? 사람들이 정도가 부리는 위세를 두려워한 것은 그가 가진 돈과 권력 뒷배를 의식했기 때문이라고 보아야 한다.

서문경은 또 어떤가? 서대관인으로 불리던 그는 파락호 부자다. 양곡현 공무에 독점적으로 관여하면서 마구잡이로 억지를 부려 남을 못살게 굴었다. 하지만 큰 약재상을 하면서 거기서 생기는 이익으로 관리들을 구워삶아 아무도 그를 제지하지 못했다. 뇌물은 사업을 키우는 데 큰 역할을 했고, 그렇게 키운 사업은 더 큰 이익을 그에게 안겨주었다.

정도나 서문경은 다들 뇌물銀子로 입지를 다진 후 그 배경을 무기로 백성들을 괴롭힌 이들이다. 그랬기에 작자는 노달과 무송을 내세워 한주먹에 그들 목숨을 뺏는다.

당나라 사람 장고가 쓴 〈유한고취〉 '전가통신錢可通神'에 이런 이야기가 나온다. '돈이 있으면 귀신과도 통할 수 있다'는 글 제목 자체가 으스스하다.

십만 꾸러미가 해결한 사건

장연이란 사람이 중대한 사건을 심리하게 됐다. 관리를 시켜 죄인을 엄하게 잡아들이라고 했다. 다음날 아침 책상 위에 종이쪽지가 놓여 있었는데 다음과 같이 쓰여 있었다.

"돈 삼만 꾸러미를 보내오니 이 사건을 묻지 말아 주십시오."

장씨가 매우 노해 쪽지를 집어던졌다.

그 다음날 아침이 되자 다시 쪽지가 놓여 있었는데 이렇게 쓰여 있었다.

"십만 꾸러미요."

그러자 장씨는 마침내 사건을 묻지 않았다. 문하인들이 연유를 물었다. 장씨는 "돈 십만 꾸러미면 '귀신과도 통할 수 있으니' 되돌리지 못할 일이 없다. 나는 화를 당할까 두려워 사건을 취소하지 않을 수 없다"고 답했다.

다음은 명청 교체기를 살았던 풍몽룡이 〈고금소古今笑〉에 남긴 이야기다. 관리 한 사람이 재물을 탐낸 죄를 범했다. 사면을 받아 벌을 면하게 되자 그는 이후 절대로 재물을 받지 않겠다고 맹세하면서 만약 이를 어긴다면 손에 악질 종창이 날 것이라고 했다.

오래지 않아 소송 중인 사람이 재물을 보내와서는 송사에 이기게 해줄 것을 청했다. 관리는 맹세한 것이 생각나 손으로 그것을 받을 수가 없었다. 잠시 생각해보더니 말했다.

"당신이 그토록 청하시니 우선 그 돈을 내 신발통에 넣으시오!"

이른바 '관리의 맹세吏人立誓' 이야기다.

'전가통신'이나 '이인입서'는 그래도 정황상 있을 법한 일이라 들어줄만 하다. 포송령이 쓴 〈요재지이聊齋志異〉에는 가난한 주인공 석방평이 지옥으로 염라대왕을 찾아가 아버지를 대신해 원통함을 호소하지만, 염라대왕마저 돈을 밝히는 바람에 죽도록 매만 맞고 나온다는 이야기가 있다. 웃지도 울지도 못할 이야기다.

04

협객과 도적은 한 끗 차이

심양강 배 위에서 장횡이 칼을 빼들고
송강과 두 호송공인에게 호통을 친다.
돈과 목숨을 요구하는 수적水賊이다.

의협義俠과 도적

송나라 사람 유부劉斧가 지은 〈청쇄고의靑瑣高議〉에는 협객 손립에 대한 이야기가 있다. 그는 친구 어머니를 욕보인 장본이란 사람을 찾아 처절한 격투를 벌인다. 장본은 힘이 범이나 곰 같은 사람이었다.

"네놈이 좀 산다고 음란한 말로 양갓집 아낙네를 욕보이다니. 어찌 사람 모습을 하고서 금수와 같은 짓을 저지를 수 있느냐? 내가 오늘 당장 칼로 네 배를 찔러 죽일 수 있지만, 이는 나약한 자들이나 하는 짓이지 장사가 할 일이 아니므로 네놈과 힘으로 한판 승부를 벌인 다음 힘이 다 떨어지고도 승복하지 않는 자를 죽이기로 하자. 그렇지 않으면 당장 네놈을 죽이고 말겠다."

손립이 칼을 꽂고 웃통을 벗어젖혔다. 장본도 피할 수 없음을 알고 역시 웃옷을 벗었다. 손립이 구경하는 사람들에게 큰소리로 말했다.

"감히 나를 돕는 자는 내가 반드시 죽이고 말겠다. 감히 장본을 돕는 자 역시 죽여 버리겠다."

두 사람이 손발을 주고 받으며 싸움을 시작했는데 손놀림이 점차 빨라지고, 얼굴이 피범벅이 되어 넘어졌다 일어서기를 반복했다. 새벽에 시작한 싸움은 점심때에 이를 무렵 장본이 쓰러지는 것으로 끝났다.

장본이 땅에 누워 살려달라고 애걸했다. 손립이 칼을 빼들고 장본에게 말했다.

"이놈! 이제 승복하느냐?"

손립은 장본의 목을 자르고, 관청으로 가 자수했다.

민중들이 믿고 떠받든 의협

협객侠客이란 의협을 실천하는 사람을 말한다. '의협' 혹은 '협의侠義'란 강자를 누르고 약자를 도우려는 마음이다. 혹은 약속을 중하게 여기고 의리를 지키는 것을 일컫는다.

중국 오천 년 역사를 말할 때 '협'은 매우 중요한 의미를 지닌다. 중국에는 상층부에 유儒·유교 문화가, 민간에 협 문화가 존재하면서 늘 충돌을 일으키고 상호작용했다. 일찍이 사기史記를 통해 그 모습을 드러낸 이래 이러한 의협은 민중들이 믿고 떠받드는 가치로 자리 잡는다.

전국시대 협객 형가荊軻는 진시황을 암살하러 가기 전 유명한 '역수가易水歌'를 남겼다.

'바람은 쓸쓸하게 불고 역수 강물 차갑구나風蕭蕭兮易水寒 / 장사 한 번 가면 다시 돌아오지 못하리壯士一去兮不復還'

비장미가 물씬 풍긴다. 형가는 고대 협객의 전형이다. 그는 예상대로 암살에 실패하고 목숨을 잃는다.

고대 협객은 이처럼 개인의 안위를 돌보지 않고 대사大事를 도모한 사람이었다. 이름名에 대한 관념이 중요했고, 협侠이란 글자와 도적盜賊 사이에는 건널 수 없는 강이 있었다. 그러다 위진남북조 이후 세속화가 진행되면서 형가와 같은 '중후장대重厚長大' 이미지는 점점 사라진다.

〈청쇄고의〉에 등장하는 손립은 세속화한 협객(혹은 협사)이다. 그가 장본을 처치한 후 관가에 자수한 것은 공공준칙을 준수한 것이다. 세속화한 협객은 권세로 힘을 겨루거나, 사회적 명망을 중시하던 고전 협사와 달리 친구나 동료 간 의리를 가장 중시했다. 〈수호전〉이 수백 년이 흐르도록 민중들에게 사랑받은 이유는 이 같은 '의협'을 종지^{宗旨·근본이 되는 뜻}로 삼았기 때문이다.

봉건시대를 살던 백성들은 늘 탐관오리와 악질 지주들로부터 수탈과 착취를 당했다. 유교는 '현명한 황제^{淸明天子}'나 '청렴한 관리^{淸官}'가 나타나면 이런 모순이 해결된다고 가르쳤지만, 백성들은 이것이 새빨간 거짓임을 깨닫는다. 설령 청명천자나 청관을 자처한 이들도 대부분 종국에는 백성들을 배신했다.

하층민 윤리는 다름 아닌 의리

희망을 잃은 백성들은 방향을 틀었다. 누군가 그들을 이해하는 이가 나타나 하늘을 대신해 정의를 행하며, 약한 자를 돕고 강폭한 자를 제거해주기를 바랐다. 이런 염원 때문에 협객은 생명력을 획득했다. 또 의협을 실천하는 양산박은 민중들이 갈망하는 이상향이 됐다.

의협은 추상적인 덕목이 아니다. 봉건시대를 살던 하층민들이 몸으로 체득한 '윤리^{倫理}'다. 원래 윤리관념은 생활방식에 따라 다르고, 생활방식은 계급에 따라 다르다.

대지주나 부자 상인 집에 태어난 아이는 노비나 보모 보호를 받으며 성장한다. 또 따로 교사를 두고 가르침을 받는다. 이렇게 자란 아이는 부모나 조상 재산을 물려받아 안락한 생활을 즐길 수 있다.

이들에게는 부모나 조상을 위하는 효가 매우 중요한 윤리의식이 된다. '효도는 온갖 행실의 기본孝爲百行之本'이 되는 것이다.

동시에 부모나 조상이 많은 재산을 물려줄 수 있었던 것은 국가 권력이 그들을 보호했기에 가능했다. 따라서 효와 함께 충忠이 강조되고 교육된다. 충효는 고관이나 대지주 계급에게 유용하면서도 절대적인 윤리의식이다.

반면 하층 계급 아이는 어미 젖을 얻어먹을 수만 있어도 다행이었다. 부모는 어린 자식에게 경제적 보호는커녕 애정을 베풀 여유도 없었다. 이 계층에서는 '제 먹을 건 제가 갖고 태어나는 것'이란 인식이 지배적이었다.

그러다 10살쯤 되면 부모 일을 돕거나 스스로 먹을 것을 찾아 나서야 한다. 또래끼리 놀면서 물고기도 잡고 초근목피를 구하러 다닌다. 따라서 이 계층에게는 또래, 즉 붕우朋友가 생활 수단이자, 위안이자, 동반자였다.

남송 사람 나대경이 쓴 〈학림옥로鶴林玉露〉에는 이를 증명하는 역사적 사실이 있다. 남송 효종 때 여릉의 안선이란 불량소년이 사람을 죽여 영남으로 유배를 가게 됐다. 출발한 지 며칠이 지나자 호송공인 두 사람이 음식을 제대로 주지 않았고, 이대로 가면 그대로 안선을 죽일 것 같은 기미가 보였다.

안선의 친구 두 사람이 모른 척하며 뒤를 쫓다가 같은 숙소에 머물면서 두 공인에게 술과 음식을 대접해 좋은 사이가 되었다. 다음 날 인적 없는 숲에 다다랐을 때 안선의 친구는 은 한 덩이를 던지고는 호송공인에게 칼을 들이대며 안선을 놓아주면 은덩이를 주고 살려 보내겠지만, 싫다면 죽을 때까지 싸워보자고 위협했다.

호송공인들은 칼이 두려워 안선을 풀어주고 그 자리에 그가 병사한 것처럼 가짜 묘를 만들고는 은덩이를 갖고 사라졌다.

〈수호전〉에서 유배 가는 임충이나 노준의가 당한 상황과 똑같다. 임충과 노준의는 죽기 직전 노지심과 연청에 의해 구출된다. 두 사람을 구한 노지심과 연청은 실제 사례에서는 '목숨으로 친구 목숨을 지킨' 벗에 해당된다.

그렇기 때문에 민간에서는 당연히 효도보다 동료 간 약속이나 의리가 우선이었다. 이들에게는 의를 지키고, 그런 의리 있는 행동을 확산시키는 것이 곧 '인仁'이었다. 다들 억눌리면서 살았기에 약자를 부축해주는 사람을 고대했다. 그런 협행俠行을 실천하는 사람은 만인에게 칭송받았다. 따라서 누가 '의리의 수호자로 이름이 높으며 혹은 누가 얼마나 많은 협행을 실천했느냐가 곧 자산이었다.

백성들이 가장 숭앙한 영웅, 노지심

김취련 부녀를 도와 백정 정도를 때려죽인 노달은 이런 관점에서 볼 때 하층민들이 가장 숭앙하던 영웅이다. 가진 것 없는 민중들에게 청명천자란 바로 이런 사람을 가리키는 것이었다.

일반 백성들은 대개 억압적인 환경에서 살아온 터라 특별히 죄의식을 느끼지 못했다. 양심이나 죄의식은 교육을 통한 사회화 과정을 거쳐 형성되는 것이기 때문에 교육으로부터 버림받은 민중들은 그것을 계발할 수가 없었다. 그래서 아무리 끔찍한 행위를 저질렀다 하더라도 죄수를 책망하는 법이 없었다. 오히려 그들이 짊어진 불행에 공감하고 슬퍼했다. 양산박 호한들이 살인을 밥 먹듯이 하는데도 그들에 대한 지지가 굳건했던 건 바로 이런 이유 때문이다.

〈사기〉에서 확인되듯 의협 형상은 역수가를 노래한 형가 때만 하더라도, 고고하고 품위 있는 모습이었다. 전한前漢 시대 일세를 풍미한 협객 곽해郭解는 자자한 명성에도 불구하고, 자신을 드러내지 않으며 남을 도왔다. 조카가 싸움 끝에 죽었어도 잘못이 조카에게 있다는 이야기를 듣고 상대를 탓하지 않았다.

형가 등은 정치적 색채를 농후하게 띠고 있었고, 곽해 등은 사회적 영향력이 남달랐다. 이들은 산림이나 강, 호수 등지에 자리 잡은 도적들과는 차원이 달랐다.

〈사기〉 '유협열전'에 따르면 그들이 내건 가치는 흡사 이웃을 배려하는 강골 선비를 연상케 한다. 그들은 승낙한 바는 반드시 지키고, 행동에는 반드시 성과가 있어야 한다고 했다. 또 다른 사람이 위급할 땐 급히 나서서 도와주고 사사로움은 뒤로 돌렸다. 그런가 하면 능력을 아까워하지 않고 덕이 없음을 부끄러워했다. 게다가 겸손하기까지 했다.

하지만 위진남북조 시대가 열리면서 이처럼 고고했던 의협 형상에 강도 형상이 덧씌워지기 시작했다. 요동치는 사회현실 때문에 밑바닥에 몰락해 있던 일부 협객들이 신분의식이 흐려지면서 강도 사회로 흘러들어가는 추세가 나타났다.

송대에 이르러 이런 흐름은 더 강해졌다. '배주석병권杯酒釋兵權·한 잔 술로 병권을 빼앗다'으로 유명한 송태조 조광윤은 반란을 우려, 무武를 억제하고 문文을 숭상했다. 뒤를 이은 태종도 이런 기조를 유지했다. 때문에 이전 시대 상층 사회 권신權臣이나 부유층에게 남아 있던 숭협崇俠·협객을 우러르는 풍조는 사라지고 말았다.

문관정치文官政治 기틀이 마련되자 무장이나 문벌귀족은 서서히 사라진다. 더불어 문화인을 무시하거나 경시하는 여러 가지 사유형태도 덩달아 퇴출된다. 의협 문화도 그중 하나다. 상층사회에서 밀려난 협객들은 민간 사회로 흘러들어갈 수밖에 없었다. 농사를 짓지도, 부유층에게서 도움을 받지도 못하게 된 그들은 범죄를 생계 수단으로 택했다. 사회 밑바닥에서 새로운 발전 공간을 찾아야 했던 그들은 오랜 세월 전통 협객이 경원시했던 노략질, 살인, 인신매매, 도굴, 위폐제조 등에 손을 대게 된다.

협객, 도적과 한 몸이 되다

송나라 분주汾州 사람 왕적은 신의를 중시하는 용맹한 협객이었다. 하루는 거리에서 읍위邑尉·소도시 치안책임자 일행이 기세등등하게 거리를 지날 때 눈을 부릅뜨고 피하지 않았다. 그러자 수행하던 관리들이 왕적을 모욕했다.

왕적이 화가 나 관리들을 구타한 뒤 읍위를 끌어내려 "그대는 뇌물을 받고 악행을 일삼아 백성들에게 해를 입히고…보잘것없는 직위임에도 위세를 부려 나를 모욕했다"고 질책했다.

왕적은 그런 후 들고 있던 칼로 읍위의 목을 내리치고, 수행하던 수십 명 관리들까지 공격했다. 공격이 얼마나 거셌던지 관리들이 흘린 피가 발을 적실 정도였다.

왕적은 자신을 따르던 사람들에게 큰소리로 말했다.

"읍위가 불법을 저지르며 사람을 모욕했으니 그를 죽이지 않았다면 용 맹스럽다는 말을 듣지 못했을 것이오. 지금 내 죄는 용서받을 수 없으니 계곡으로 숨어들 것이오. 나를 따르고 싶다면 더불어 맹세하고, 그렇지 않 다면 각자 제 뜻대로 행동하시오."

무뢰한들이 일제히 일어나 그를 따랐다. 이 무리는 그 후 무덤을 파헤 치고 백성들을 약탈하는가 하면 시장에 불지르고 부잣집을 공격했다. 백 성들은 고개를 떨구고 그들을 피했으며, 관리들도 그들이 나타나면 자리 를 피했다. 왕적 등은 현상금이 붙은 방을 보고도 아랑곳하지 않았다.

이들에겐 기본적으로 목숨을 아끼지 않는 고대 협객 정서가 남아 있었 다. 왕적이 악행을 일삼고 위세를 부리던 관리를 처단한 건 그 때문이다. 하지만 막상 녹림ｷｷ에 들어간 후 그들이 자행한 횡포는 도적떼와 다를 바 없었다.

녹림은 중국 호북성 당양 동북쪽에 있는 녹림산을 말한다. 서한 말에 왕광 왕봉 일당이 녹림산에서 반기를 들었는데, 이후 사람들을 모아 관군 에 대항하거나 부자 재물을 빼앗아 가난한 이를 구제하는 도둑 소굴을 녹 림으로 부르게 됐다.

송대에는 또 사회경제가 발전하고 토지겸병이 심화되면서 생업을 갖지 못한 '잉여 인구'가 급격히 늘어났다. 이들 중 상당수는 농촌 혹은 도시 건 달이 돼 온갖 범법행위를 일삼았다. 왕적을 따른 무뢰한들은 대부분 이런 사람들이다. 때문에 시간이 흐르면서 전통 있는 협객과 하층 건달을 구분

하기가 어려워졌다. 즉 근대 협객과 강도 사회는 떼려야 뗄 수 없는 유기적인 관계가 된다.

관리 횡포에 저항하나 백성들도 유린

양산박 호한들은 늘 '의기義氣'를 입에 올리는 집단이다. 그런데 그들이 남긴 행적을 보면 곳곳에서 협객과 어울리지 않는 강도 스타일이 발견된다. 이런 사실은 독자들을 당황시키는 것이지만, '협객 발전사'라는 관점에서 보면 진실에 가까운 서술이다.

표자두 임충이 양산박에 입산한 후 그들이 어떻게 살아가고 있는지를 묘사한 대목이 있다. '이후로 다섯 호걸은 양산에서 노략질을 업으로 살아갔다.' 노략질을 업으로 삼는다는 말, 즉 강도짓은 '타가겁사打家劫舍·집을 부수고 재물을 빼앗음'다. 그랬다. 조개와 송강이 '체천행도替天行道' 깃발을 들기 전인 초창기 양산박은 도적 소굴이었다.

양산박 두령들은 다들 호걸연하지만 관군이었다가 투항한 자와 송강이 모략으로 끌어들인 자를 제외하고는 대부분 도둑질, 살인을 서슴지 않던 무뢰배들이다. 송강이 강주 유배길에서 만난 혼강룡 이준과 선화아 장횡은 대표적인 사례다. 이준은 사상私商, 즉 소금과 차를 밀매하는 밀수꾼이고 장횡은 사도私渡, 즉 무허가 뱃사공이다.

장횡은 목홍에게 쫓기다 자기 배에 올라탄 송강과 두 호송공인에게 강 중간에 이르러 호통을 친다.

"너희 세 놈은 판도면이 먹고 싶으냐? 혼돈이 좋으냐?"

세 사람이 발발 떨면서 그게 무슨 뜻인지 묻자 "판도면은 한 놈씩 한칼로 베어버린 뒤 물에 던지는 것이고, 혼돈은 옷을 홀딱 벗고 스스로 물에 뛰어드는 것"이라고 겁준다.

"나는 어미 아비도 모르는 개대가리 장노인"

세 사람이 살려달라고 말하자 장횡이 하는 말은 더 걸작이다.

"내가 그 유명한 어미도 몰라보고 아비도 모른다는 '개대가리 장노인'이다. 주둥이 닥치고 빨리 물속에 뛰어들어라."

강도도 이런 강도가 없다. 나중에 자신이 죽이려던 여객旅客이 송강임을 알게 된 장횡은 동생 장순과 함께 '심양강에서 벌이던 활약상'을 이렇게 들려준다.

"우리 형제는 도박에 지면 제가 먼저 배를 저어 강가 조용한 곳에서 몰래 사람들을 건네줍니다. 그런 손님들은 돈 100전을 아끼고 또 빨리 가려고 제 배를 탑니다. 배에 손님이 가득하면 동생 장순 등에 커다란 보따리를 지고 손님으로 가장하여 배를 탑니다. 내가 배를 강 중간까지 저어가노를 멈추며 닻을 내리고 칼을 빼들어 뱃삯을 받습니다. 본래 한 사람 당 500전이면 충분한데 억지로 3관을 받습니다. 먼저 동생에게 돈을 내라고하면 거짓으로 내려 하지 않죠. 제가 한 손으로 머리를 잡고 다른 손으로 허리를 잡아 강에 던져버리고 맨 처음 사람에게 3관을 요구합니다. 제 동생이 물에 빠져 나오지 않는 것을 보고 다들 얼이 빠져서 어쩔 수 없이 뱃삯을 냅니다. 돈을 다 걷으면 외진 곳에 내려줍니다. 제 동생은 물 밑에서 건너편까지 건너가 사람들이 다 돌아가기를 기다렸다가 둘이 돈을 나눠 갖고 도박하러 가지요."

송대에 큰 강을 건너려면 공식운임을 내고 정부가 허가한 배를 타야 했다. 사도란 사사로이 싼값으로 사람들을 실어 나르던 불법업자다. 실제로 송대에 나루터를 독점하여 강에서 재물을 뜯어내는 건달을 절강지방에서는 '백일귀百日鬼'라고 불렀다.

금모호 연순이 이끄는 청풍산 도적들은 무서운 강도 이미지에다 드물게 해학미諧謔美까지 갖춘 녹림객綠林客이다. 그들은 청주 병마도감 황신이 산을 지날 때 통행료로 3000관을 요구한다. 터무니없는 액수다.

"이곳을 지나려면 매로전買路錢·길을 통과하는 비용으로 3000관을 내야 한다."

"이놈들 무례하구나. 진삼산鎭三山·청풍산을 포함해 세 산을 진압한다는 황신의 별호이 여기 있다."

"네가 진삼산이라도 매로전은 내야 한다."

"나는 상부에서 죄인을 잡으러 온 도감이다. 무슨 매로전을 내라는 말이냐?"

"도감 아니라 황제라 하더라도 매로전 3000관은 내야 하느니라!"

지세 좋은 산에 기대 태연자약하게 벌이는 강도 행각과, 턱없이 높이 부르는 통행료가 실소를 자아낸다.

살인 방화 거리낌 없어야 호한

사실 '남아 대장부'를 뜻하는 호한이란 말 자체도 〈수호전〉에서는 다소 다른 뉘앙스를 풍긴다. 27회에 "무송과 장청이 술을 마시며 이야기를 나누는 장면이 등장하는데, 강호에서 호한들이 하는 일이란 바로 살인 방화하는 일이었다"라는 구절이 나온다. 이 내용대로라면 살인 방화하는 데 거리낌이 없어야 비로소 호한이라는 것이다.

중국 지배계층은 그래서 〈수호전〉을 '회도지서誨盜之書·도둑질을 가르치는 책'로 규정하거나 '범상작란犯上作亂·위를 범하고 난을 일으키는 일'을 유도하는 책이라고 인식하여 수차례 금서로 지정했다.

그렇지만 민중들은 그들이 벌이는 강도짓이 '겁부제빈劫富濟貧·부자 것을 빼앗아 가난한 자를 구제하는 행위'에 해당된다며 지지를 철회하지 않았다. 고아한 협객 이미지는 사라졌지만, 그래도 양산박 호한들은 탐관오리에 비하면 하늘 같은 존재였다.

송강이 등창으로 쓰러지자 명의 안도전을 데리러 간 두령은 장순이다. 그는 이 길에서 활섬파 왕정륙과 조우한다. 왕정륙의 아버지는 장순을 만나자 양산박 이야기를 꺼내며 이렇게 말한다.

"이 늙은이가 듣기로는 송강이란 도적은 정말로 인의로써 가난한 자를 구원하고 약한 자를 구제한다는데 이곳 도적이면 얼마나 좋을까? 만일 그가 이곳으로 온다면 여기 있는 탐관오리들에게 고통받지 않을 테니 백성들이 좋아할 텐데!"라고 한탄한다.

기가 막힌 이야기다. 얼마나 학정에 시달렸으면 도적떼를 그리워하고 있었을까?

송대에 이르러 세속화된 협객은 솔직히 협객이란 말을 쓰기도 어려웠다. 그들은 그저 7~8푼은 자신이 챙기고 2~3푼쯤으로 주변을 건사하는 건달에 불과했다. 하지만 이들 또한 대다수가 하층민인 농민 출신이라 농민들과 비슷한 의식을 지니고 있었다. 거기다 규범적인 국가 의례에는 존경을 표하지 않았지만 민간 제사의식에는 관심이 많았다. 많은 부분 민중들과 정서를 공유한 덕분에 강도 형상이 혼재돼 있음에도 백성들에게 환영받았다.

양산박 호한들이 보여주는 강도 형상은 산채가 체계를 갖추면서 점차 사라진다. 조개는 양산박에 쳐들어온 황안을 물리친 뒤 "우리는 오늘부터 사람을 해쳐서는 안 된다"고 말한다.

송강은 두령이 되어 양산박군을 인솔하면서 자신들이 '의군義軍'임을 하나씩 증명한다. 축가장을 격파했을 때는 연일 싸움을 벌이느라 백성들을 괴롭혔다며 집집마다 쌀 한 가마씩을 준다. 청주를 치러갈 때나 사진과 노지심을 구하고 돌아올 때도 도적들이 흔히 하는 약탈을 하지 않는다. 소설은 '터럭만큼도 백성들을 해치는 일이 없었다'고 기술한다.

잔인한 폭력, 그리고 원시적인 쾌락 추구

양산박은 협객들이 오롯이 정의만 행하던 이상향이 아니었다. 무뢰배와 강도, 수적水賊들이 들끓는 소굴이었다. 장횡과 이준은 심양강에서 여객들의 물건과 목숨을 빼앗는 수적이었다. 대종은 강주 감옥에서 배군配軍·죄 수들로부터 돈 뜯는 일에 몰두하고 있었다. 왕영은 마부馬夫로 일하다 물주를 협박하고 재물을 탈취한 후 청풍산 강도가 된 사람이다. 송강이 '하늘을 대신해 도를 행한다替天行道'고 선언하고 그들 스스로 '사해가 모두 형제'라고 부르짖었지만, 실제로 그들은 모든 사람을 형제로 여기지 않았다. 잔인한 폭력과 원시적인 쾌락 추구도 여전했다.

하지만 양산박 내에서는 '사해 형제'가 진실이었다. 그들은 종적으로는 두령과 부하라는 상하관계였으나 횡적으로는 형제였다. 이런 의리를 기반으로 탐관에 저항하는 모습은 공적 폭력에 시달리던 이들에게 갈채를 받기에 충분했다. 그래서 부조리한 세상을 뒤집는 양산박은 백성들이 앙모하는 이상향이었다.

70회본 마지막 장에서 양산박에 모인 108두령은 '동지적 의리'에 강조점을 둔 맹세문을 다 함께 읽는다.

"…즐거운 일이 있으면 같이 즐기고, 우울할 땐 함께 근심하고, 태어난 것은 같지 않지만 죽을 때는 같이 죽기 바랍니다…나쁜 마음을 품고 대의를 그르치거나 겉으로는 따르고 속마음이 다르거나 시작은 있으나 끝이 없는 자는 하늘이 위에서 살피시고 귀신이 옆에서 바라보시어 칼로 그 몸을 베고 벽력으로 그 흔적을 없애주시고 영원히 지옥 깊은 곳에서 빠지게 하셔서 다시는 인간세계에 나오지 못하게 하소서!"

송대 이후 민간에서는 '형제가 되기로 약속하는' 배맹拜盟 기풍이 팽배했다. 108두령이 양산박에서 맹세문을 읽은 것이 바로 배맹의식이다. 여기에는 정중한 서약이 따라붙는다. 일단 의형제를 맺게 되면 그 맹약盟約은 평생 동안 구속력을 가진다. 또 의형제가 된 사람은 함께 영화를 누리고 굴욕도 함께 겪어야 한다. 하지만 맹약을 배신한다면 죽음이 아니고서는 용서받을 수 없다.

다른 말로는 '팔방八方이 한 지역이고, 다른 성씨가 일가一家를 이루며, 1천리에서 아침저녁으로 서로 볼 수 있고, 한 마음으로 생사를 같이한다'로 묘사된다.

중국인 영혼속엔 토비土匪가 있다

미국의 군사전문가 베빈 알렉산더는 〈위대한 장군들은 어떻게 승리했는가〉에서 모택동이 이끌던 홍군을 이렇게 설명했다.

"이 군대는 계층적 명령체계가 아니라 가능한 한 가장 민주적인 형태를 지향했다. 이 군대에는 서방이나 국민당 군대와 달리 계층과 교육정도에 의해 사병과 분리되는 명확한 장교단이 없었고, 계급과 기장記章도 없었다. 남자는 물론 여자도 능력을 보여줌으로써 리더가 되었고, 사병들은 그들을 '소대장 동무' '중대장 동무'처럼 직함으로 호칭했다. 장교들은 병사들을 구타하거나 학대하지 않았다. 모든 사람은 함께 살았고, 같은 음식을 먹고 똑같은 옷을 입었다."

여자도 능력을 보여주면 리더가 됐다는 점, 장교가 병사들을 구타하거나 학대하지 않았다는 점, 함께 살며 같은 옷을 입고 같은 음식을 먹었다는 점 등은 마치 양산박군을 보는 듯하다. 홍군 체계에 담긴 횡적 민주적 특성은 많은 부분 양산박군을 모방한 것임에 틀림없다.

영국 소설가 H. G 웰스는 〈인류의 운명〉이란 저서에서 이런 말을 했다.

"대다수 중국 사람들 영혼 속에는 한 명의 유가, 한 명의 도가, 그리고 한 명의 토비土匪가 자리하고 있다."

토비는 일반 백성들이 보기에 녹림호객綠林豪客이다. 곧잘 민가를 습격하고 약탈한 토비는 백성들에게 상당한 위협이 됐지만, 강자를 누르고 약자를 도와주며 부자 재물을 빼앗아 가난한 사람을 돕는 특성을 지니고 있었다. 즉 토비는 지역 산림이나 농촌지역에 할거하던 도적떼이나, 횡적 유대를 토대로 탐관오리에 저항하는 자생적 집단이란 의미도 갖고 있다. 굳이 정리하자면 '때때로 의협정신을 발휘하는 도적'을 일컫는 말이라고 할 수 있다. 토비는 연원을 따지면 양산박군에 가까워진다.

05

검고 못생긴 아전, 산적 두목이 되다

송강은 유명한 심양루에 올라
술을 먹고 벽에다 반시反詩를 쓴다.

서리胥吏와 송강

　〈수호전〉 주인공 송강宋江은 서리胥吏 출신이다. 송대에는 이들을 압사押事라고 불렀다. 현에서 발생하는 공무를 담당하는 하급 아전실무자이다. 조선 시대로 치면 육방六房 관속에 해당된다.

　아전은 정식 봉급이 없었다. 그러다 보니 건건이 백성들을 등치기 일쑤였다. 송강이 양산박 두령들로부터 황금 100냥을 받았다는 사실을 알게 된 내연녀 염파석은 송강이 그 돈을 돌려보냈다고 하자 이렇게 말한다.

　"아전이 돈을 본 것은 모기가 피를 본 것과 같은데, 그 돈을 사양하고 돌려줬다고? 무슨 말도 안되는 소리를 하는 거야? 생선 싫어하는 고양이 봤어?"

　그랬다. 아전이 돈을 본 것은 모기가 피를 본 것과 매한가지였다. 조선 역사물에 등장하는 간살스러운 이방吏房을 보면 아전은 탐욕과 아부 덩어리다. 뇌물과 같은 부수입을 절대로 마다할 인종이 아니다.

　아전과 그 아래 아역衙役·문지기 옥졸 창고지기 통인 등등은 모든 관청의 말단에 둥지를 틀고 있었다. 백성들이 관과 접촉하려면 반드시 이들 손을 거쳐야 했다. 이들은 꼭 정부 명령대로만 움직이는 존재가 아니었다. 정부와 백성 사이에서 일종의 독립왕국을 운용하는 듯한 존재였다.

관청에 기생하던 좀벌레들

이들은 관원들에게 굽실거리며 지시를 이행하는 듯했지만 비공식적으로론 전량錢糧·돈과 곡식을 유용하고, 이런저런 뇌물을 사취하고, 죄인들을 협박해 뇌물을 강요했다. 오죽했으면 그들을 아두衙蠹·관청에 사는 좀벌레라고 불렀을까?

명대明代에는 이런 말이 전한다.

"천자를 뵙기 전에 먼저 서리를 알현한다. 천자가 물론 가장 높은 사람이니 순서상으로는 천자에게 가장 먼저 문안 인사를 드려야 한다. 하지만 서리는 실제 장부를 기록하는 사람이니, 세금 할당량을 못 채울 상황이라면 서리에게 뇌물을 주고 장부가 조화를 부리도록 부탁해야 한다!"

실제로 성조 영락제가 내린 '전재관휼조殿災寬恤詔·황제가 백성을 구휼하기 위해 내린 조서'에는 아전과 아역을 일러 "오랫동안 관청을 좋아하여 여러 해 교체되지 않고 오로지 상관 비위만 맞춘다. 소송에서 수단을 부려 시비를 날조하고 담당관리에게 다른 사람을 잘 처리해달라고 청탁하며 뇌물을 전한다. 선량한 사람을 학대하고 해치는 자들이 많다"라는 구절이 나온다.

그들은 관장官長에게는 대단히 비굴했다. 과거를 통해 관직에 오른 그들이 생살여탈권을 쥐고 있었기 때문이다. 반면 글자를 모르는 백성들은 모질고 거칠게 다뤘다. 그들에게 백성이란 마음껏 털을 뽑을 수 있는 양에 불과했다.

단 지역에 뿌리를 두고 관官과 백성을 연결하는 매개체로 살아가지만 운신은 자유롭지 못했다. 송대는 관원을 하기는 쉽지만 서리를 하기는 힘들었다. 중앙에서 임명한 관원은 권력을 등에 업고 지방에서 착취한 돈으로 뇌물을 바치면 승진을 할 수 있었다. 또 죄를 저질러도 웬만하면 처벌받지 않고 넘어갈 수 있었다.

반면 서리는 한평생 지방관청에 매여 조금이라도 상관 기분을 상하게 하면 처벌을 받았다. 죄를 짓기라도 하면 살기 힘든 먼 지방으로 유배당했다. 문신관료제를 지탱하는 말단이지만 관원들로부터는 업신여김을 당했다.

특히 죄가 무거우면 가산을 몰수하고 죽이는 것이 예사였기 때문에 서리는 미리 집안 으슥한 곳에 피신처를 만들어 놓았다. 또 부모에게 화가 미칠까봐 부모가 자식을 거짓으로 불효자식이라고 고발케 한 다음 호적을 가르고 이를 증명하는 증서까지 받아놓곤 했다. 송대에는 이런 일이 비일비재했다.

송강이 염파석을 죽이고 도주하자 운성현 지현은 아버지 송태공과 아우 송청을 체포하도록 했다. 송태공은 공인들이 오자 이렇게 말한다.

"여러분 제 말 좀 들어보십시오. 불효자식 송강은 어려서부터 농사일은 도외시하고 허구한 날 속만 썩이는 바람에 수년 전 불효로 고발하여 호적을 파냈습니다. 지금은 혼자 현에서 거주하면서 이 늙은이와 아무런 왕래도 하지 않습니다. 그러니 아주 남이지요. 증빙문서도 있습니다."

그러자 공인들은 이게 미리 준비한 '거짓문서'라는 사실을 알면서도 송강을 생각해 트집을 잡지 않는다.

송강 같은 서리를 갈망한 사회

과거를 통해 입신한 관원들은 전국적인 '길드 조직'을 갖고 있었다. 전혀 면식이 없는 사이라도 과거에 응시한 해나 시험과목, 같은 해 급제자 등에 대해 이야기를 나누다 보면 반드시 공통점을 찾기 마련이었다. 관원들은 이를 실마리 삼아 얼마든지 대화를 이어 나갈 수 있었다. 그러다보면 십년 지기처럼 금세 흉금을 터놓는 사이가 된다.

서리 출신인 송강이 전국적인 지명도를 지닌 '호걸'로 부각된 데는 이런 배경이 있다. 즉 서리는 지반이 견고한 대신 아무리 해도 주州나 현縣을 뛰어넘을 수 없다. 다른 지방에서는 그 존재 자체를 알 수 없다. 그래서 실제 송강과 같은 아전이 전국적인 명성을 획득하기란 불가능하다. 그럼에도 송강은 발 닿는 곳곳에서, 이름을 밝히자마자 많은 사람들을 심복心服시킨다.

학자들은 이를 '지역이란 한계에 갇혀 있던' 사람들이 전국적 교제망을 지닌 관료조직을 선망하는 마음에서 만들어낸 '공상'이라고 말한다. 하지만 이 같은 공상은 민중들이 열망한 것이기도 하다. 욕심 많고 부도덕한 서리(와 그 아래 아역)는 어떻게 해볼 도리가 없는 인종이었다. 그래서 누구 한 사람이라도 송강처럼 훌륭한 서리가 있었으면 좋겠다는 역설이 '모든 사람에게 환영받는' 캐릭터를 만들었다고 볼 수 있다.

송강은 역사에 흔히 등장하는 화려한 영웅이 아니다. 양산박을 이끈 두령이라고는 믿기 힘든 '스펙'을 지녔다. 무엇이 그를 반란군 지도자로 만들었을까?

먼저 꼽을 수 있는 건 친근한 속성이다. 송강은 주변에서 흔히 볼 수 있는 '장삼이사張三李四'형 외모를 지닌 사람이었다. 키가 작고 못생긴 데다 얼굴까지 까맸다. 그래서 별명이 '흑삼랑黑三郎·시커먼 셋째 아들'이다.

하지만 이 '흑'은 나쁜 뜻이 아니다. 고대 중국에서 흑색은 무겁고 엄숙함을 뜻했다. 강인함과 끈기 같은 속성을 내포한다. 특히 피부색이 검은 사람은 '흑검무괴인黑臉無壞人'이라고 불렀다. 선량하고 충직하며 용감하다는 말이다. 보잘것없는 외모는 친근함을, 시커먼 얼굴은 충직함을 표상한다. 한마디로 믿고 의지할 수 있는 사람이라는 뜻이다.

송강은 아전임에도 드물게 '장의소재仗義疏財' 철학을 지녔다. 의리를 무겁게 여기고 재물을 가볍게 여긴다는 말이다. 여차하면 남을 돕는 그에게 붙은 별명은 '급시우急時雨'다. 곤경에 처한 사람들에게 '때맞춰 내리는 비'만큼 소중한 도움은 없다.

무송은 처음 송강을 만났다가 헤어질 때 이렇게 말한다. "강호에서 급시우 송공명의 이름이 높더니 과연 명불허전이로구나! 이런 사람과 결의형제가 됐으니 보람이 크다." 공명公明은 송강의 자字다. 소설에서 송강을 설명하는 대목을 보자.

금덩이를 흙덩이 던지듯

'송강은 운성현에서 압사가 됐는데 문장에 정통했으며, 벼슬아치 생리를 꿰고 있었다. 게다가 창봉 익히기를 좋아하여 여러 무술을 배웠다. 평생 강호 호걸과 사귀기를 좋아했으며, 그에게 기대는 사람은 지위 고하를 막론하고 받아들이지 않은 적이 없었고, 숙식을 제공하며 종일 함께하면서 귀찮아하지 않았다. 만일 식객이 떠나고자 하면 돈을 아끼지 않고 있는 힘껏 노자를 대주니 진실로 금덩이를 흙덩이 던지듯 했다. 사람들이 그에게 금전을 요구하면 핑계대지 않았고, 남을 돕기 좋아하여 매번 도움을 주며 생명을 구하려 했다. 항상 관棺이나 약재를 나누며 다급하고 곤란한 사람들을 구제했다."

'금덩이를 흙덩이 던지듯'이란 말은 한자어로 '휘금여토揮金如土'다. 이는 아무나 할 수 있는 행동이 아니다. 급시우란 별칭은 그저 생긴 게 아니다.

송강이 나락으로 떨어졌다가 '명성에 힘입어' 극적으로 목숨을 구하는 장면은 소설에서 숱하게 등장한다. 그중에서도 압권은 청풍산 도적들과 만났을 때다. 청풍채로 화영을 만나러 가던 송강은 청풍산에서 산적들에게 붙잡힌다. 행인을 잡아 그 간으로 성주탕醒酒湯·해장국을 끓여 먹는 도적들이다.

이 무시무시한 작자들은 송강을 나무에 묶어놓고 '대왕大王·산적두목을 일컫는 말'이 깨어나기를 기다린다. 이윽고 대왕 3명이 대청으로 나오자 날카로운 칼로 가슴을 가르려 한다.

이때 송강은 외마디소리를 지른다.

"아이고! 송강이 여기서 죽는구나!"

첫째 두령이 이 소리를 듣고 깜짝 놀란다.

"저놈이 뭐라고 했느냐?"

졸개들이 그 말을 다시 한 번 고했다. 그러자 두령들은 송강이 강호 의사義士인 '운성현 송강'임을 확인한 후 그 앞에 납작 엎드린다. 장의소재 철학으로 강호를 진동시킨 송강의 진면모가 고스란히 드러나는 대목이다.

의기만 확인되면 모두가 형제

송강이 사람을 보는 눈은 또 어떤가? 그는 '이러저러해서 그 사람은 교제를 맺을 만하다'고 한 적이 없다. 객관적인 기준으로 사람을 평가하지 않았다는 말이다. 청풍산 세 두령이 자신을 존경하고 따르자 그들에게 의기義氣가 있음을 확인하곤 금세 '뜨거운 형제'가 된다.

평생 송강을 따르다 죽음도 함께 맞이한 흑선풍 이규는 시쳇말로 '망나니 무뢰한'이다. 그러나 송강은 이규가 평소 자신을 존경했으며, 충직한 스타일이라는 이유로 처음부터 그를 좋아하면서 조건 없이 용돈을 주고 의형제를 맺는다. 권세나 이익에 좌우되지 않고 사람을 '의기'로 평가하는 송강에게서 양산박 두령들은 진한 동질감을 느낀다.

유교문화권에서 리더란 개인적인 영웅성이나 독단성 대신 조화를 추구하며 부하들로부터 충성을 이끌어내는 사람이다. 역사적으론 삼국시대 유비나, 송나라 창업주인 조광윤이 그러하고 외모나 실력으로 봤을 때 개인적인 영웅성이라곤 전혀 없는 송강도 이 부류에 속한다.

그는 대단히 큰 포용력을 지니고 있었기에 위로는 관군 장수에서부터 아래로는 좀도둑에 이르기까지 모두 아우를 수 있었다. 송강이 양산박군을 이끌고 관군과 싸워 이겼을 때 으레 등장하는 장면이 있다. 부하들이 장수를 결박해오면 그들을 꾸짖어 물리친 뒤 친히 결박을 풀어준다. 그러고는 상좌에 앉혀 상대를 감복시킨다.

죽을 줄 알았던 관군 장수는 이 같은 대접에 다들 당황한다. 그러다 송강이 단순한 도적 두목이 아니라는 사실을 깨닫는다. 송강이 내건 '체천행도替天行道·하늘을 대신해 의를 행한다'를 받아들이고 한패가 된다.

문화적으로 보면 이 같은 포용은 제물齊物, 즉 사물을 고르게 하는 문화다. 철학이란 관점에서 보면 그것은 '너도 살고 나도 살자'는 주의主義다. 송강은 이렇게 완성한 무리를 차별 없이 대했다. 비록 신분과 지위가 낮더라도 형제라 부르며 진심으로 대했다. 그리고 두령이 되어서도 허세를 부리거나 오만하지 않았다.

실제로 소설에서 송강이 주변 사람들을 폄하거나 불만을 제기하며 망신을 주는 일은 없다. 단지 이규가 급한 성질을 죽이지 못하고 함부로 말과 행동을 내뱉을 때 화를 내거나 나무라는 정도가 전부다. '송강론宋江論'은 이렇게 정리된다. 〈수호전〉을 즐겨 읽는 독자들도 대부분 이 같은 평가에 동의한다. 하지만 동아 역사에서 그토록 큰 영향을 끼친 양산박 두령 송강을 이런 식으로 간단하게 정리할 수 있을까?

충과 의에 끼어 고뇌하는 사나이

〈수호전〉을 천착한 많은 이들은 송강이 외견상 나타난 것과는 달리 매우 복잡한 인물이라고 입을 모은다. 그 이유는 충忠과 의義라는 모순된 사상을 동시에 가지고 있었기 때문이다. 충과 의는 상충되는 개념이다. 이 둘을 지니고 있었다는 건 송강이 경계인이었다는 말이다. 송강은 유교 교양을 몸에 익힌 사람이다. 유자儒者화된 내면은 유교가 설파하는 도덕, 즉 충忠을 저버릴 수 없다. 양산박 두령이 된 뒤에도 틈만 나면 '귀순歸順'을 주장하는 건 그래서다.

반면 출신은 아전 나부랭이다. 신분상승 욕구를 충족시킬 수 없는 존재다. 때문에 그는 강호 호걸들과 교류하며 의義를 내걸고 강호에서 존재가치를 실현하고자 했다. 그를 좀 더 분석한 글을 보자.

"아버지 송태공이 부유했다고는 하나 고용인 숫자로 볼 때 대부호는 아니다. 그럼에도 송강은 아전이 쓸 수 있는 역량 이상으로 돈을 많이 쓴다. 녹봉도 없었고, 말단 아전에게 생기는 검은 돈도 생각만큼 많지 않았다. 이를 두고 송강이 몸은 관아에 있으면서 흑도黑道 녹림綠林쪽과 늘 연결돼 정보를 흘리고 그 보답으로 돈을 챙긴 뒤 이 돈으로 다른 사람을 도우며 명성을 쌓았다고 분석하는 이들이 있다. 송강이 조개를 도주시킬 때 보여준 숙련된 일처리와 침착한 태도는 그가 늘 그쪽 인물들과 거래해왔음을 암시한다. 실제로 조개는 도주에 성공해 양산박에 안착한 뒤 송강에게 고맙다는 인사와 함께 황금 100냥을 건넨다. 이로 미루어 송강은 대단히 복잡하고 위험한 인물임이 분명하다."

겉은 관인후덕한 장자長子풍이지만, 내면은 의기를 매개로 녹림과 거래하는 음험한 사람이었다는 설명이다. 풀어준 은혜를 배반한 유고 마누라와 자신을 모함한 황문병을 처치할 때 보면 녹림에 치우친 면모가 약여하게 드러난다. 송강은 '급시우' 이미지를 싹 벗고 "이 분을 풀지 않고 어찌 세상을 살리오"라며 부하들을 시켜 그들을 칼로 짓이긴다. 이런 잔인함은 전형적인 유자儒者에게서는 찾기 어려운 태도다.

심양루에서 쓴 반시反詩 또한 '세상에 대한 울분'과 '무서운 포부'를 잘 드러내고 있다. 그가 단순한 '인의군자仁義君子'가 아님을 보여준다.

'어려서 경전과 사서를 두루 읽었고自幼曾攻經史 / 자라서 또한 권모술수도 갖추었다네長成亦有權謀 / 사나운 호랑이가 잡초 우거진 언덕에 엎드려恰如猛虎臥荒丘 / 이빨과 발톱을 감추고 참아내고 있다네潛伏爪牙忍受 / 불행하게 양 볼에 자자를 새기고不幸刺文雙頰 / 강주로 귀양와서 견디고 있노라那堪配在江州 / 나중에 복수라도 한다면他年若得報冤仇 / 심양강 강물을 피로(붉게) 물들이리라血染尋陽江口'

가슴에 숨긴 울분과 포부

경사經史가 나오고, 이어 권모權謀가 나온다. 유교 교양과 더불어 세상을 뒤흔들 책략을 갖추고 있음을 자신하는 글이다. 그리고 끝에는 피가 등장한다. 기상이 웅혼하고 깊다.

시를 보고 흡족해진 송강은 그 아래에 7언 절구 한 수를 덧붙인다.

'몸은 오 땅에 있는데 마음은 산동을 향해 있고心在山東身在吳 / 뜻을 숨기고 천지 사방을 헤매며 탄식한다飄蓬江海謾磋籲 / 훗날 뜻을 이루어 청운을 펼치게 되거들랑他時若遂凌雲志 / 황소가 나만 못한 장부라 비웃어주리敢笑黃巢不丈夫'

황소는 당나라 말년 왕선지王仙芝 반란에 호응하여 농민 반란을 일으킨 반란군 두령이다. 서기 879년에 광주, 장안을 격파하고 대제大齊정권을 세웠다. 민간 전설에 황소는 사람을 가장 많이 죽인 마군魔君이라고 한다.

송강이 시에서 황소를 비웃은 문구는 두 가지 해석이 가능하다. 황소처럼 반란을 일으켜 황제가 될 것이라는 것. 그리고 황소보다 더 많은 사람을 죽이겠다는 것이다.

물론 '시에 나타난 분함은 충을 다하고 싶으나 하지 못하는 데 대한 분노라며 큰 의미를 두지 않는 시각도 있다. 하지만 이 시가 유약한 유자가 쓴 글이 아니라는 데에 반론을 제기하는 이는 드물다.

그래서 성탄은 송강이 '이중인격자'라며 그를 가혹하게 평가한다. 성탄은 송강이 첫째 입만 열면 충효를 내세우고, 둘째 상황에 따라 죄수용 칼을 벗고 차며, 셋째 사람 마음을 돈으로 사려고 한다며 '권사權詐형 인물'이라고 폄하한다.

그는 〈수호전〉 25회를 총평하는 글에서 작중 여러 인물과 비교해 송강을 협인狹人·속이 좁은 사람, 감인甘人·달콤하게 남을 속이는 사람, 박인駁人·지저분한 사람, 알인歹人·나쁜 사람, 염인厭人·짜증나는 사람, 가인假人·거짓스러운 사람, 매인呆人·미련한 사람, 속인俗人·속된 사람, 소인小人, 둔인鈍人·둔한 사람이라고 매도했다.

성탄, 송강을 혐오하다

때문에 '장의소재'도 거짓이라는 말이 나온다. "염파석 어미를 조건없이 도와줬다고는 하나 덕분에 염파석이란 젊은 처자를 얻게 됐다. 이는 재물을 베푼 대가로 여자를 취했음을 보여준다. 송강은 또 염파석을 비천한 여인으로 느끼고 이해관계 때문에 그녀를 살해한다. 당우아에게 떡을 사주며 용돈을 주는 것으로 나와 있지만, 경제적으로 도와주는 대신에 은근히 도움을 받는다. 염파석 어미에게 붙잡혀 있을 때도 당우아 도움으로 도망칠 수 있었다. 당우아가 죄를 대신 덮어쓰고 고초를 당할 때 송강은 돌아와 그를 도와주지 않는다. 역시 장의仗義는 온데간데없다. 송강은 탕약을 파는 왕공에게 관을 사주기로 약속하지만 이 약속 또한 지키지 않고 공짜 약만 얻어 먹는다."

송강을 혐오하는 대목은 또 있다. 성탄은 송강이 교묘하게 자신을 낮추며 실제로는 세력을 불리는 처신을 했다고 비판한다. 강주에서 송강을 구출한 조개 군대가 대오를 나누어 양산박으로 돌아갈 때 송강은 첫째 부대를 조개를 포함해 자신과 화영 대종 이규가 이끌게 한다. 심복들을 동원해 조개를 압박한 것이다.

그런가 하면 도중에 많은 호한을 사귄 것을 말하고 산에 올라가면 조개와 생사를 같이할 것이라고 한다. 공을 말하여 공을 다툴 수 없게 하고 진심을 말하여 의심하지 못하게 했다. 그런 후 양산박에 도착해서는 공로 고하를 나누지 말고 옛 두령은 왼쪽에, 새 두령은 오른쪽에 앉자고 제안한다. 이에 따라 왼쪽에 9명, 오른쪽에 27명이 앉는다. 이 27명은 송강과 인연을 맺어 합류한 사람들이기에 당연히 송강에게 힘이 실릴 수밖에 없다. 산채 주도권을 교묘하게 장악했다고 본 것이다.

성탄은 송강이 지닌 면모를 그와 가장 가까운 이규와 대비해 파악하기도 한다. 이 관점에 따르면 송강은 사악함을, 이규는 진솔함을 대표하는 사람이 된다. 가령 부모를 찾아갈 때 효孝를 입에 달고 사는 송강은 동료들로부터 후한 전별餞別을 받지만, 이규는 말이 나오는 즉시 뒤도 돌아보지 않고 고향으로 향한다.

이규가 더 효자라는 놀라운 주장

따라서 이규는 지극한 정의情誼를 지닌 사람이 되지만 송강은 교활한 사람이 된다. 성탄을 오래 연구한 이승수 교수는 "상식적으로 볼 때 이규를 효자라 할 수 있는 지는 의문이지만 성탄의 관점에서 보면 최소한 이규는 송강보다는 효자인 셈"이라고 말한다.

흑선풍 이규가 호환으로 어머니를 잃고 돌아와 눈물을 흘릴 때는-살인마 흑선풍이 눈물을 흘리는 건 이 장면이 유일하다-송강은 그 슬픔에 동조하지 않고 웃음을 터뜨리며 이렇게 말한다.

"네가 호랑이 네 마리를 죽였으나, 오늘 우리 산채에는 살아 있는 호랑이 두 마리가 들어왔으니 축하해야겠다."

이규가 호랑이를 죽이고 정체가 탄로나 사로잡혔다 탈출하는 과정에서 함께 산채에 들어온 청안호青眼虎 이운과 소면호笑面虎 주부를 놓고 한 말이다.

효보다 의를 중시하는 '양산박 윤리의식'에서 비롯된 말이지만 성탄은 이에 대해 "남이 어머니를 잃었는데 슬퍼하지 않고 자기에게 호랑이가 더해진 것만 자랑하고 있다. 효자를 위로하지 않고 강도를 얻은 것만 축하하고 있다"고 비난한다.

보기에 따라 침소봉대라는 느낌도 들지만, 전후 맥락상 전혀 틀린 말도 아니다. 그래서 미야자키 이치사다는 송강을 이렇게 평한다.

"의협심이 대단하다고 천하에 알려졌기 때문에 어떤 난폭자라도 송강 이름만 들으면 송구해 엎드릴 정도라고 한다. 하지만 그가 지닌 의협심이 란 기껏해야 가난한 자에게 금전을 베풀고 노름꾼에게 몇 번 돈을 사기당 하고도 화내지 않는 정도에 지나지 않는다."

송강은 후대에서도 여전히 논란거리다. 이은보라는 사람은 1965년에 쓴 송강 평에서 "송강은 양산박에 올라가기 전 글을 팔아먹던 아전 출신이라 할 수 없이 양산에 올라간 이후에도 늘 조정에 불려가 벼슬할 생각을 잊지 못했다. 그는 타협사상이 농후한 투항주의자였다. 초안招安·조정에 항복하는 것을 받아들인 후 송강은 농민혁명을 배반하고 봉건 통치계급의 충실한 노예로 전락하여 다른 농민혁명군을 진압한 망나니"라고 욕했다.

모택동은 1975년 8월 14일 다음과 같은 담화를 발표했다.

"송강은 통치계급에 충실했던 노예"

"〈수호전〉은 단지 탐관오리에 반항한 것이며 황제에게 반항한 것이 아니다. 송강은 투항을 하여 수정주의자가 되었다. 조개가 만든 취의청을 충의당으로 바꾸고는 사람들을 회유했다. 노신은 〈수호전〉을 잘 평가했다. 그는 '〈수호전〉이 즉 천자에게 반대를 하지 않았기 때문에 그들은 대군이 도착하자 바로 투항을 해버렸다. 그리고 국가를 대신해서 다른 강도들을 쳤다. 하늘을 대신해서 도를 행하는 강도가 되지 않은 것이다. 그들은 결국 노예였다'고 했다."

성탄은 뒷사람들이 이런 평론을 내놓을 것을 미리 안 것일까? 그는 양산박 108호걸이 양산박에 집결하는 것으로 수호 이야기를 끝내버렸다. 따라서 항복 운운하는 건 70회본과는 상관없는 줄거리가 된다.

물론 이야기를 100회본, 120회본까지 연장하더라도 송강이 살았던 시기는 송대宋代라는 점을 알아야 한다. 작품이 완성된 명말明末이라 해도 모두 봉건시대였다. 당시 사람들이 체제전복을 목표로 '농민혁명'이란 관념을 가질 순 없었다. 이은보나 모택동이 내린 평은 송강이 지닌 복잡한 면모를 간과한 측면이 크다. 송강은 그 복잡한 성격 덕분에 〈수호전〉이라는 긴 서사가 지금도 생명력을 잃지 않게 만드는 '샘물'이라고 할 수 있다.

06

뇌물짐 강탈 대작전

술장수 백승이 황니강(언덕)을 지난다.
몽한약이 든 줄 모르고 술을 사먹은 양지일행은
눈자위를 뒤집으며 쓰러진다.

생신강生辰綱 사건

'붉은 해 이글거려 불길이 일어날 듯赤日炎炎似火燒 / 들판의 곡식들은 반 넘어 말라 가네野田禾稻半枯焦 / 농부의 마음속은 까맣게 타 가는데農夫心內如湯煮 / 공자와 왕손들은 부채질만 하는구나公子王孫把扇搖'

황니강黃泥崗에서 술장수로 변장한 백승이 부르는 노래다. 위 두 구는 불볕더위를, 아래 두 구는 신분에 따라 다른 처지와 모순을 풍자한다. 사실 이 노래는 예물짐 10만 관을 운반하는 군사들과 이들을 가혹하게 몰아치는 호송책임자 양지楊志를 표적으로 한다.

10만 관 뇌물짐이 움직이다

때는 여름이다. 무거운 예물짐을 메고 헉헉거리는 군사들은 행여 도적이 나타날세라 서늘할 땐 쉬고 더울 땐 걷게 하는 양지가 말할 수 없이 밉다. 양지는 그럼에도 아랑곳하지 않고 채찍질로 군사들을 다그친다. 백승은 그 허점을 파고 든다. 양지가 처한 현실을 노래에 빗대 둘 사이를 이간시키는 것이다.

황니강에서 벌어진 10만 관 생신강生辰綱 탈취 사건은 〈수호전〉에서 가장 중요한 의미를 갖는 대사건이다. 10만 관이라는 재물 액수도 액수려니와, 이 사건을 계기로 강호 호한들이 줄이어 양산박에 집결하기 때문이다.

생신강이란 무얼 말하는가? 북경 대명부 유수사인 양중서가 장인 채경에게 보내는 생신 예물짐과, 그 짐을 운반하는 일을 가리킨다.

원래 강綱이란 선단船團을 의미한다. 운하 등을 운항할 때 배 몇 척씩을 한 단위로 묶어 함께 이동하도록 한 것이다. 송 휘종이 취미생활을 위해 운용한 화석강花石綱·기화요초나 수석을 실어 나르던 선단이 그 시작이다. 생신강은 그저 짐을 천칭봉에 달아 운반하는 것이므로, 강이란 말을 붙이기가 뭣하지만 화석강이 너무 유명했기에 짐 나르는 인부 일행에 강이라는 말을 붙인 것으로 보인다.

양지가 호송책임자가 된 것은 양중서가 그를 발탁한 덕분이다. 양중서는 몰모대충 우이를 죽인 죄로 북경에 유배 온 양지가 실력 있고 성실한 무관武官이란 사실을 알고 그에게 깊은 신뢰를 보낸다.

양중서는 그 전해에 보낸 생신강을 몽땅 털린 '트라우마'를 지니고 있다.

그래서 보다 믿음직한 이에게 예물짐 보내는 일을 맡기고 싶었다. 그러던 차에 무관으로 명성이 높던 양지가 북경에 온 것이다.

장인인 채경에게 보내는 예물짐은 단순한 선물이 아니다. 양중서는 권력자인 장인에게 '무한 충성'을 맹세한 사람이다. 자신의 미래가 생신강에 달려 있음을 안다.

운반 책임자로 나선 양지

양지는 호송책임자가 되자 수레와 군사로 편성되는 떠들썩한 생신강을 반대한다. 이렇게 하는 건 도적들에게 '예물을 싣고 가니 털어가라'는 메시지를 보내는 것과 다를 바 없다고 목소리를 높인다. 그가 내놓은 '안전 수송' 방안은 강인한 군사 10여 명을 선발해 짐을 나눠 지고 쥐도 새도 모르게 동경으로 가는 것이다.

양지는 원래 화석강 운반에 실패, 처벌을 받을까 두려워 도주했던 경력이 있다. 사면을 받아 동경에 돌아온 그는 옛 직책인 제사^{制使} 자리를 되찾기 위해 동분서주했다. 상사에게 뇌물을 쓰고 아랫사람에게 힘겹게 부탁해 고태위 앞으로 복직신청 서류를 보낸다. 하지만 고태위는 "당시 화석강 운반을 맡았던 제사 중 9명이 임무에 성공했음에도 이놈만 도주했다"며 복직을 불허한다.

가진 재물도 다 떨어진 터라 보검이라도 팔려고 나갔다가 우이를 만나고, 다툼 끝에 그를 죽이게 된다. 양지는 왜 이토록 복직에 목을 맸을까?

그는 임충과 여러모로 비슷하지만 혁혁한 가문 배경을 가지고 있다는 점에서 임충과 다르다.

그는 인망이 높던 북송시대 장수 양령공楊令公의 손자다. 그가 지향하는 바는 '봉처음자封妻蔭子·공신의 처는 땅을 받고 자손은 대대로 관직을 세습받는 것'다. 때문에 권문에 뇌물 쓰는 일도 마다하지 않는다. 그는 끝까지 주류세계 일원으로 남고자 한다.

북경에 유배 온 몸이지만 양지는 양중서에게서 '재입신再立身' 기회를 발견한다. 그래서 양중서가 채경에게 충성하는 것처럼 그 또한 양중서에게 신명을 바치기로 한다. 양중서가 양지에게 무예가 어떤지를 묻자 양지는 이렇게 답한다.

"소인은 무과 출신으로 어려서 18반 무예를 배웠습니다. 오늘 이 같은 보살핌을 받으니 구름 사이로 비치는 한 줄기 햇살을 보는 것 같습니다. 앞으로 힘을 다하여 말안장을 등에 지고 다녀서라도 은혜에 보답하겠습니다."

이만저만한 충성맹세가 아니다. 생신강 호송 업무를 맡게 된 양지는 그래서 오로지 일을 성공시키겠다는 일념뿐이다. 출발하자마자 군사들을 심하게 몰아친 건 그 때문이다. 군사들이 멈추면 가벼울 때는 욕하고 꾸짖었으며, 심할 때는 등나무 가지로 때리면서 발길을 독촉했다. 11명 군사는 함께 가는 양중서 집사에게 "우리가 맞닥뜨린 가장 큰 불행은 군사가 된 것이고, 그 다음은 이 일을 맡게 된 것"이라고 하소연한다.

계교로 뇌물짐을 빼앗다

양지가 명운을 걸고 움직이고 있을 때 생신강을 탈취하려는 쪽은 어떻게 하고 있었을까?

조개는 생신강 운송 정보를 처음 제공한 유당과 이웃 사촌인 오용, 그리고 홀연히 나타난 공손승과 더불어 1차 탈취 모의에 돌입한다.

사람이 더 필요하다고 보고 완씨 삼형제를 설득하러 간 오용은 대놓고 이렇게 말한다.

"산 속 은밀한 곳에서 의롭지 못한 이런 재산을 빼앗아 우리 모두 행복한 한평생을 누려보세!"

조개는 탈취 모의에 참가한 일행들에게 한 술 더 뜬다.

"어젯밤 꿈에 북두칠성을 보았소. 곧장 우리 집 지붕 위로 떨어졌는데, 이처럼 별이 우리 집을 비추었는데 어찌 불리하겠소!"

그리고 이들은 행동으로 나선다. 이들이 양지와 마주친 곳은 바로 악명 높은 언덕, 황니강이다. 조개 일행이 마련한 생신강 탈취 계책은 절묘하고도 치밀했다.

술장수로 변장한 백승이 먼저 술통을 내려놓고 그늘에서 더위를 식힌다. 통에 든 것이 술이라는 사실을 알게 된 군사들은 한 잔만 걸치게 해달라며 양지에게 간청한다. 날은 덥지, 목은 마르지, 군사들은 애간장이 탄다.

"통 안에 든 것이 무엇이오?"

"술이요."

"어디로 가지고 가는 것이오?"

"팔려고 마을에 가지고 가는 것이오."

"한 통에 얼마요?"

"다섯 관이오."

군사들이 서로 의논한다.

"날도 덥고 목도 타는데 사서 마십시다."

돈을 모으려고 하는데 양지가 보고 소리친다.

"뭐하는 짓이냐?"

"술을 사서 마시려고 합니다."

양지가 칼 등으로 군사들을 치며 욕을 한다.

"너희들, 내 말을 듣지 않고 함부로 술을 사서 마시려 하느냐? 정말 겁
도 없구나!"

"별것도 아닌데 무슨 소리요?"

"너희 같은 촌뜨기들이 알긴 뭘 아느냐? 얼마나 많은 사람들이 몽한약
을 먹고 쓰러진 줄 아느냐?"

기발한 꾀 앞에 몽땅 털린 양지 일행

매사에 생각 깊은 양지가 몽한약이라도 탔으면 어쩔 거냐고 군사들을
위협한다. 그러자 백승은 애꿎은 사람을 모함한다며 역정을 낸다.

조개 일행은 대추 장수로 변장해 건너편 숲에 있다가 양지와 백승이 다

투는 광경을 보고 끼어든다. 그들은 맛있게 술을 사먹고 아무 일 없다는 듯 태연하다. 쓰러지는 사람이 없음을 확인한 군사들은 다시 양지를 조른다. 그러자 양지도 그만 긴장을 풀고 허락하고 만다.

물론 그 와중에 기책奇策이 숨어 있었다. 대추 장수 한 사람이 덤으로 술을 한 잔만 더 달라며 표주박으로 술을 떠 도망가고, 백승이 숲속으로 쫓아가 표주박을 뺏어오는 장면이다. 조개 일행은 이때 표주박에다 몽한약을 넣는다. 백승이 남은 술을 붓는 듯 표주박을 통에 넣어 젓자 멀쩡하던 술은 '사신死神표' 몽한주가 되고 만다.

군사들이 쓰러지고 사양하다 마신 한 잔 술에 양지도 쓰러진다. 10만 관 봇짐은 대추장수들과 함께 어디론지 사라진다. 시간이 흘러 정신을 차렸으나 예물짐은 온데간데없다. 양지는 이제 살아도 산 목숨이 아니다. 쓰러진 군사들을 바라보며 한숨을 쉬다 정처 없이 발걸음을 옮긴다.

몽한약에 쓰러진 군사들은 양지 말마따나 세상물정 모르는 애송이들이다. 하지만 생존을 도모하는 본능은 양지보다 한 수 위다.

마취에서 깨어난 집사가 말한다.

"너희가 양제할의 바른 말을 듣지 않아 나도 죽게 생겼다."

"나리, 이왕 일이 이렇게 됐으니 살아날 방법이나 찾아봅시다."

"무슨 좋은 방법이 있느냐?"

"양제할이 강도들과 한패가 되어 우리에게 몽한약을 먹이고 보물을 모두 뺏어갔다고 뒤집어씌워야 합니다."

"너희들 말이 옳다!"

강도는 나쁘지만 뇌물 강탈은 OK

생신강 탈취는 사실 뻔뻔한 강도행위다. 조개 일행 또한 그런 사실을 잘 알고 있다. 그러나 〈수호전〉을 보는 사람들은 오히려 이를 칭송한다. 왜 그럴까?

10만 관 재물이 백성들을 수탈해 모은 것이기 때문이다. 양중서가 백성들을 대상으로 한 행위는 강탈이었다. 화석강도 황제 사욕을 채우기 위한 것이었지만, 그래도 겉으로는 황제 명령이나 국가사업이라는 구호 아래 공개적으로 진행된 수탈이다.

하지만 생신강은 양중서가 사적으로 행한 수탈이고, 그 결과 또한 공개적으로 내세울 수 없었다. 재물 성격이 이러하기에 그걸 뺏는 행위는 비록 강도짓이지만 사람들은 '시원하고 정의롭다'고 느꼈다.

양중서가 수도로 올려보낸 재물은 무려 10만 관이다. 일만 관 재산을 지닌 이가 부가옹富家翁·동네 부자 소리를 듣던 때니, 수탈 정도가 얼마나 심했는지 짐작된다. 양중서 사례에서 보듯 관료 세계에서 '승진은 곧 부자가 되는 길昇官發財'이었다. 관직이 높아지면 다들 그 권세를 이용해 백성들을 쥐어짰다. 그래서 '한 집이 재물을 축적하면 일만 집에서 곡소리 난다一家發財萬家哭'는 말이 생겨났을 정도다.

아무리 시대가 그랬다고는 하나, 이런 수탈에 의분을 느끼지 않을 이는 없다. 백주 강도인 조개 일행은 그래서 면죄부를 받고 오히려 '통 큰 호걸'이 된다.

황니강에서 벌어진 생신강 탈취 사건은 소설에서 중대한 분기점을 이룬다. 〈수호전〉은 전傳이란 말이 붙은 데서도 알 수 있듯 주인공인 개인과, 그들이 벌이는 활약상에 초점을 맞춘다.

반면 생신강 탈취 사건은 조직범죄다. 여러 사람이, 이익을 얻기 위해, 사전에 모의하여, 조직적으로, 계책을 동원해, 공권력에 도전했다는 점에서 매우 상징적이다. 소설 40회 이후 양산박과 조정이 벌이는 대결은 이 사건에서 시작된다. 특히 조정은 이 사건을 계기로 체제에 도전하는 양산박에 대한 적의敵意를 공공연히 드러낸다.

호민으로 거듭난 완씨 삼형제

생신강 탈취 사건에서 '지키는 자와 뺏으려는 자'를 대표하는 이는 양지와 조개다. 그러나 생신강과 양산박을 연결하면 이 사건에서 가장 주목해야 할 사람은 바로 입지태세立地太歲 완소이阮小二, 단명이랑短命二郎 완소오阮小五, 활염라活閻羅 완소칠阮小七로 불리는 완씨 삼형제다.

양산박 부근 석갈촌에서 살던 세 사람은 무식한 어부에 불과했다. 오용은 세 사람을 '의기남아義氣男兒'라고 표현했지만, 시골 무지렁이 어부를 눈여겨보는 사람은 없었다. 거기다 세 사람은 어부 시절 관부 핍박을 견디며 불만을 뒤로 감추는 소극적 저항자에 지나지 않았다.

그러나 조개와 오용 등 자신들을 알아주는 이를 만나고, 생신강 탈취에 성공하면서 그들은 급격하게 변한다. 거기다 양산박이란 의지처까지 얻게 되자 지금까지 억눌렀던 분노를 거세게 표출하면서 적극적이고 폭력적인 성향을 드러낸다.

양산박에 입산한 후 생신강 탈취범들을 잡으러 관군이 몰려온다는 소식을 듣자 완소이는 반은 물에 처넣어 죽이고, 반은 찔러 죽이겠다고 큰소리친다. 실제로 그들은 관군을 몰살시키다시피 한다.

이들은 조선 선비 허균이 말한 삼민三民중 호민豪民에 해당된다. 허균은 봉건체제에 순응하면서 늘 수탈 대상이 되는 백성을 항민恒民, 체제 모순을 인지하고 있지만 저항할 용력이 부족한 사람들을 원민怨民, 체제 모순과 부당한 착취를 자각하고 틈을 타 행동으로 저항하는 이들을 호민으로 각각 분류한 바 있다.

원래 성정이 강한 완씨 삼형제는 쭈욱 원민으로 지내다, 생신강 탈취에 가담하면서 호민으로 변한다. 따라서 완씨 삼형제는 양산박이란 도적집단이 지닌 본질과 그 실상을 대표한다. 처음 오용을 만났을 때 그들은 이렇게 부르짖는다.

"높은 놈들은 극악무도한 죄를 짓고도 잘 먹고 잘사는데 우리 형제는 아무리 열심히 고기를 잡아도 이렇게 형편없이 살지 않소?"

"평생 고기나 잡으며 이렇게 사느니 차라리 하루라도 양산박 도적떼처럼 신나게 살고 싶소."

"우리를 알아주는 사람이 있다면 물에 뛰어들라고 해도 뛰어들고, 불속에 들어가라고 해도 들어갈 참이오."

생신강 탈취 사건은 조개 일행이 황니강에서 쓴 계책만 보면 완전범죄 수준이다. 그렇지만 이들은 역시 아마추어였다. 단서를 줄줄 흘리고 다녔기 때문이다.

이들을 잡으려는 집포사신緝捕使臣·포도대장격 하도는 처음 종적이 묘연한 강도들을 찾지 못해 골머리를 앓는다. 그러다 노름으로 날밤을 지새우는 아우 하청에게서 실마리를 얻는다. 하청은 형에게 이렇게 말한다.

"전에 안락촌 왕가객점에서 잔돈푼이라도 벌어볼려고 일을 했었죠. 그때 관아에서 공문이 왔는데 모든 객점은 명부를 만들어 마을에 머무르는 사람을 기록하고 확인도장을 찍도록 했죠. 매일 밤 객점에 와서 쉬는 행상이 있으면 반드시 어디서 왔고, 어디로 가며, 성명은 무엇이고 무슨 장사를 하는가를 모두 명부에 적어야 했습죠. 관청에서 조사할 때마다 매월 한 차례 이정里丁·촌장격에게 보고해야 했는데, 주점 주보일꾼가 글을 몰라 제가 대신 반 달 동안 기입을 했습죠. 그때 강주거江州車를 끌고 가는 조보정조개 일행을 봤습니다. 생신강이 강탈당했다는 소식을 듣자 조보정이 아니면 누구이겠나 하고 생각했습니다."

어설펐던 훔친 자, 대책없던 가진 자

생신강이란 엄청난 재물을 털러 나섰다면 오가는 길을 조심해야 하는 것은 불문가지. 어설픈 노름꾼에게 들켰다는 건 조개 일행이 범죄에 서툴렀다는 사실을 입증한다.

하청의 말대로 조개 일행 7명이 황니강까지 가는 모습은 아예 "우리는 강도짓을 하러 갑니다" 하고 광고를 하는 격이었다. 개별 출발도 아니고 분장도 따로 하지 않고, 한 주막에 같이 투숙하는가 하면 기세 좋게 분대행진 하듯 출발했다.

오용은 호주에서 동경으로 대추 팔러 가는 사람이라고 말했지만 그 말을 그대로 믿는 이는 없었다. 심지어 하청처럼 조개를 알아보는 이도 있었다.

게다가 처음 덜미를 잡힌 백승은 질 낮은 건달이었다. 백승은 훔친 재물로 술집에서 거들먹거리다 관부에 끌려가 고문을 받고 사건 전모를 실토하고 만다. 그런 백승을 황니강 주변에 남겨 놓은 것은 조개 일행이 어설퍼도 한참 어설펐음을 말해준다.

생신강을 운송하는 쪽도 엉성하긴 마찬가지였다. 양중서는 그 전해에도 호송에 실패했다. 그렇다면 비밀 운송계획을 마련했다고는 하나, 정보가 새 나갈 것에 대비해 양지 일행을 뒤따르는 별도 호위대를 편성했어야 했다. 10여 명으로 구성된 양지 일행 중 칼자루를 제대로 휘두를 줄 아는 이는 양지밖에 없었다.

짐을 메고 가는 군사들에 대한 정신교육도 부족했다. 군사들은 날이 더워지자 끝없이 양지만 원망한다. 한마디로 오합지졸이다. 게다가 10만 관이란 재물을 지고 가는 군사들이라면 미리 '두둑한 보상'을 예고했어야 했다. 그랬다면 양지 말을 잘 따랐을 수도 있다.

이렇게 본다면 그 전해에 양중서 생신강을 탈취한 이들이 조개 일행보다 훨씬 뛰어난 사람들이다. 그들은 1년이 지나도록 사건 전말조차 알려지지 않은 채 종적이 묘연하지 않은가?

물론 이는 인과관계가 톱니바퀴처럼 물려 들어가는 현대소설적 관점이다. 뺏기지 않으려는 쪽과 뺏으려는 쪽이 동시에 보여주는 느슨함(?)은 사

실 뒷사람들이 저마다 이런저런 품평을 할 수 있는 '폭넓은 여지'에 해당된
다.

조개 일행은 다행히 송강이 목숨을 걸고 체포사실을 알려주는 바람에
가까스로 도주에 성공한다. 이 인연은 양산박 서사 전체를 지탱하는 힘이
된다.

07

"악인들은 각오하라"
뚱뚱한 중 이야기

제할 노달이 백정 정도를 깔고 앉아
얼굴에 주먹을 날린다.

화상和尙 노지심

〈수호전〉을 빛내는 최고 명장면 중 하나는 제할 노달魯達이 백정 정도를 때려죽이는 장면이다. 단 세 대 주먹으로 정도를 황천으로 보내는 이 장면에 뒷사람 평론이 없을 수 없다.

〈수호전종횡담水滸傳縱橫談〉은 이렇게 말한다.

"노달이 정도를 향해 날린 주먹질은 영화 속 클로즈업 장면처럼 처리됐다. 매 주먹 사이는 아주 짧지만 작자는 촬영속도를 늦춰 여유를 보여준다. 이것은 독자들로 하여금 눈으로 보고 귀로 듣고, 나아가 온 몸으로 느끼게 함으로써 강렬한 공감을 불러일으켜 자기도 모르게 세 차례 주먹질이 정말 멋진 것이라고 말하기 위해서다."

작자는 '유장포油醬鋪' '채백포彩帛鋪' '수륙도량水陸道場'이란 비유를 사용해 주먹질을 설명한다. 이 셋은 세 번 주먹질에 각기 대응하는 것으로 후각, 시각, 청각효과를 나타낸다.

먼저 첫 번째 주먹질이다. 노달이 발로 가슴을 밟고 쇠 같은 주먹으로 콧등을 내려치니 '장을 파는 가게유장포가 부서진 것처럼 짠맛, 신맛, 매운맛이 한꺼번에 쏟아져 나왔다.

두 번째 주먹으로 눈언저리를 치니 '비단가게채백포가 문을 연 것처럼 붉은색, 검은색, 보라색 물이 모두 터져 나왔다.

반항하던 정도가 비로소 살려달라고 하자 노달은 오히려 더 화를 내며 관자놀이를 내려쳤다. 그러자 석경 소리, 자바라 소리, 징 소리가 '수륙도량수륙재를 올리는 장소 안에 한꺼번에 울리는 것 같았다.

장뺨과 비단, 그리고 징소리

끔찍한 폭력이지만 이 장면은 독자들에게 풍부하고 깊은 인상을 줄 뿐
아니라, 노달이 불의를 보면 참지 못하는 협의로운 성격을 지녔음을 성공
적으로 표현한다.

정도를 때려죽이기 전 정육점에 가서 정도를 격분시키는 장면 또한 빠
트릴 수 없다.

"백정 정가야!"

세도가 당당한 정도를 백정으로 부르니 모두가 놀란다. 정도가 보니 노
제할이라 꾹 참고 인사를 한다.

"오신 줄 몰랐습니다. 앉으십시오!"

"경략상공 심부름으로 왔다. 살코기 열 근을 잘 다지되 비계가 조금이
라도 들어가서는 안 된다."

정도가 종업원에게 소리친다.

"사두는 잘 들었느냐? 빨리 좋은 살코기를 골라 열 근을 잘게 다져라."

"저런 지저분한 놈들 시키지 말고 네가 직접 해라."

"알겠습니다. 제가 직접 하겠습니다."

고기가 다 되자 정도가 묻는다.

"제할님, 사람을 시켜서 보내드릴까요?"

"보내긴 뭘 보내느냐? 이번에는 비계 열 근을 자르되 살코기가 섞이지
않도록 해라!"

"살코기라면 댁에서 혼돈을 싸려는 것인데, 비계 다진 것은 어디에 쓰려

는 것일까요?"

"상공이 내게 분부하신 걸 누가 감히 묻겠느냐?"

비계를 다 다지자 노달이 또 말한다.

"다시 연골 열 근을 잘게 다지되 고기가 섞여선 안 될 것이야."

처음부터 노달을 찜찜하게 생각했던 정도는 비로소 불같이 화를 낸다.

"이건 일부러 나를 골탕 먹이려는 수작 아니오?"

"그렇다! 바로 너를 골탕 먹이려고 그랬다."

노달이 다진 고기 두 포를 정도 얼굴에 던지니 고기가 마치 비처럼 우수수 떨어졌다. 육우肉雨라는 표현이다. 실로 생생한 대목이다.

소설 초반 서사를 이끌어가는 노달은 의협심으로 똘똘 뭉친 사나이지만, 명분이나 원칙, 비장미를 갖춘 협객과는 거리가 멀다. 마치 성자처럼 약자를 도와주지만 성격이 급하고 무식한 데다 술에 취해 실수하기 일쑤다.

유태공을 도울 때는 신부 대신 발가벗고 신방에 있다가 주통을 흠씬 두들겨 팬다. 도화산에서는 금은 술잔을 훔쳐 풀밭 위로 굴려 달아난다. 와관사에서는 싸우다 힘에 부치자 등을 돌려 줄행랑친다.

성탄은 노달이 보여주는 이런 특징, 즉 여비가 필요하면 훔치고 달아나야 할 사정이 있으면 체면에 구애받지 않고 달아나는 것을 두고 크고 거침없는 '장부기질'을 가졌기 때문이라고 본다.

노달은 스승 왕진을 찾으러 온 사진이 위주渭州 찻집에 앉았을 때 처음 모습을 드러낸다. 통성명 후 사진이 강호에 이름난 구문룡九紋龍이란 걸 알고는 '한잔하자'며 곧장 주점으로 이끈다.

명분이나 비장미 찾지 않는 진짜 사나이

'의협義俠' 노달이 첫 진가를 발휘하는 건 이때부터다. 그는 여기서 김취련 부녀가 자칭 진관서鎭關西인 백정 정도에게 억지로 붙잡혀 오도 가도 못하는 신세라는 사실을 알고 돈을 쥐어준 뒤 정도를 응징하려 한다.

노달은 먼저 김취련 부녀가 묵고 있는 객점으로 가 그들을 구출한다. 정도로부터 그들을 감시하라는 지시를 받은 점소이가 김노인을 제지하자, 뺨 한 대와 주먹 한 방으로 점소이를 침묵시킨다. 그런 다음 혹여 점소이가 부녀를 추적하지 않을까 싶어 네 시간 동안 객점을 지킨다. 다음날 노달이 정도를 상대로 벌이는 활극은 바로 유장포, 채백포, 수륙도량으로 이뤄지는 삼색 화음이다.

노달은 임충을 구할 때도 그랬다. 임충이 모함에 빠져 유배길에 오르자, 노지심은 행여 잘못이 있을세라 몰래 임충을 뒤따른다. 호송공인 동초와 설패가 야저림에서 임충을 죽이려 하자 벽력 같은 고함과 함께 등장, 두 사람 넋을 빼놓는다. 노지심이 든 62근 선장은 보기만 해도 다리가 후들거리는 흉기다. 동초와 설패는 고양이 앞 쥐인 양 바짝 얼어붙었다가 겨우 말문을 연다.

"스님은 어느 절 주지이십니까?"

암살범들을 제압한 노지심은 호통으로 응수한다.

"이 개 같은 놈들아. 그건 알아 어쩌려는 게냐? 고구에게 말해 나를 어떻게 하려는 것 아니냐? 다른 사람들은 고구를 무서워하겠지만 나는 그렇지 않다. 그놈을 만나기만 하면 선장 맛을 300대쯤 보여주겠다."

누가 언감생심 딴 마음을 품을 수 있을까? 이때부터 노지심이 가고 싶으면 가고 쉬고 싶으면 쉰다. 호송공인은 잘해도 욕을 먹고 잘못하면 두들겨 맞는다. 소리도 내지 못한 채 중이 발작할까 벌벌 떤다. 헤어질 땐 선장으로 소나무 한 그루를 작살낸 뒤 경거망동하지 말라고 겁준다.

도화산 산적떼 두목인 주통이 양민인 유태공 딸을 혼인을 핑계로 뺏어가려 할 때는 고승을 자처하며 해결사로 나선다. 마침 이날 유태공 장원에 들른 노지심은 원래 하룻밤 묵어가는 게 목적이었다. 그러다 사정을 듣고선 도적두목 마음을 돌릴 비방이 있다고 말한다. 도적떼에게 금지옥엽 딸을 뺏기게 된 유태공은 '하늘이 도우샤' 생불生佛을 보내주었다고 감사한다.

노지심은 유태공에게 이렇게 말했다.

"내게 강도의 마음을 돌려서 딸을 시집보내지 않을 방법이 있는데 어떻소?"

"그 강도는 사람을 죽이고도 눈 하나 깜짝하지 않는 흉악한 자인데, 스님이 어떻게 마음을 돌릴 수 있겠습니까?"

"내가 스승인 오대산 지진장로로부터 인연법을 배웠습니다. 아무리 냉정한 사람이라도 마음을 돌릴 수 있습니다."

사람을 죽이면 피를 봐야 한다

대화만 보면 비상한 법술을 익힌 생불이 틀림없다. 오대산 문수원을 존중하는 유태공으로서는 이 말에 넘어갈 수밖에 없다. 하지만 이 생불은 보통 생불과 달랐다. 먼저 술과 고기를 게걸스레 먹고는 신부 대신 신방에서 알몸으로 기다리다가 방으로 찾아든 주통을 다짜고짜 두들겨 팬다.

그 무서운 주먹질에 만신창이가 된 주통은 복수를 다짐하며 줄행랑친다. 이 광경을 보고 유태공은 간이 오그라든다. 곧 장원이 쑥대밭이 될 것이라는 예상에 '이 일을 어찌할꼬?'를 연발한다. 그러자 노지심은 끝까지 유태공 가족을 지켜주겠다고 약속한다 .

노지심이 지닌 확고한 철학은 '사람을 죽이면 피를 보아야 하고, 남을 구해줄 때는 철저해야 한다"는 것이다. 원문은 '살인수견혈殺人須見血 구인수구철救人須救徹'이다. 김취련 부녀를 구하기 위해 객점에서 네 시간을 버틴 것은 이 때문이다. 임충을 유배지 입구까지 데려다준 뒤 호송공인에게 마지막까지 으름장을 놓은 것도 이 정신에 철저했기 때문이다. 유태공 부녀문제는 또 어떤가? 행여 주통이 유태공 딸을 다시 탈취할까봐 도화산 산채에 갔을 때도 주통에게 재삼재사 그들을 놓아줄 것을 부탁한다. 이에 주통은 화살을 부러뜨려 다시는 유태공을 괴롭히지 않겠다고 맹세한다.

노달이 보여주는 강렬한 협객 형상은 남을 돕는 행위에 있는 것이 아니라, 그 행위가 엄청난 강도强度를 지녔다는 데에 기반한다. 의협을 철두철미하게 실천하는 것을 두고 대만 학자 악형군樂衡軍은 이렇게 말한다.

엄청난 강도强度로 다가오는 이타행利他行

"노지심은 108명 가운데 진정으로 우리에게 광명과 온화함을 주는 유일한 인물이다. 그는 등장 이후 정도를 타살하고 야저림에서 임충을 구할 때까지 줄곧 헌신적인 열정을 발산했다. 분명 노지심도 살육을 면할 수 없었다. 그러나 그는 죄를 범하지 않는 착한 의인이었다. 그보다 더 훌륭한 것은 그가 정의에 찬 분노를 일으켜 타인이 저지르는 죄악을 저지했다는 점이다. 〈수호전〉은 가장 아끼던 붓을 오직 노지심에게만 주었다."

〈쌍전雙傳〉을 쓴 유재복 또한 이규나 무송이 가지지 못한 인간적인 광채를 노지심이 가지고 있다고 풀이했다. 때문에 노지심은 〈수호전〉이 체제를 갖춘 이래 그 누구도 따를 수 없는 '이타利他·altruism의 정화精華'로 불린다.

정도를 죽인 탓에 노달은 살인범으로 쫓기게 되나, 은혜를 베풀었던 김취련 부녀 도움으로 억지 출가를 하게 된다. 오대산 문수원文殊院에서 불가에 발을 디딘 노달은 '지심智深'이란 법명을 받는다. 성탄은 이를 두고 "결국 지진장로와 같은 항렬이 되었다"고 조소(?)한다.

이후 노지심이 보여주는 행적을 한마디로 요약하면 '노달과 석가釋家'다. 노달은 의협심에 불타는 거친 본성을, 석가는 불법에 발을 디딘 이런저런 상황을 말한다. 이 둘은 격렬한 갈등을 불러일으키기도 하고, 그런 갈등을 해학적으로 마무리하기도 한다.

처음 출가식에서 노지심은 유나가 털을 자를 때 "콧수염과 턱수염은 자르지 말고 남겨두면 좋겠는데!" 하고 말했다. 스님들은 이 말을 듣고 웃음을 참지 못한다. 또 문수원 주지인 지진장로가 삼보三寶 불·법·승에 귀의하고 오계五戒·불교도가 지켜야 할 다섯 가지 계율를 지키라고 하자 "기억해두겠습니다"라고 한다. 네 아니면 아니요라고 해야 할 답이라, 모든 스님이 자지러진다.

갈등과 해학 부르는 노달과 석가釋家

　이 상황은 앞으로 노지심이 어떤 길을 걸을 것인지 암시하는 대목이다. 노달은 생존을 위해 얼떨결에 법명을 받고 가사를 걸쳤지만 마음 어느 구석에도 진정한 승려가 되겠다는 생각이 없었다. 그래서 네 하고 답하는 대신 '쇄가기득灑家記得·제가 기억하겠습니다'이라고 말한 것이다.

　예상대로 노지심이 입산한 후 문수원은 두 번이나 뒤집힌다. 그는 원래 술과 고기를 즐기며 강호를 호령하던 호한이다. 고요한 산사 생활은 그래서 그에겐 고문이나 진배없다. 참다 참다 몰래 산을 내려가 술을 먹으니, 갑자기 치밀어 오른 주사酒邪를 막을 수 없다.

　입산한 지 몇 달이 지났을 때다. 첫 외출에서 노지심은 술통을 지고 노래를 흥얼거리며 지나가던 술장수를 만난다. 그 노래는 이러하다.

　"구리산 앞 들판은 큰 싸움 있었던 곳九里山前作戰場 / 지나던 목동도 낡은 칼을 줍는구나牧童拾得舊刀槍"

　성탄은 이 상황이 술을 이야기하고 있음에도, 술장수가 술 노래를 부르지 않는 게 절묘하다고 말한다. 사실 이 노래는 노달이 처한 상황을 우회적으로 일컫는 것이다. 즉 첫째 구는 옛 영화榮華가 사라진 것을, 둘째 구는 퇴락한 형세를 말한다.

　강호를 주름잡던 시절이 사라지고, 그 주인공인 자신이 머리를 박박 밀고 사찰에 숨어 있는 처지라는 점을 확인하자 불현듯 술 생각이 솟구친다.

　"거기 아저씨, 그 통에 든 것이 뭐요?"

　"좋은 술이오."

술이라는 말에 침이 고여 참을 수 없다.

"한 통에 얼마요?"

"스님 놀리는 거요?"

"내가 왜 당신을 놀리겠소?"

"스님에게 술을 팔면 장로님께 혼나고 쫓겨납니다. 누가 장로 명령을 거절하고 술을 팔겠소?"

"정말 안 팔아?"

"죽어도 못 팝니다."

노지심은 낌새가 수상해 도망가려는 술장수를 두들겨 팬 뒤 술통을 비우니 문수원이 온통 시끄럽다. 수십 명 스님들과 일꾼들을 이리 치고 저리 치니 다들 당할 재간이 없다.

첫 번째 음주 소동으로 근신 명령을 받았지만 노지심은 강호 생활을 잊을 수 없다. 그래서 몇 달 동안 조심하다 또 주점에서 대취하고 만다. 이 장면은 이렇게 설명돼 있다.

"주인이 개고기와 다진 마늘을 앞에 놓자 노지심은 크게 기뻐하며 손으로 고기를 뜯어 마늘에 찍어 먹는다. 그러고는 술 10여 잔을 잇달아 마신다. 술과 고기가 입에 착착 달라붙으니 다른 걸 돌이켜볼 겨를이 없다."

문수원 진동시킨 술주정

그리던 옛 벗도 이보다 더 좋을 순 없다. 그런 후 노지심은 금강역사를 부수며 행패를 부리다 남은 개고기를 승려 입에 쑤셔 넣는 만행까지 저지른다. 이 행패에 승려들은 발끈해 권당權堂을 일으킨다. 권당이란 생원이 집단으로 수업을 거부하거나, 승려들이 집단으로 절을 떠나는 것을 말한다.

문수원 음주 소동은 노지심이 당장은 불가와 인연을 맺기 어려운 사람임을 말해준다. 노지심이 처음 문수원에 도착했을 때 승려들은 "저 사람 출가할 사람 모습이 아냐! 두 눈에 저렇게 살기가 가득해서야!"라고 했다. 그들 눈에도 무서운 골상을 지닌 노지심이 도반이 된다는 건 상상할 수 없었다.

결국 노지심은 문수원에서 쫓겨나 지진장로 추천서를 들고 수도인 동경 대상국사大相國寺로 간다. 이곳에서 그는 첫 소임으로 채마밭을 관리하게 된다. 그래도 문수원 생활을 해본 터라 노지심은 처음 대상국사 지객知客·대외접대를 맡은 승려에게 채마밭 관리를 거부한다. 죽어도 도사나 감사가 되겠다고 억지를 부리니 지객은 노지심을 이렇게 설득한다.

"내 말을 들어보시오. 절에도 각기 등급이 있소. 소승은 지객 직책을 맡아 오가는 객승과 승려를 접대 관리하오. 유나 시자 서기 수좌 등은 모두 수행과 관련된 청직淸職이라 쉽게 될 수 없소. 도사 감사 제점 원주는 사찰 재산을 관리하는 직책이오. 스님은 금방 절에 왔는데 어떻게 그런 상등직을 얻겠소? 또 창고 재물을 관리하는 장주가 있고, 전을 관리하는 전주, 각을 관리하는 각주, 탁발을 관리하는 화주, 욕탕을 관리하는 욕주 등이 있는데 이는 중등직이오. 또 탑을 관리하는 탑두, 밥을 관리하는 반두, 차를 관리하는 차두, 측간을 관리하는 정두, 채마밭을 관리하는 채두 등이 있소. 이들은 하등직이오. 사형의 경우 채마밭을 1년 동안 관리하여 잘하면

탑두로 올라가게 될 것이고, 다시 1년을 잘 보내면 욕주로 올라갈 것이고, 또 잘하면 감사가 될 것이오!"

지객이 말하는 내용은 원문에서는 강한 연속 리듬을 가진 배비구排比句· 같은 의미를 가진 2句 이상을 계속 사용하는 것다. 엄격한 절 등급을 제시하면서 노지심처럼 불문법도를 제대로 익히지 못한 사람은 이런 사찰에 들어올 수 없다는 뉘앙스를 전한다. 그런 만큼 채마밭지기라도 감사히 여겨야 한다는 게 지객이 던지는 메시지다.

아는 게 없으니 대꾸할 말이 없다

노지심은 원래 지방관아 군관이지만 글을 모른다. 글을 모른다는 것은 말과 짓을 꾸미는 법, 외부자극을 참는 법, 이해득실을 셈하는 법, 즉 당대 주류세계의 문화적 전범을 익히지 못했다는 말이다. 여기서 문화적 전범이란 곧 유교 교양을 말한다.

이런 노지심에게 지객이 복잡하고 번거로운 규율을 내세우니 그만 기가 꺾이고 만다. 주먹 쓰는 일이라면 앞장설 수 있으나, 사찰 체계를 설명하는 복잡한 말에는 그만 대항할 방법이 없다. 노지심이 지닌 '일자무식 캐릭터'가 조직체인 절 공간과 절묘하게 대비되는 대목이다.

반론이 궁해진 노지심은 더 이상 어쩌지 못하고 채마밭으로 발걸음을 옮긴다. 여기서 그는 천신 같은 용력으로 파락호들을 굴복시키고, 팔십만 금군 교두 임충林冲과 우정을 나누게 된다.

성탄은 노지심이 "남의 아낙이든 아니든 상관없이 도와주기 위해 일을 저지르고, 그리하여 스님이 되어도 상관없으며 산에 올라갔다가 쫓겨나도 개의치 않는다. 술을 보면 마시고 일에 부딪히면 즉시 해결하고 약한 자는 일으켜 주고 사악한 자에게는 맞서 싸운다"고 했다.

노지심은 스스로를 어떻게 생각하고 있었을까? 그는 처음 김노인 소개로 조원외를 만났을 때 "나는 거칠고 우악스러운 남자"라고 했다. 성탄은 이 말이 자신이 거칠다는 걸 아는 것이라며, 노지심은 자신에 대한 성찰이 있다는 뜻이라고 풀이한다. 이는 특히 성찰 따위는 아예 없는 '야만적인' 이규와 비교하면 더 도드라진다. 노지심은 그래서 이규와 무송 중간쯤에 위치한다.

노지심은 또 박절하기 짝이 없는 다른 양산박 두령들과는 달리 지극한 정의情誼를 품은 인물이다. 파란곡절 끝에 양산박에서 임충을 다시 만난 그는 대뜸 이렇게 묻는다.

"임교두와 작별한 후 하루도 제수씨 생각을 하지 않은 적이 없었는데 어떻게 소식이라도 있었는가?"

거칠지만 흘러 넘치는 정의情誼

화주성에 갇힌 사진을 구하러 도화산에 들렀을 때는 두령들이 노지심을 알아보고 극진히 대접한다. 하지만 노지심은 그 좋아하는 술도 마다한 채 사진만 생각한다.

"사진 아우가 여기 없으니 내가 조금도 못 먹겠네. 하룻밤 쉬고 내일 화주로 가서 하태수란 놈을 때려죽일 테다!"

문수원과 대상국사에서 소동을 일으키긴 했지만, 어쨌든 노지심은 무송과 함께 대표적인 석가釋迦 인물로 꼽힌다. 그는 성격상 살인을 피할 수 없었다. 불제자가 살인을 했다는 건 부처님 계율을 어긴 것이다. 그러나 어려운 사람을 끝까지 돌봐준 것은 불가에서 말하는 '구고구난救苦救難' 정신을 철저히 지킨 것이라고 할 수 있다.

노지심은 양산박 대두령 송강과 처음 조우했을 때 "형님의 크신 이름은 오래전에 들었으나 인연이 없어 일찍 찾아뵙지 못했습니다. 오늘 이렇게 만나게 되니 기쁘기 그지없습니다"라고 정중하게 인사한다.

그러자 송강은 이렇게 말한다.

"재주가 없으니 어찌 말할 만한 게 있겠소? 강호 의사들이 스님의 고결한 품덕을 칭송하던데, 오늘 이렇게 자비로운 얼굴을 뵙게 되니 평생의 영광인 것 같습니다."

힘써 의협을 행한 노지심을 강호 의사들이 높게 평가한 것은 충분히 인정된다. 그래서 지심이 지닌 '급하고 정직하여 악을 원수처럼 생각한다疾惡如仇'는 품덕이 널리 알려졌을 수 있다. 하지만 '자비로운 얼굴'이란 표현은 독자들을 오글거리게 한다. 처음 출가할 때 동료 스님들이 느꼈던 인상이 '외모가 추하고 얼굴은 흉악하면서도 고집스럽다'가 아니었던가? 송강은 무얼 본 것일까? 노달과 석가가 비로소 만났음을 뚫어본 게 틀림없다. 그래서 이런 우아한(?) 표현이 나왔을 듯싶다.

계도와 선장 내세운 동이불미^{動而不迷} 노지심

의협^{義俠}을 상징하는 인물인 노지심은 크게 네 가지 성격으로 압축된다. 첫째 추로^{麤鹵}다. 거칠고 과격하다. 둘째 성급^{性急}이다. 성질이 급하다. 셋째 상직(爽直)이다. 시원시원하고 거침이 없다. 넷째 탁대^{托大}다. 자신감이 넘쳐 사정을 헤아림에 소홀하다.

이 중 탁대를 제외한 세 가지 성격은 병법에서 말하는 '동이불미^{動而不迷}'와 통한다. 행동이 과감해 조금도 머뭇거리지 않는다는 뜻이다.

물론 그 사이사이 해학을 발생시키는 지모^{智謀}도 구사한다. 의도치 않게 백정 정도를 죽인 후에는 임기응변으로 현장을 빠져나간다. 주먹 세 방에 정도가 황천길로 향하자 지심은 속으로 큰일났다고 생각한다. 그래서 부러 "너 이놈 그렇게 죽은 척하면 가만두지 않는다"고 너스레를 떨고는 줄행랑친다.

오대산 아래 술집에서 "문수원 승려에게는 술을 못 판다"고 할 때는 짐짓 지나가던 객승으로 가장한다. 또 대상국사로 가는 도중 절집은 애써 피해 가다가도 도화촌 유태공에게는 오대산 문수원 승려임을 내세워 '생불^{生佛}'로 대접받는다.

성탄을 비롯해 많은 이들이 노지심을 떠받들고 예찬했다. 당대만 그런 게 아니다. 대만 학자 악형군처럼 어려운 이들에게 광명을 전한 노지심이 진짜 〈수호전〉 주인공이라고 말하는 이들은 지금도 많다.

그러나 노지심이 지닌 본성은 단순했다. 이룡산 산적으로 있던 노지심이 양산박군에 패한 호연작과 맞붙었을 때다. 소설은 그가 등장하는 장면을 이렇게 설명한다. 압권이란 바로 이런 걸 두고 하는 말이다.

"이 사람이 대체 누구인가? 바로 경권經卷을 보지 않는 화상이요, 주육의 사문沙門인 노지심이라!"

경권을 보지 않는다는 건 불경을 읽지 않는다는 뜻이다. 아니 글을 모르니 노지심은 경을 읽으려야 읽을 수 없다. 주육의 사문이란 표현은 또 뭔가? 술과 고기를 앞세우는 승려란 말이다. 살찐 몸에 무거운 선장을 들었음에도 노지심은 바람같이 달려와 적과 맞선다. 그럴 때 들려오는 낭랑한 소개 글은 노지심이 지닌 인간적인 매력을 배가시킨다. '주육의 사문'이란 표현은 아무 머리에서나 나올 수 있는 글이 아니다.

노지심은 출가 후 항상 문수원 앞 대장간에서 맞춘 선장과 계도를 가지고 다녔다. 소설에는 화주에서 악질 태수에게 잡혔다가 양산박 두령들 도움으로 풀려나자 즉시 후당으로 달려가 계도와 선장을 찾았다는 대목이 나온다. 그래서 선장과 계도는 노지심과 떼려야 뗄 수 없는 관계가 된다.

'선장은 위험한 길을 타개하고禪杖打開危險路 계도는 정의롭지 못함을 없애준다戒刀殺盡不平人' 노지심에게 잘 어울리는 말이다.

08

증오받던 이데올로기 유교儒敎

양산박 호수에서 나룻배를 타고 나타난 완소이가
"영웅은 글 읽을 줄 모른다"고 큰 소리 친다.
맞은 편 땅에 선 노준의는 섬뜩한 느낌을 받는다.

반유反儒와 응징

강주 비파정에서 송강과 함께 식사를 하던 흑선풍 이규는 앉은 자리에서 염소고기 두 근을 순식간에 먹어치운다. 송강은 이 모습을 보고 "장하다! 참으로 호한일세壯哉! 眞好漢也"라고 감탄한다.

이런 장면은 실제 역사에서도 종종 확인된다. 유방과 항우가 자웅을 겨루던 시절, 홍문연鴻門宴에서 항우 앞에 선 번쾌는 항우가 내려준 돼지다리를 칼로 찍어 통째로 해치운다. 항우는 그 먹성을 보고 장사라며 찬탄을 금치 못한다.

이규는 그런데 엉뚱한 대답을 한다.

"역시 형님께서는 제 마음을 알아주시는군요. 아무려면 생선을 고기에 비하겠습니까?"

먼저 먹던 생선이 낫다는 말이다. 감탄문과 대답이 영맞아 떨어지지 않는다. 〈수호전〉을 세상에 부각시킨 명나라 문인 성탄은 이 문답을 두고 '그림처럼 절묘하다'고 말한다.

송강은 글을 아는 사람이다. 이름하여 '통문인通文人'. 이규는 글을 모르는 친구다. '불통문인不通文人'. 성탄은 통문인과 불통문인 사이에 이뤄지는 대화가 어떤 메시지를 전하고 있는지 보라고 말한다.

〈수호전〉은 '불통문묵不通文墨·시문을 짓거나 서화를 그리는 일을 전혀 모름'을 기치로 내건 반체제 소설로 알려져 있다. 불통문묵이나 반체제란 곧 '반유교反儒敎 정서'다. 소설에 등장하는 문관들은 유교적 소양을 쌓은 사람들이다. 이들은 하나같이 썩어 있다. 그리고 백성을 수탈하는 데 능하다.

영웅은 글 읽을 줄 모르나니

소설 60회는 양산박 호한들이 북경 호걸 노준의를 유인하는 장면이다. 양산박 호수에서 완소이와 마주친 노준의는 그가 부르는 노래에서 섬뜩한 느낌을 받는다.

"영웅은 시경 서경 읽을 줄 모르나니!英雄不會讀詩書…"

영웅은 글을 읽지 않는다니! 유교 소양을 묵사발로 만드는 장면이다. 노래에는 문자로 대변되는 지식과 규범세계에 대한 차가운 불신이 담겨 있다.

결은 조금 다르지만 시바 료타로가 쓴 소설 〈료마龍馬가 간다〉에는 작중 인물이 주인공 사카모토 료마를 칭송하는 대목이 있다.

"초한전 당시 항우는 문자라고는 이름을 쓰는 것만으로 족하다고 했다. 료마에게 영웅적인 자질만 있으면 그것으로 족하다. 책과 같은 것은 학자에게 읽혀, 때때로 그 말이 옳다고 생각이 들 때 이를 용감하게 실행하는 게 바로 영웅이다. 어설프게 학문을 닦으면 영웅은 이내 시들어버리고 만다."

이 이야기는 영웅론에 방점이 찍히지만 항우에서 〈수호전〉으로, 그리고 동양 각지로 이어진 반유反儒 정서도 확인되는 대목이다.

송강이 청풍산 부지채副知寨인 후배 화영을 만났을 때다. 청풍산 산적들과 있을 때 문관지채인 유고 마누라를 구해주었다는 이야기를 하자 화영은 대뜸 쓸데없는 짓을 했다고 타박한다.

"근래에 앞뒤가 꽉 막힌 선비 한 놈이 정지채正知寨로 부임해왔습니다. 이놈이 마을 사람들을 착취하고 조정 법도를 어지럽히지 않는 것이 없습니다. 저는 무관 부지채라 매번 울화가 치밀어 이놈을 죽이지 못하는 게 한스럽습니다. 형님께서 하필 그놈 마누라를 구했습니까? 그 계집도 어질지 못해 남편이 나쁜 일을 하도록 충동질할 뿐 아니라, 양민을 해치고 뇌물만 챙기려 듭니다. 그런 천한 계집은 산도적에게 붙잡혀 욕보도록 놔둬야 하는데!"

문관에 대한 증오, 글을 읽는 자에 대한 혐오가 이글거린다. 유고는 그 뒤 몰래 송강을 잡아 압송하려다 도리어 청풍산 산적떼에게 잡혀 죽는다. 그는 압송길에서 산적떼를 만나자 기겁해 "구고구난천존救苦救難天尊편허하십만권경便許下十萬卷經 삼백좌사三百座寺 구일구救一救"를 외친다.

쉽게 풀이하면 이렇다.

"아이고 하느님 부처님 제발 구해주십시오. 저를 구해주시면 십만 권 경서를 읽고, 삼백 곳 절을 짓겠습니다. 살려만 주십시오." 유고가 맞닥뜨린 것은 삶과 죽음이 교차하는 상황이다. 그런데 그런 절박한 지점에서 그가 하는 짓이라곤 경전과 사찰을 들먹이며 천존에게 생명을 구해달라고 비는 것이다.

주둥이만 살아 움직이는 서생들

게다가 이 문장은 '앞절에 반구半句가 없거나 뒷절에 반구가 없어' 문장이 완결되지 않는다. 서생書生이라는 게 주둥이만 살아 움직이다, 정작 위기 앞에서는 혼비백산한다는 걸 차갑게 조롱하는 대목이다.

송강이 처음 유고에게 잡혔을 때다. 유고가 청풍산 도적놈이 버젓이 거리를 활보했다고 꾸짖자 송강은 화지채花知寨·화영 친구인 장삼이라고 둘러댄다. 그러나 이 소식을 들은 화영은 급한 마음에 유고에게 편지를 보내 송강을 유장이란 이름을 가진 친구라며 풀어주기를 부탁한다.

셈 빠른 유고가 이를 모를 리 없다. 편지를 찢으며 욕을 해댄다.

"화영, 이 무례한 놈! 네가 그놈 성을 유씨로 쓰면 내가 같은 성이라고 풀어줄 줄 알았느냐?"

화영은 무력으로 송강을 구출한 뒤 이렇게 말한다.

"저는 본래 그놈이 글 읽은 놈이라, 일족이라면 조금 생각해줄 줄 알고 형님 이름을 유劉씨라고 썼는데 뜻밖에 인정이라곤 전혀 없더군요!"

이 말에도 비수가 들어 있다. 글 읽은 벼슬아치라는 게 공사 구분없이 늘 일족만 챙기지 않았느냐는 꾸짖음이다.

송강이 동평부를 치러 나갔을 때 항복한 장수 동평은 태수 정만리를 일컬어 "원래 동관童貫 문하에 있던 글방 선생"이라며 "그런 놈이 좋은 자리를 얻었으니 어찌 백성을 해치지 않겠습니까?"라고 한다. 동관은 당시 송나라를 좌지우지하던 권력가다. 그 밑에서 글방 선생을 했으니 백성을 괴롭히는 못된 짓만 배웠다는 것이다.

여염집 처녀를 뺏었다가 양산박 호한들에게 잡혀 죽는 화주 하태수는 원래 권신權臣 채경에게 빌붙어 살던 식객 출신이다. 그에게 딸을 뺏긴 왕의라는 사람은 노지심에게 하태수가 재물을 탐하여 백성들을 잔혹하게 해치며 양가 부녀자를 수시로 겁탈한다고 고한다. 권문權門에 아부하던 서생 놈이 목민관으로 나서서는 백성들 피만 빨고 있다는 이야기다.

양산박, 조정 고관을 농락하다

그런데 왕의를 돕기 위해 나선 사진과 노지심은 정체를 들켜 하태수에게 잡히고 만다. 양산박 일당은 두 사람을 구하기 위해 애를 쓰지만, 화주성이 견고해 머리를 싸맨다. 그러다 송나라 태위가 금령조괘金鈴弔挂·금방울로 장식한 족자를 가지고 서악西嶽·화산에 참배하러 온다는 소식을 듣고, 이를 이용하기로 한다.

이 이야기 또한 번듯한 조정 고위 관료를 농락하는 '반유 스토리'다. 양산박군은 위수 부두에서 배를 타고 서악으로 가는 태위 일행을 막는다.

"어떤 놈들이기에 감히 대신의 배를 막느냐?"

"양산박 의사義士 송강이 삼가 문안드립니다."

"양산박 도적떼가 무슨 까닭으로 길을 막느냐?"

"태위님 존안을 뵙고 드릴 말씀이 있습니다. 태위께서는 잠시 물가로 오르시지요."

"허튼소리 마라. 조정 대신이 어떻게 네놈과 상의할 수 있단 말인가?"

"태위께서 만나주시지 않는다면 우리 애들이 놀라게 할까 두렵습니다."

말이 떨어지자 물가에 모여든 양산박군이 일제히 활시위에 화살을 얹는다. 놀란 태위가 나왔으나 그래도 배에서 내리기 어렵다며 계속 뻗대자, 이번엔 이준과 장순 등이 배에 올라 수행원 둘을 물속에 처박는다. 자지러지게 놀란 태위는 양산박군이 시키는 대로 순순히 따른다.

물론 이 과정에서 송강은 "멋대로 행동하지 마라! 귀인께서 놀라시겠다"며 너스레를 떤다. 송강 일당은 태위에게서 뺏다시피 한 금령조괘로 화주

태수와 그 수하들을 유인해 죽이고 사진과 노지심을 구출한다.

태위는 최고위 관원이다. 그가 들고 온 금령조괘는 황제를 상징하는 물건이다. 때문에 그는 황제가 내린 명을 받든다는 소명의식으로 가득하다. 그를 따르는 수행원들 또한 백성들을 초개같이 여긴다. 그런 그들이 양산박 도적떼와 이야기를 나누는 게 가당키나 하겠는가?

양산박군이 개입하지 않았다면 태위 일행은 탐관오리인 하태수와 술잔을 기울이며 오히려 그를 격려하고 갔을 터다. 그렇지만 실력 앞에 그런 허세는 통하지 않는다. 화영 진명 호연작이 화살을 시위에 얹고, 이준 장순이 수행원을 물에 처박자 놀란 유자儒者들은 그저 목숨 구하기에 급급하다. 그런 와중에 송강은 귀인을 놀라게 하지 말라며 황제와 그 사자使者를 조롱한다.

하태수와 조정 태위, 그리고 호기롭게 양산박군을 꾸짖던 태위 수행원들은 유교 윤리로 무장한 이른바 지배층이다. 양산박 수적水賊들은 그런 그들을 메다꽂고, 육지에서는 대량 살육을 벌인다. 엄청난 살상이지만 그런 행위가 부당하다고 느끼는 이는 아무도 없다.

강주에서 송강을 괴롭히던 황문병은 이렇게 묘사된다.

"원래 글 읽은 문인이었으나 아첨을 잘하고 도량이 좁아 실력 있고 재능 있는 자를 시기했다. 자기보다 뛰어나면 해치고 자기보다 못하면 괴롭히기 일쑤였다."

소름 끼치는 노래, 권학가勸學歌

송나라 진종眞宗이 지은 권학가勸學歌·학문을 권장하는 노래는 이 시기 유자들이 치국위민治國爲民을 외면하고 '악마'가 된 이유를 설명하는 한 가지 단서다.

"부가불용매양전富家不用買良田 / 서중자유천종속書中自有千鐘粟 / 안거불용가고당安居不用架高堂 / 서중자유황금옥書中自有黃金屋 / 출문막한무인수出門莫恨無人隨 / 서중거마여다족書中車馬如多簇 / 취처막한무양매娶妻莫恨無良媒 / 서중유녀안여옥書中有女顏如玉"

애써 무엇을 할 필요가 없나니, 책만 부지런히 읽어 과거에 급제하면 만사 오케이라는 말이다.

"부자가 되기 위해 좋은 토지를 살 필요가 없나니 / 책 속에 그냥 천석 쌀이 있도다 / 편안히 살려함에 좋은 집을 지을 필요 없나니 / 책 속에 그냥 황금 가옥이 들어 있도다 / 길 나설 때 시중 없음을 한탄하지 말지니 / 책속에 수레와 말이 있도다 / 아내를 얻을 때 좋은 중매가 없음을 한탄하지 말지니 / 책 속에 얼굴이 옥과 같은 여인이 있도다"

재산과 미인을 미끼로 공부를 권장하는 노래다. 젊은이들을 책상머리로 유인해보겠다는 발상은 가상하지만, 오랜 세월 뜻있는 사람들은 이 노래가 지향하는 '끝 모를 천박함'에 치를 떨었다. 본시 유교에서 말하는 학문이란 '수신제가'를 통해 '치국평천하'란 이상을 달성하는 것이다. 그런데 권학가는 그런 건 아랑곳하지 않고 오로지 사리사욕만 조장한다. 도대체 이런 격려(?)를 듣고 면학한 이들 중 '위민爲民'과 '공평무사公平無私'를 실천한 이가 몇이나 되었을까?

조개 일행이 합류하기 전 양산박 두령은 왕륜王倫이었다. 왕륜은 과거에 낙방한 사람이다. 유교 소양이 깊다. 눈치 빠른 독자들은 출신 성분을 보고 왕륜이 어떻게 될지 짐작한다.

아니나 다를까? 왕륜은 임충이 시진의 추천으로 입산하겠다고 하자 거절한다. 또 조개 일행이 왔을 때도 거부한다. 자신보다 출중한 재주를 가진 이들을 받아들일 도량이 없다. 사실 왕륜이란 이름은 지독한 조롱이자 풍자다. 왕도王道와 윤리倫理를 버무린 이 단어를 사람 이름으로 쓴 것은 당시 세상이 왕도와 윤리 대신 패륜과 비리로 가득찼음을 암시하는 것이다.

임충은 그래서 조개 일행이 왔을 때 칼을 들어 왕륜을 죽여버린다. 이때 임충이 내세운 죄목은 '심흉협애心胸狹隘 질현투능嫉賢妬能'이다. 속이 좁아 현능한 사람을 시기한다는 뜻이다.

속이 좁아 타인을 시기하니

그런데 이 말은 도적들과 어울리는 말이 아니다. 도둑질하는 녹림綠林무리에 이런 말이 가당키나 하겠는가? 이 말은 원래 무능한 위정자를 비판할 때 쓰던 말이다. 왕륜에 대한 비판과 화살이 궁극적으로 유자들에게 향하고 있음을 알 수 있다.

외견상 속이 좁다는 이유로 왕륜은 목숨을 잃는다. 하지만 그가 죽음에 이르게 된 진짜 이유는 유교 먹물이어서다. 임충은 '웃음 속에 칼을 숨기고 말하는 것은 담백하지만 하는 짓은 더러운 자'라고 왕륜을 꾸짖는다.

비록 급제는 못했지만 낙방거사라는 말에 '유가가 지닌 해악'이 들어 있다고 본 것이다.

학자 살맹무薩孟武는 '수재조반秀才造反 삼년불성三年不成'이란 속담을 인용해 사대부가 지닌 한계를 꼬집는다. 이 말은 '선비가 반란을 도모한다면 삼년이 지나도록 이루는 게 없다'는 뜻이다. 그는 사대부 출신으로 황제가 된 사람이 중국 역사에는 없다며, 유교 교양을 지닌 사대부란 계급 특성 자체가 본질적으로 '질현투능' 할 수밖에 없다고 말한다.

과거 급제를 꿈꾸던 왕륜을 제외하고 양산박 두령들 중 문관 출신은 하나도 없다. 문관 이미지에 가장 가까운 군사軍師 오용 역시 글방 선생에 불과하다. 당시 민중들이 송대에 발달한 문신관료제를 어떻게 바라봤는지 잘 알 수 있는 대목이다.

흑선풍 이규가 신행태보 대종과 함께 도인 공손승을 찾으러 가는 이야기는 도가와 관련된 이야기지만 그 자체로 '유교적 교양과 위선을 신랄하게 비웃는' 드라마다. 공손승이 양산박 형제들이 도움을 청하니 가봐야겠다고 말하자 스승 나진인은 "일청一淸·공손승은 이미 불구덩이에서 벗어나 장생을 연마하는데 어찌 다시 속세 일에 연연하는가?" 하고 부탁을 거절한다. 대종이 다시 간곡하게 청하자 "출가인과 무관한 일"이라고 못 박는다.

이규는 내려오는 길에 대종에게 말한다.

"저 늙은 신선 선생이 뭐라는 거요?"

대종이 "너 혼자 못들었느냐?"고 하자 이규는 이렇게 말한다.

"나는 무슨 좆같은 소린지 도무지 못 알아듣겠소!"

원래 공손승은 강호에서 생활하던 호한이다. 그 스스로 조개를 찾아가

10만 관 예물짐을 훔치자고 제안한 사람이다. 그런 사람에게 스승이란 이가 '장생, 속세, 출가' 운운하니 이규 심사가 뒤틀리지 않을 수 없다. 그래서 이규는 노모와 스승을 핑계대고 가기 어렵다는 공손승에게 속으로 '너도 원래 산채에 있던 놈이면서 좆같은 스승한테 뭘 묻고 지랄이냐?'고 되묻는다.

〈수호전〉에서 만개한 반유 정서는 후대에서도 확인된다. 연암 박지원이 쓴 그 유명한 '호질虎叱'을 보자.

"고기가 저 숲속儒林에 있는데, 인仁의 간肝에 의義의 쓸개를 지녔고, 충忠과 결潔·깨끗함을 품었으며 악樂과 예禮를 쓴 채 입으로는 백가百家의 말을 읊조리고 마음으론 만물의 이치에 통하니 이름하길 '석덕지유碩德之儒·높은 덕망을 지닌 유학자'라고 합니다."

여기서 유자儒者는 간장 쓸개까지 인의충결로 가득하고 밖은 예악으로 잔뜩 치장한 인물이다. 하지만 호랑이는 먹지 못할 물건으로 일축한다. 허울과 명분뿐인 유가 가치가 폐기처분되는 순간이다.

노신 또한 〈광인일기狂人日記〉에서 이렇게 말했다.

"나는 역사를 뒤지며 조사해보았다. 이 역사에는 연대가 없고, 어느 페이지에나 인의도덕 따위의 글자만이 삐뚤삐뚤 적혀 있었다. 나는 이왕 잠을 잘 수가 없었으므로 밤중까지 조심스레 살펴보았다. 그러자 글자와 글자 사이에서 겨우 작은 글자가 나타났다. 책에는 가득 '식인食人'이란 두 자가 쓰여 있었다."

유가가 자나 깨나 내세우는 인의도덕이 오랜 세월 사람들을 잡아먹은 식인귀라는 소리다.

왕조 내내 천시당한 무관들

〈수호전〉은 경문중무輕文重武 사상을 노골적으로 드러낸다. 문을 폄하하고 원초적인 힘과 무예를 사랑한다. 그래서 양산박 호한들은 의논만 많고 성취는 없는 송나라 사대부들과는 질적으로 다르다. 조개는 처음 양산박에 왔을 때 두목 왕륜에게 이렇게 자신을 소개했다.

"저 조개는 경서나 사서를 읽지 않은 거친 사람입니다."

이들 호한은 예외 없이 겉치레 문식文飾을 통째로 걷어차 버린다. 양산박 호한 중에는 하급 무관 출신이 많다. 이들은 속이 깊고 용맹하며 재능과 기력은 출중하지만 과거 공부에는 종사할 수 없는 사람들이다. 그래서 과거 출신인 문관 상사들과 화합하지 못한다. 〈수호전〉에는 문관에게 반대하는 내용은 있어도 무관을 적으로 돌리는 경우는 많지 않다.

고급 무관이라 하더라도 문관에게 멸시당하기는 마찬가지였다. 북송 명장인 적청狄靑은 사병 출신으로 누차 전공을 세워 벼슬이 정주 총관에 이르렀다. 한번은 부하인 초용이 군법을 어겼다. 상관인 한기가 처형을 명하자 적청은 "군공을 세운 대장부"라며 용서를 빈다.

그러자 한기는 차갑게 대꾸한다.

"장원급제 하여 동화문 밖을 나서야 대장부라 할 수 있다."

무관은 언감생심 대장부 자격도 없다는 말이다. 그리고는 적청이 보는 앞에서 초용을 참수했다. 송나라를 지탱하던 무곡성武曲星·문곡성은 포청천으로 불리던 적청이었건만 문관관료주의 앞에서는 피눈물을 쏟을 수밖에 없었다.

이탁오는 〈분서焚書〉에서 유학자들을 일러 "밖으로는 도학을 주창하면서 안으로는 부귀를 좇고, 유학자란 우아한 옷을 입고서 행실은 개돼지 같다"고 호통친다. 그러고는 아예 유교에서 말하는 의義와 리理를 배격하면서 '동심설童心說'을 주장한다.

"독서를 해서 의와 리를 말하게 되면 도리어 동심을 잃게 된다. 의리에 묶이면 그 말하는 바가 의리에 관한 것이지, 동심에서 자연스럽게 나온 말이 아니다. 따라서 시詩도 옛것만이 좋은 게 아니다. 기담소설이나 잡극 같은 문장도 지극한 경지다."

위선적인 유가에 철퇴를 가하다

지배질서를 떠받치는 유교를 송두리째 부정하는 발언이다. 그는 유학자들이 하늘처럼 섬기는 경서經書를 두고 도학자들이 구실로 삼는 책이라며, 위선자들이 여기서 생겨난다고 혹평했다. 반면 자연이야말로 진정한 도학이라며 공자를 그대로 따르는 게 정도가 아니고, 농어공인農漁工人에게서도 배워야 한다고 주장했다. 물론 탁오가 여기서 말하는 의리는 영화배우 김보성이 강조하는 '얕은 의미'를 넘어선 형이상학적인 유교윤리를 일컫는다.

탁오는 특히 인의를 입에 올리면서도 인의를 실행하지 않고, 불교와 노장老莊을 터무니없이 비난하는 자들을 강력하게 규탄했다. 또 유학자란 탈을 쓰고도 아무런 경세재략 없이 고관이 되는 자들이 얼마나 위선적인지 폭로했다. 그래서 처음부터 끝까지 유가에 대해 차가운 시선을 보내는 탁오에게 〈수호전〉은 유가경전을 웃도는 명품이 된다.

흥미로운 점은 양산박 두령들이 그토록 유교를 폄훼하고 경멸했음에도 기본적인 유교 소양을 지닌 송강과 노준의가 첫째·둘째 두령이 되고, 학자 출신인 오용이 3위로 군사軍師가 됐다는 사실이다. 거기다 뒤늦게 합류한 관군 장수 관승은 별다른 역할을 하지 못했음에도 임충을 뛰어넘어 서열 5위에 랭크된다.

양산박은 기존 가치와 질서를 부정하고 새로운 세상을 꿈꾸는 집단이 었지만 이를 이끄는 상층 지도부는 여전히 인습과 문벌을 중시하는 데서 벗어나지 못했다는 말이다. 이는 지도자가 지녀야 할 가장 큰 요인이 식자 력識字力이었음을 말해준다. 즉 유교 질서를 혐오했지만 유교 자체를 부정할 수는 없었다는 말이다.

〈수호전〉은 시작부터 민중종교인 도교를 바탕으로 하고 있다. 주인공들 은 도교에서 발원한 존재다. 또 석가를 양념으로 곁들여 승려와 사찰 이야 기도 계속 이어간다. 불교문화가 민중 속에 깊이 파고들었음을 알 수 있다.

하지만 유가는 발붙일 틈도 주지 않는다. 유가가 권력과 폭력, 혹은 착 취와 수탈이란 모습으로 나타날 때면 반드시 응징하고 만다. 그 아래에서 신음하던 민중들에게 유교질서는 대면하고 싶지 않은 괴물이었다.

09

찬양받던 이데올로기 도불道佛

홍태위가 도사들과 함께 전각 안에 있는 비석을 들어내자 시커먼 연기가 솟아오른다.
오랫동안 봉인돼 있던 마귀가 승천한 것이다.

도교와 불교

〈수호전〉은 반체제 소설이다. 그래서 체제를 지탱하던 유교는 강하게 배격한 반면 민중들과 가까운 불교와 도교는 높이 받든다. 세간에 잘 알려진 108두령이나 36천강성, 72지살성은 모두 불교와 도교에서 유래하는 숫자다.

108두령 중 석가釋家·불교 쪽 인물로는 노지심과 무송이 있다. 노지심과 무송은 범죄를 저지르고 살아남기 위해 각기 출가승과 행자로 변신한다. 생명을 구하기 위한 방편이었지만 소설 내내 두 사람 앞에는 '화화상花和尙'과 '행자行者'라는 별칭이 붙는다.

도가道家 쪽 인물로는 공손승과 번서가 있다. 공손승은 전진교全眞敎 도사다. 전진교는 도교 일파로 금나라 왕중양이 창립했다. 주로 북방에서 성행했으며 북경 백운관이 중심이라 도교 북종北宗으로 불린다.

황당한 도술 이야기, 그래도 당대엔 통했다

그는 수호 이야기와 도가를 잇는 교량 구실을 하는 핵심 두령이다. 처음 조개 집을 방문하면서 모습을 드러낸 공손승은 도사라고는 믿기지 않게 10만 관 생신강을 함께 털자고 말한다. 도사道士란 도관道觀·도교사원에서 도를 닦는 사람이다. 그런 사람이 조개 일당에게 도둑질을 권한다. 이는 곧 공손승이 실제로는 강호인이라는 걸 말해준다.

공손승은 또 신비로운 도술을 실제로 구사하는 사람이다. 그는 양산박군이 도술을 쓰는 적군으로부터 곤경에 처할 때마다 구원투수로 나선다. 양산박군이 고당주를 다스리고 있던 고렴과 대치했을 때다. 도술에 능통한 고렴이 바람과 구름을 일으키고, 악마 같은 천군天軍을 불러내자 양산박군은 정신을 못차리고 패주한다. 이런 상대를 칼과 창으로 대적하기란 불가능하다. 공손승은 이때 차원 높은 술법으로 고렴을 쳐부순다. 망탕산 산적 두목인 번서는 섣부른 도술을 부리며 맞서다 공손승에게 대패한 후 양산박에 합류한다.

공손승이 도술을 구사하는 이야기는 작품이 지닌 현실성을 많이 떨어뜨린다. 하지만 수호 이야기가 널리 퍼질 당대엔 많은 이들이 그 내용에 공감했다. 사실적인 묘사로 서명書名을 떨치는 수호전이 황당한 이야기를 버젓이 실은 것은 이 때문이다.

소설 도입부에서 운성현 도두 주동과 뇌횡은 영관묘靈官廟에서 잠자던 유당을 수상한 자로 여겨 체포한다. 영관은 도교에서 말하는 '호법천신護法天神·법을 수호하는 천신'이다. 도교에는 모두 500영관이 있다고 한다. 이 중 가장 유명한 것은 왕영관王靈官으로, 도관 산문을 지키는 영관이다. 유당이 영관묘에서 잠을 청한 것은 동네마다 영관묘가 있었음을 말한다. 송대에는 신新도교가 민중들 사이에 깊이 뿌리내리고 있었다.

하북 노준의가 사형을 앞두고 있을 때 감옥 간수인 채복 채경 형제는 오성당五聖堂에 신위를 모셔놨으니 혼백이라도 그곳으로 가 편히 쉬라고 말한다. 오성당이란 늙고 병든 사람이나 고아와 과부처럼 갈 곳 없는 이들을 수용하던 자선 암자다. 여기에는 오성보살이 모셔져 있다. 즉 석가모니불, 관세음보살, 지장왕보살, 문수보살, 보현보살이 그들이다. 도가와 함께 석가 또한 백성들 삶에 깊이 박혀 있었음을 확인할 수 있다.

백성들 삶에 뿌리박은 도가와 석가

절은 노지심이 처음 출가한 오대산 문수원과 동경 대상국사가 크고 장엄하다. 대상국사는 수도 개봉에서 가장 큰 절이다. 북송 진종 때 힘이 장사고 무예도 능했으나 행실이 나쁜 승려가 살았다는 공식 기록이 있다. 작자가 노지심 형상을 창조할 때 참고한 인물이 아닌가 싶다. 오대산 문수원은 문수보살 도량으로 위명이 자자했다.

문수원을 대표하는 지진장로智眞長老는 불교 법력을 상징한다. 그는 백성들로부터 활불活佛로 추앙받는다.

도관으로는 '설자'에서 홍태위가 장천사를 모시러 간 용호산 상청궁이 광대하다. 도교 본산인 이곳은 수십 수백 채 전각이 아름답게 조화를 이루고 있다. 지진장로가 불교 법력을 상징하다면 도교 법력을 상징하는 이는 나진인이다. 계주 백성들은 그를 고사高師·법력 높은 스승로 떠받든다.

모반죄로 몰려 강주옥에서 미친 사람 행세를 할 때 송강은 이렇게 외친다.

"나는 옥황태제 사위다. 이번에 명을 받고 10만 천병을 이끌고 강주를 치러 왔다. 염마대왕이 앞에서 나가고 오도장군이 뒤에서 막는다."

귀신 씻나락 까먹는 소리 같지만 다 근거가 있다. 염마閻魔·저승을 다스리는 왕는 불교에서 유래했고, 오도五道와 옥황玉皇은 도교에서 유래한 것이다. 도교에서 말하는 오도는 중생이 자신이 지은 업에 따라 오가는 곳으로, 신도神道, 인도人道, 축생도畜生道, 아귀도餓鬼道, 지옥도地獄道를 말한다.

송강은 양산박 최고 두령이 된 후 고향에서 쫓기는 길에 '구천현녀九天玄女'를 꿈속에서 만난다. 그로부터 천서天書와 함께 '천자를 대신해 도를 행하라'는 분부를 받는다. 이 대목 또한 전적으로 도교적인 서술이다. 구천현녀는 도가에서 전해지는 전설 속 여신이다. 그런 여신이 송강과 접선을 했다는 것은 그에게 도가적 권위를 부여했다는 말이다.

성탄은 〈제오재자서第五才子書〉라 이름 붙인 〈수호전〉을 70회로 마무리했지만, 100회나 120회본에서는 송강이 독주를 마시고 비극적인 최후를 맞는 장면이 나온다.

송강이 죽자 초주 백성들은 그의 인덕과 충의에 감동해 사당을 건립하고 사철 제사를 올렸다. 백성들이 기도를 드리면 감응하지 않는 바가 없었다. 송강은 자신이 범한 마업魔業의 대가를 치르기 위해 죽어서 신이 됐다. 그러고는 민중들이 고난에 처할 때마다 귀를 기울여 널리 이익을 베풀었다. 이 또한 도가적 결말이자 당대를 살던 사람들이 바라던 바였다.

노신은 이에 대해 "송강이 독주를 마시고 죽는 것은 명초明初에 가미된 것이다. 명 태조는 천하를 통일한 후 공신들을 의심하고 시기해 수많은 공신들을 살육했다. 백성들이 해를 당한 공신들을 동정하는 마음이 '송강이 독주를 먹고 죽었다'는 이야기로 발전한 것이다."

양산박 수호신 탁탑천왕 조개

양산박은 원래 도적 소굴이었지만 108호한들이 모여 '체천행도替天行道·하늘을 대신해 의를 행함'를 내걸자 '의적집단'으로 변모한다. 이 집단은 단순히 호한들이 모인 곳이 아니다. 하늘을 대신해 도를 행하는 만큼 '인人'에 감응하는 '천天'이 보살피는 곳이다. 이 사명은 증두시 정벌 때 화살을 맞고 죽은 조개가 맡는다.

조개는 별호가 탁탑천왕托塔天王이다. 이런 거창한 이름이 붙은 데에는 다소 엉뚱한 사연이 있다. 조개는 운성현 동계촌 사람이다. 앞마을인 서계촌에 귀신이 자주 나타나 사람들을 홀리자 이 마을 사람들이 지나가던 중에게 하소연했다. 그 중은 귀신을 제압하는 청석 보탑을 만들어 서계촌 시냇가에 세웠다.

그러자 귀신이 보탑을 피해 동계촌으로 건너왔다. 조개는 이 소식을 듣고 크게 화를 내며 홀로 청석 보탑을 들어 동계촌으로 옮겼다. 귀신이 사라진 것은 불문가지. 탁탑이란 탑을 밀어버린다는 뜻이다.

단순한 행위 같지만 탁탑이란 말에는 호걸스러운 기개가 깔려 있다. 마을 사람들이 고통당하는 것을 묵과하지 않았고, 귀신을 두려워하지 않았다는 게 그것이다. 여기에 천왕이란 이름이 더해졌으니 조개가 지닌 기상과 용력이 과인했음을 알 수 있다.

탁탑천왕은 원래 불교 사대천왕 중 북방을 수호하는 다문천왕을 일컫는 말이다. 범어로는 '바이스라바나'로, 한역漢譯하면 '비사문천왕毗沙門天王'이 된다. 북방을 수호하면서 복을 주는 천신이다. 다문천왕은 왼손에 보탑을, 오른손에 창을 들고 있다. 탁탑천왕은 여기서 유래한 이름이다.

조개는 108두령에 이름을 올리지 못하고 중간에 죽지만, 그는 다문천왕이란 이름에서 알 수 있듯이 양산박 수호신으로 자리 잡는다. 송강은 양산박이 체제를 갖추자 출정을 할 때나 큰일을 벌일 때마다 먼저 조개에게 제를 지낸다. 양산박을 새롭게 일군 중창자重創者에 대한 예의를 통해 구성원들을 결속시킨다.

탁탑천왕은 원래 불교 수호신이지만 단독으로 천왕당에 받들리면 군신軍神, 혹은 재신財神으로서 도교적인 토속신에 가깝게 된다. 따라서 조개는 불교와 도교가 혼재된 인물이라고 할 수 있다.

신비로운 36천강 72지살

108두령은 36천강성天罡星과 72지살성地煞星으로 나뉜다. 천강성이란 육임六壬술에서 음력 8월 추분을 대표하는 신장神將이다. 지살성은 육임보다 더 신비하고 복잡한 성명가星名家라는 점술에서 역병신疫病神을 가리킨다. 물론 이들 신장은 가공이다. 따라서 천강이니 지살이니 하는 건 천문점성과 관련해 전래되는 개념을 이용해 108호걸과 하늘 별자리를 대응시킨 것으로 볼 수 있다.

108호한이 양산박에 모두 모여 제를 지낼 때 108인 이름이 적혀 있는 비석이 하늘에서 떨어지자 송강은 이렇게 말한다.

"나는 초라한 아전에 불과했는데 원래 별들의 우두머리였고, 여러 형제도 하늘에 떠 있는 별들이었구려! 하늘이 감응했듯이 의를 위해 모인 건 당연한 일이오! 앞으로 하늘의 말씀을 거슬러서는 안될 것이오!"

그러자 두령들이 일제히 답한다.

"천지의 뜻이고 정해진 이치라면 누가 감히 거스르겠습니까!"

완벽하게 도가적인 결말이다.

원래 〈수호전〉은 세 가지 층위層位로 구성된다. 첫째는 환상적인 층위다. 천인감응이란 우주관이 소설 구조 속에 정좌해 있다. 즉 초인간적 우주가 인간이란 소우주를 덮고 있다는 설정이다. 둘째는 사회적 층위다. 고구로 대표되는 사회악 혹은 사회적 모순과 송강을 비롯한 의사義士가 대립축을 가진다. 셋째는 심리적 층위다. 의와 충이 줄곧 갈등하는 것을 말한다.

이 중 첫째는 처음부터 끝까지 〈수호전〉을 감싸는 도가적, 불가적 우주관이다.

하늘과 인간이 감응하며, 천강과 지살이 별자리가 화한 인간이란 이야기가 퍼지면서 36천강과 72지살은 농민반란군들이 곧잘 차용하는 단어가 된다. 명나라 숭정 4년 산서지역 농민반란군은 군대를 36영뽑으로 구성했

다. 두령들은 양산박 호걸 명호를 빌려 흑선풍이니, 혼강룡이니, 일장청이
니 하는 이름을 붙이곤 했다. 그런가 하면 글자를 조금씩 바꿔 별호를 짓
는 것도 대유행이었다.

같은 시기 남경지역 유맹流氓·도적떼들도 36천강 72지살을 내걸고 108호한
과 비슷한 이름을 짓는 데 열중이었다.

108두령은 천강성과 지살성으로 나뉘지만, 제각기 고유한 별자리 이름
을 가지고 있다. 이 이름은 두령들이 지닌 개성을 잘 설명하는 열쇳말이기
도 하다. 행자 무송은 '천상성天傷星'이다. 사람을 많이 해치는 운명을 지녔다
는 말이다. 이 말대로 무송은 무자비한 복수극을 벌이는 주인공이다.

이규는 살인 별, 시천은 도둑 별

흑선풍 이규는 한술 더 떠 '천살성天殺星'이다. 대놓고 하늘이 내린 살성
이라고 한다. 눈 하나 깜짝 않고 살인을 밥 먹듯 하는 이규에게 이 칭호는
딱 들어맞는 이름이다. 노준의 심복이자 천강성 중 마지막 36위에 앉은 연
청은 '천교성天巧星'이다. 총명하고 영리한 데다 가진 재주를 다 헤아리기 힘
들 정도라 '교巧' 자가 붙었다.

몰면목沒面目 초정은 손과 발을 함께 사용하는 중국식 씨름꾼이다. 한평
생 누구에게도 인정을 베푼 적이 없고, 아무에게도 도움을 바라지 않아 몰
면목이란 별호가 붙었다. 시쳇말로 '안면몰수'하고 인생을 살았다는 의미
다. 그는 등장 횟수는 적지만 양산박 두령들이 지닌 특징을 이야기할 때

'악한 기질'을 대표하는 사람으로 빠지지 않고 꼭 등장한다. 그래서 하늘 별자리 이름도 '지악성地惡星'이다.

좀도둑들이 우상으로 숭배하는 '절도의 신' 고상조 시천은 '지적성地賊星'이다. 도적 적 자가 들어 있으니 시천이 아니고서는 이 단어를 소화할 이가 없다.

하지만 불가와 도가가 민중들에게 환영받은 만큼 거기서 파생된 부작용도 컸다. 〈수호전〉에는 천인감응을 대표하는 108호한만 있는 게 아니다. 탐음호색한 중으로는 반교운과 통정하던 배여해가 있고, 부녀자를 희롱하던 도사로는 비천오공 왕도인이 있다.

송대에 불교는 끊임없이 풍기문제를 야기했다. 사찰은 종종 범법자들이 숨는 은신처가 되어 치안을 어지럽히는 원인이 됐다. 당시 승려 숫자는 많게는 수십만 명에 달했는데, 이중에 도적이 많이 스며들어 백성들이 몹시 괴로움을 겪었다고 한다. 그래서 현판을 내걸지 않은 무명사찰, 즉 정부에 등록되지 않은 사설 사찰들을 모조리 혁파한 적도 있었다.

또 파계승이 많은 현실은 승려에 대한 평가를 크게 악화시키기도 했다. 당시 승려를 한 글자로 승僧, 두 글자로 화상和尙, 세 글자로 귀락관鬼樂官· 저승길 음악대, 즉 장의사, 네 글자로 색중아귀色中餓鬼· 색욕에 굶주린 귀신라고 불렀는데, 이는 승려를 빙자한 가짜가 많았던 현실을 반영한 표현이다. 반교운이 배여해와 통정하는 소설 속 이야기는 그래서 시대 상황이 담긴 결과물이라고 할 수 있다.

도교는 불교와 마찬가지로 원래 취지가 무욕염담無慾鹽淡, 즉 욕심이 없는 고요한 마음을 닦는 것이었다. 하지만 수당을 거쳐 송대 들어 세속화한 도교는 현세적인 이익을 추구하고 인간이 지닌 욕망을 긍정했다.

도교는 선한 것을 선하다고 하고 악한 것을 악하다고 했다. 바라는 바를 솔직히 욕심내는 것을 인정하여 까다로운 이치를 늘어놓지 않았다. 특히 민간 원시종교가 전하는 여러 가지 방술方術과 무의巫儀를 적극 받아들여 방대한 의속儀俗 체계를 갖췄다. 신新도교는 이렇게 신비감을 조성해 평생 괴로움과 어려움 속에 살아가던 하층민들에게 정신적인 위안을 제공했다.

그렇지만 욕망을 긍정하고 현세 이익을 추구하다보니 부작용 또한 속출했다. 명리와 재물을 밝히게 되자 교단에서는 이를 둘러싼 헤게모니 다툼이 끊임없었고, 개별적으로는 불교 파계승을 능가하는 파계도사가 줄지어 나타났다.

무송이 이룡산으로 가는 오공령에서 만난 비천오공 왕도인은 민간에서 납치한 부녀자를 희롱하던 파계도사였다. 도사 중에서도 '화거도사火居道士'라고 해서 아내를 얻는 이도 있었다. 도교 비구니라고 할 수 있는 '도고道姑'라는 존재도 있었다. 하지만 송대 화거도사는 한눈에 알아볼 수 있는 복장이었고, 머리에 쓴 관 모습도 달랐다.

가난한 이 달랬으나 부작용도 컸다

무송이 오공령에서 만난 도사는 여색을 가까이 해서는 안되는 종파 도사였다. 소설에서 그는 음양에 정통하고 풍수에 밝다는 거짓말로 여염집에 들어가 가족을 죽이고 여자를 납치한다. 그래서 무송이 휘두른 한칼에 목숨을 잃고 만다.

타락한 석가와 썩은 도가는 와관사瓦官寺에서 쌍으로 모습을 드러낸다. 노지심이 오대산 문수원에서 동경 대상국사로 가는 도중에 들른 와관사는 한때 번듯한 절이었으나, 지금은 무너져 내리기 일보 직전이다. 생철불生鐵佛로 불리는 중 최도성과 비천야차飛天夜叉라는 도사 구소을이 중들을 내쫓고 절을 헤집어놓았기 때문이다.

거동이 불편해 남은 중들은 노지심에게 이렇게 말한다.

"저 중과 도사는 살인방화를 일삼고도 눈 하나 깜짝 안하는 사람입니다. 말이 중이고 도사지, 어디 출가한 사람이라 하겠습니까? 출가라는 건 말뿐이고 산림 도적들이 신분을 감춘 것에 불과합니다."

〈수호전〉 서장에 해당하는 '설자楔子'는 송나라 수도인 동경에 역병이 도는 이야기로 시작한다. 환자가 들불처럼 번지자 조정은 크게 당황해 도교 지도자인 천사天師 장진인에게 역병 구제를 요청한다. 천사란 강서 용호산에 사는 장천사를 말한다. 그는 도교 창시자인 장도릉을 잇는 후계자로, 도교 최고 지도자다.

그러나 사신으로 용호산 상청궁에 간 태위 홍신은 사명을 완수했다는 안도감에 그만 복마전伏魔殿에 봉인돼 있던 108마군魔君을 풀어주고 만다. 굉음과 함께 사라진 108마군은 오랜 시간이 흐른 뒤 양산박 108두령으로 그 모습을 드러낸다.

처음 용호산에서 복마전을 발견한 홍태위는 마왕을 보겠다며 문을 열라고 다그친다. 주지는 "큰일 난다"며 안 된다고 뻗댄다. 이 실랑이는 긴박감을 더하며 앞으로 '혼돈스러운' 미래가 들이닥칠 것을 예고한다.

"마귀가 어떻게 생겼는지 보고 싶네"

"이곳은 뭐하는 곳이오?"

"전대前代 천사가 마귀를 잡아 가둬놓은 곳입니다."

"마왕이 어떻게 생겼는지 한번 보고 싶네. 주지가 문 좀 열어보시오."

"절대로 열 수 없습니다. 선대 천사들께서 신신당부하셨습니다."

"헛소리 마시오! 혹세무민하려고 복마전을 만들어놓은 것 아니오? 빨리 열어 내게 보여주시오."

"열 수 없습니다. 만약 열었다가는 사람들을 상하게 할 것입니다."

"너희들이 문을 열지 않는다면 가만히 있지 않겠다. 너희가 사사로이 복마전을 만들어 백성들을 현혹하고 있다고 황제에게 고하겠다. 그렇게 되면 다들 도첩을 빼앗기고 귀양을 갈 것이다."

주지는 태위 권세가 두려워 결국 문을 열고 만다. 태위는 비석 뒷면에 '우홍이개遇洪而開·홍씨 성을 가진 사람을 만나 열리다'란 글자가 씌어 있는 것을 발견하곤 좋아서 소리친다.

"이것 보아라! 우홍이개라고 했으니 분명 내게 열어보라고 한 것이 틀림없다."

그러고는 일꾼들을 시켜 비석을 파헤친다. 그러자 콰르릉 소리를 내고 지하에서 올라온 검은 기운이 금색 빛으로 변해 순식간에 사라진다.

송나라 조정과 도교 간 접촉은 3대 진종 때 시작됐다. 도교가 민간에 널리 퍼졌기 때문에 도교에 따른 제를 지내 복리를 구하고자 한 것이었다. 그러다 〈수호전〉 배경이 된 휘종조에 이르러 조정과 도교는 한 몸이 되다시피 한다. 휘종 스스로 '도교황제'라는 뜻을 지닌 '도군황제道君皇帝'를 자처했기 때문이다.

수호 이야기는 이 지점을 절묘하게 포착했다. 송나라 조정과 도교 간 접촉을 이야기 시발로 삼았다. 그것도 그저 그런 이야기가 아니고, 도관에 묶여 있던 108마군이 이 세상에 모습을 드러낸다는 '무시무시한' 설정이다.

복마전에서 달아난 108마군은 마군魔君이란 글자만 보면 요괴이자 중생을 위협하는 마귀다. 그렇지만 달리 보면 이들은 관리들에게 대항하는 마군일 수도 있다. 또 정正으로써 사邪를 제압하는 마군일 수도 있다.

중국 속담에 '도가 한 자 높아지면 마는 한 길이 늘어난다道高一尺 魔高一丈'는 말이 있다. 이 속담은 여러 가지 의미로 해석되지만 선善이 있으면 그 선보다 더 단수가 높은 악惡이 만들어진다는 뜻으로 볼 수 있다. 그런가 하면 조정과 관리가 백성을 계속 탄압한다면 백성들은 그보다 더 강하게 저항한다는 뜻으로도 해석할 수 있다. 도교를 토대로 한 108마왕 이야기는 억압적인 권력에 맞서 더 힘센 마왕이 우리를 구해줄 것이라는 민중들의 염원이 잘 녹아든 서사라고 할 수 있다.

10

흑선풍 쌍도끼와 살인미학

흑선풍 이규가 강주 사형장에서 송강을 구하러 웃통을 벌거벗은 채
쌍도끼를 들고 군중들 사이로 뛰어내린다.

폭력과 이규

 조선 중기 문인 이식李植은 이런 말을 남겼다.

 "세상에 전해지는 말에 따르면 〈수호전〉을 지은 이의 집안이 응보를 받아 3대 동안 농아聾兒가 되었는데, 그 이유는 도적들이 바로 그 책을 높이 떠받들었기 때문이라고 한다."

 사실 여부를 떠나 엄청난 저주를 담은 말이다. 자손이 3대째 농아가 된 이유가 도적들이 좋아하는 책을 쓴 때문이라니!

 이식은 이에 그치지 않고 허균까지 싸잡아 비난했다.

 "허균이 〈수호전〉을 본떠서 〈홍길동전〉을 지었는데, 그의 무리인 서양갑과 심우영 등이 소설 속 활약을 직접 행동으로 옮기려다 한 마을이 쑥밭으로 변했다. 허균 자신도 반란을 도모하다 복주伏誅·형벌을 받아 죽게 됨되기에 이르렀으니, 이는 농아보다 더 심한 응보를 받은 것이다."

 〈수호전〉이 이른바 봉건시대 먹물들에게 어떻게 인식됐는지 잘 알려주는 글이다. 노벨 문학상에 빛나는 작가 펄벅이 1933년 70회본 〈수호전〉 영역본을 출간할 때다. 당시 미국 컬럼비아 대학에 유학 중이던 중국 학생들이 심한 장면을 빼달라고 요청했다고 한다. 그 주요 대상은 주인공 이규李逵가 저지른 악행이다.

"이규 살상 이야기, 책에서 빼달라"

20세기 초반이니만큼 서세동점西勢東漸 여파가 아직 완전히 가시지 않았을 무렵이다. 당시 미국에는 먹고살기 위해 건너온 '중국인 막노동꾼'이 들끓고 있을 때라 동양인, 특히 중국인을 비하하는 풍조가 심했다. 때문에 어렵사리 미국에 유학 간 중국 학생들은 구미歐美인들이 '중국인을 보는 시각'에 예민할 수밖에 없었다. 그런데 고전이랍시고 나온 책이 온통 '잔인한 살상 이야기'로만 가득하다면 어떻게 되겠는가?

이 에피소드는 오랜 세월 사람들이 〈수호전〉을 바라본 두 시선, 즉 긍정적인 시선과 부정적인 시선 중 후자를 대변한다. 문인 이식이 지적한 것은 반체제성이고, 중국인 학생들이 빼달라고 요구한 건 과도한 폭력성이다.

몇몇 사람들이 그 과도함을 지적하지만, 사실 반체제성과 폭력성은 〈수호전〉이 자랑하는 덕목이다. 이념과 도덕을 정면으로 부정하는 이 두 가지 특성이 없었다면 지금까지 소설이 읽히고 있을지 장담할 수 없다. 주인공 송강이 유배지인 강주에서 반역시를 쓴 이유로 사형을 눈앞에 두고 있을 때다. 소설은 이렇게 묘사한다.

"네거리 모퉁이 찻집 누각에서 호랑이 같은 얼굴에 옷을 벗어부쳐 시커먼 맨살을 그대로 드러낸 사내가 한 손에 도끼 한 자루씩 들고 고함지르며 뛰어내리는데, 그 소리가 마치 하늘에 벼락이 치는 듯했다. 그 사내는 형을 집행하려는 망나니 두 놈을 쪼개버리고 강주지부江州知府인 채구를 향해 달려갔다."

송강을 구하기 위해 이규가 형장에 뛰어드는 장면이다. 그런데 이규는 송강을 죽이려던 채구지부 이하 관원들만 노리는 게 아니라, 사람 형상만 하고 있으면 눈에 보이는 족족 도끼로 찍어버린다. 형장은 순식간에 아비지옥으로 변한다. 시산혈해屍山血海란 바로 이런 상황을 두고 하는 말이다.

생신강을 훔친 범인들을 잡기 위해 양산박에 온 제주부 집포사신 하도는 군사들을 고기잡이 배에 태워 앞으로 나아간다. 그때 상대편에서 배를 타고 등장한 완소칠은 이렇게 노래한다.

"석갈촌에서 나고 자란 이 어른은老爺生長石碣村 / 천성적으로 살인을 좋아한다네稟性生來要殺人"

완씨 삼형제는 배 안에 있던 관군들이 이기지 못해 달아나려 하자 호미를 휘둘러 머리를 내리친다. 그럴 때마다 뇌수가 터져 나온다. 완소칠은 관군대장인 하도를 잡아 귀 두 개를 도려낸다. 수백 명 관군이 몰살당하는 끔찍한 현장이다.

사건에서 분위기까지…넘치는 폭력예찬

이런 장면은 끝도 없이 등장한다. 개중에는 납득 가능한 복수극도 있지만, 상당 부분은 마치 악귀가 살인을 저지르는 듯하다.

양산박 두령들이 주동朱仝을 끌어들일 때는 그가 돌보던 네 살 된 아이 머리를 박살낸다. 진명秦明을 산채로 들일 때는 가짜를 내세워 청주성 앞 마을을 방화하고 도륙한다. 불에 타 죽은 남녀 숫자가 헤아릴 수 없었다고 한다. 송강을 치료하기 위해 의사醫師 안도전을 데려올 때 장순은 걸리적거리는 기생집 사람들을 모조리 찍어버린다.

57회에는 공명 공량 형제가 입산하는 과정이 설명돼 있다. 백호산 근처에 사는 부호와 다툼이 생겨 밀고 밀리는 싸움이 시작되자 공명 형제는 하인들을 모두 이끌고 그 부호를 죽인다. 그리고 수십 명에 달하는 가족과 하인도 모조리 살해한다. 나아가 그 집에서 기르던 개나 고양이 같은 동물까지 모조리 없애버린다. 후환을 없애기 위해서다.

송강이 게양진에서 맞닥뜨린 목씨 형제는 또 어떤가? 송강 일행을 추적하던 아우 목춘이 설영에게 얻어맞고 집으로 돌아오자 아버지 목태공이 말한다.

"네가 남에게 맞았다는 것을 알면 네 형이 가만히 있겠니? 또 가서 생명을 해칠 것 아니냐?"

68회에서 대규모 살상이 이뤄지는 전투를 앞두고 작자가 읊조리는 배경 설명은 간담을 서늘하게 한다. '날은 따뜻하고 바람은 온화하여 풀은 푸르고 모래는 부드러우니 참으로 시살斯殺하기 좋은 때였다.' 날이 좋으니 사람 죽이기 좋다는 말이다. 구체적인 사건에서부터 분위기를 묘사하는 시적 대목에 이르기까지 〈수호전〉은 온통 폭력을 찬미하는 구절로 가득하다.

흑선풍 이규는 그중에서도 압권이다. 〈수호전〉에서 가장 용맹하거나 무예가 뛰어난 인물, 아니면 가장 의로운 인물을 꼽는 것은 불가능하다. 하지만 가장 많은 살인을 저지르는 인물을 꼽는 건 가능하다. 그게 바로 이규다. 흑선풍은 단순히 사람만 많이 죽이는 게 아니다. 살인 그 자체를 즐기며 거기서 쾌감을 느끼는 진정한 '살인귀殺人鬼'다.

굵직굵직한 리스트만 뽑아보자. 이규는 강주 사형장에서 송강을 구할 때 공인은 물론 구경꾼들까지 마구잡이로 죽였다. 어머니를 모시러 갔다가 돌아오는 길에는 이귀 부부, 조태공, 사냥꾼, 토병土兵 등 30여 명을 학살했다. 오죽했으면 주귀가 "무고한 사람 좀 그만 죽이라"고 고함을 쳤겠는가! 축가장 싸움에서는 송강 지시를 어기고 호태공 일가를 깡그리 죽였으며, 창주 지부 네 살짜리 아들도 머리를 박살내 죽였다. 시진을 괴롭히는 은천석은 몇 대 주먹으로 황천길로 보냈으며, 실패한 것으로 드러났지만 나진인과 청의동자도 살해했다. 그런가 하면 아무런 이해관계도 없는 한백룡까지 도끼로 찍어 죽인다.

'살인이 곧 쾌락' 전율스러운 흑선풍

무송이 체계적이고 계획적으로 살인을 했다면 이규는 철저하게 비체계적이고 무계획적이다. 축가장을 정벌할 때 인근 호가장扈家莊은 양산박군과 동맹을 맺은 사이다. 그럼에도 이규는 이에 아랑곳하지 않고 전투 중에 맞닥뜨린 호가장 사람들을 모조리 죽인다. 송강이 왜 동맹군을 살육했느냐고 꾸짖자 이규는 "공은 없어도 실컷 죽였으니 시원하다"고 한다. 원문은 '수연몰료공로야雖然沒了功勞也 끽아살득쾌활喫我殺得快活'이다. 진정한 살성殺星이 아닐 수 없다.

이규는 모친을 산채로 데려오기 위해 고향에 갔다가 고개에서 호랑이에게 모친을 잃는 불행을 겪는다. 꼭지가 돈 그는 암수 호랑이와 새끼 호랑이 등 네 마리를 한꺼번에 잡아 마을사람들로부터 융숭한 대접을 받는다.

그러나 양산박 도적이라는 신분이 탄로나 오랏줄에 묶여 관가로 끌려가게 된다. 다행히 자신을 따라 온 주귀 일행이 몽한약으로 호송관원들을 쓰러뜨리자, 이규는 현장에서 자신을 모해한 조태공 등을 칼로 죽여버린다. 그러고는 통제불능이 된다.

소설 속 묘사를 보자. "한번 살기가 일어나자 자신을 호송하던 맨 앞 사냥꾼부터 찌르더니 향병鄕兵 30여 명을 모두 찔러 죽였다. 구경하던 사람들과 조태공 집 일꾼들은 부모가 다리 두 개만 낳아준 것을 원망하며 죽을 힘을 다해 달아났다."

살인도 살인이지만 살인에 버금가는 폭력도 부지기수다. 벙어리 하인으로 가장해 오용을 따라 북경에 갔을 때다. 이규에게 맞아 피를 토한 객점 점원이 오용에게 하소연한다.

"손님! 벙어리 하인이 몹시 지독합니다. 소인이 밥 짓는 불을 조금 늦게 붙였다고 피가 나도록 맞았습니다."

그런 사람인지라 북경성 성문 앞에서 검문을 하던 군사들은 이규를 가리키며 이렇게 말한다.

"이 도동道童 눈초리가 살벌해 꼭 도적놈이 사람을 째려보는 것 같네!"

폭력 장면 중 절정은 이규가 송강을 모함했던 황문병을 잡았을 때다. 이규는 살아 있는 황문병의 살점을 발라 숯불에 구워 먹는다. 이 장면은 이규가 단순히 포악하다는 것에 그치지 않는다. 폭력적인 다른 이들을 훌쩍 뛰어넘는, 그가 지닌 인격이 '비인非人·인간이 아님'에 이르렀음을 말해준다.

이규, 비인非人의 경지에 오르다

〈수호전〉을 분석한 주사원周思源은 그래서 이규와 양산박 두령들을 이렇게 비판한다.

"황문병은 나쁜 사람이다. 그러나 나쁜 사람에 대해 이렇게 잔혹한 방법을 써도 되는가? 이런 묘사가 아름다운가? 현대인으로서 우리는 이런 묘사를 어떻게 다뤄야 하는가? 유감스러운 것은 적지 않은 연구자와 비평가들이 이런 잔혹하고 악랄한 현상을 보고도 못 본 척하거나 대충대충 언급만 하고 넘어간다는 것이다."

〈쌍전雙傳〉의 저자 유재복도 양산박군이 진명을 겨냥해 마을을 불태운 것을 두고 "군관 한 명을 반란 행렬에 끌어들이기 위해 헤아릴 수 없이 많은 생명을 죽이는 것이 〈수호전〉의 계산법"이라며 비판했다.

노신魯迅 또한 이규가 강주 사형장에서 송강을 구하는 과정에서 쌍도끼를 휘둘러 살상한 이들이 다름 아닌 죄 없는 관객들이었음을 지적한다. 유교적 도덕체계에 실린 허위를 신랄하게 비판했던 그조차도 이규가 자행한 '부도덕한 폭력'은 용납하지 못했다.

소설 첫머리에 등장하는 고구는 임충을 박해하는 데 국가 기구를 이용했다. 또 나라를 들먹이며 온갖 비열한 수단을 동원했다. 송강을 위시한 양산박 두령들은 주동, 안도전, 진명, 노준의 등을 한패로 들이기 위해 잔혹한 수단을 서슴지 않았다. 그러면서 그들은 '체천행도'를 내세웠다. 그들이 산채로 들어오자 '하늘을 대신해서 도를 행하는' 목적이 숭고한 만큼 수단이 다소 잔혹했더라도 이해해달라고 말한다.

목적이 달랐다손 치더라도 타인을 심대한 고통 속으로 몰아넣었다는 점에서 그 수단은 고구가 하던 짓거리와 다를 바 없다.

원래 양산박은 국가 권력이나 주류 사회와 동떨어진 특수공간이다. 출신을 따지지 않고 모두가 형제로 통한다. 능력에 따라 대우받고 고락을 함께 나누는 이상향이다. 그래서 산채 철학도 '금이나 은을 똑같이 나눠 갖고, 큰 사발에 술과 고기를 먹는다'는 '대칭분금은大秤分金銀 대완끽주육大碗喫酒肉'이다.

피비린내 진동하는 특수공간 양산박

그리고 이 이상 사회는 부드러움을 귀히 여기고 힘을 배척하는 유가적 이상향이 아니다. 도화원桃花源과 같은 평온함 대신 칼이 난무하고 피비린내가 진동한다. 구성원들이 찬미하는 것도 문아文雅·시문을 짓고 읊는 풍류함이 아니라, 맨손으로 호랑이를 때려잡고 버드나무를 통째로 뽑는 '힘의 미학'이다.

그렇기에 폭력성은 양산박에 내재된 본질이다. 누구도 이를 문제 삼지 않으며, 누구도 그런 폭력이 과하다고 여기지 않는다. 〈수호전〉은 잔인한 장면을 묘사할 때도 특별히 그 점을 부각하지 않는다. 마치 일상적인 행동을 그리는 듯하다. 이런 담담함이 더 큰 두려움을 느끼게 한다.

〈수호전〉 비평으로 유명한 이탁오와 성탄은 이에 대해 소설이 거둔 '서사적 성과'만 보자고 말한다. 아이 머리를 박살내는 것도 "기이한 문장에서 나온 것이지, 어찌 실제로 이런 일이 있었겠는가?" 하고 말한다.

특히 탁오는 "천하문장은 반드시 취趣를 제일로 삼아야 한다"고 말한다. 여기서 취는 아무런 목적의식 없는 취미판단이라고 할 수 있다. 두 사람이 주장하는 바는 허구는 현실이 아니기 때문에 도덕적 평가에 관계없이 살인을 묘사할 수 있다는 것이다.

소설가 오스카 와일드는 "예술에는 아름다움과 추함이 있을 뿐 옳고 그른 것은 존재하지 않는다"고 했는데 바로 탁오와 성탄을 뒷받침하는 말이다.

후인들은 이런 해석에 따라 칼부림과 피비린내를 '유쾌 상쾌 통쾌'하다고 말한다. 그 칼과 피는 곧 내 힘으로는 어쩔 수 없지만 누군가가 불합리로 가득찬 세상을 시원하게 응징해줄 것을 기대하는 심리와 상통한다.

그래서 조선 선비 이언진은 〈호동거실衚衕居室〉에 쓴 연작시에서 이렇게 읊었다.

"흑선풍 이따거의 두 자루 도끼 / 빌려서 휘둘러 크게 깨어 부수고 / 한 손에는 따로 박도를 쥐고 / 강호의 호한들과 사귀어 보리!"

그렇지만 소설이라 하더라도 수많은 사람들에게 막대한 영향을 끼쳤다는 점에서 잔혹한 폭력을 결코 가볍게 받아들일 수 없다는 지적은 여전히 존재한다.

유재복은 〈수호전〉을 일러 "처음 등장한 이후 약 500년간 중국 사람들 마음에 가장 광범위하게 해악을 끼친 문학작품"이라며 "과거뿐 아니라 지금까지 여전히 사람들 마음을 파괴하며 잠재의식을 변화시킨다"고 말했다.

실제로 소설이 그런 해악을 끼쳤다면 이는 비단 중국에 국한되는 이야기가 아니다. 동아 3국은 물론 동아시아 문화권 전체에 해당되는 문제다.

일본 학자 사네요시 마쓰오는 "이규는 예술적 형상으로서는 성공적이었다. 그러나 도덕적 평가에서 말하자면 정말 긍정할 가치가 없으며 높이 평가해서는 더더욱 안 된다"고 말했다. 어떤 중국 학자들은 이규를 양산박 '10대 악인' 중 첫째로 꼽으며 오로지 살인을 즐길 생각만 한다고 비판한다.

미야자키 이치사다는 이에 대해 "흑선풍 이규가 휘두르는 폭력은 과도하지만 인류 역사를 사실 그대로 묘사한다면 혹 이규와 같은 모습이지 않을까?" 하고 반문한다.

봉건시대 전제정치하에서 죄인과 그 가족에 대한 형벌은 야만적이었다. 사안이 역적행위라고 판단되면 구족九族이 몰살당했다. 형벌도 능지凌遲형을 비롯해 눈뜨고 보기 힘든 것들이 많았다.

이런 잔인한 형벌은 공포심을 주는 게 목적이었지만 그럴수록 저항도 강해져, 그 같은 잔혹성은 '상동성相同性'을 갖게 됐다. 즉 백성들도 그걸 자연스럽게 여기며 따라하게 됐다는 말이다. 실제로 양산박군이 북경성을 함락했을 때 두천과 송만은 양중서 집으로 쳐들어가 양민이건 천민이건 가릴 것 없이 한 놈도 남기지 않고 모조리 죽여 버린다.

동평부를 무너뜨렸을 때 사진은 자신을 고발한 기생집으로 달려가 포주와 노인 어린아이 할 것 없이 일가족을 모두 갈기갈기 찢어 죽인다. 미야자키가 한 말은 바로 이런 사실을 포함하는 것이다.

본성에 충실했던 '선천지민先天之民'

과도한 폭력을 휘두르는 살인광으로 불리지만 서사적인 관점에서 볼 때 이규는 다양한 역할을 소화한다. 첫째 일체 규범을 받아들이지 않음으로써 서사가 단조로워지는 것을 방지한다. 처음부터 그는 주류세계 바깥에 있던 인물로 성탄은 그런 면모를 '선천지민先天之民'으로 표현한다. 예의교양과는 관계없이 본성과 본능에 충실한 사람이란 뜻이다.

또 긴박함이 주조를 이루는 서사에서 그 긴장을 무너뜨리며 해학미를 발산한다. 대종과 함께 공손승을 찾으러 나섰을 때 몰래 술과 고기를 먹고 신행법에 걸려 혼나는 장면은 그 백미다. 이규는 갑마甲馬를 붙인 다리가 서지 않자 대종에게 제발 멈추게 해달라고 애걸하면서 '호칭 강도'를 높인다.

처음엔 대종을 가가哥哥로 부르다가 그 다음엔 호가가好哥哥, 그 다음엔 호야야好爺爺, 이어 노야야老爺爺, 마지막엔 친야親爺로 부른다. 우리말로 풀어쓰자면, '형님 제발!'이라고 하다가 다급해지자 어르신! 아버지! 라고 마구 부르는 셈이다.

나진인을 몰래 죽이려다 도술에 걸려 계주 관아에 떨어졌을 때 이규는 요인妖人·도깨비 인간으로 몰려 똥오줌과 피 세례를 받고 감옥에 간다. 하지만 그는 자신을 나진인을 따르는 '치일신장値日神將·무력이 뛰어난 신장'이라고 허풍치면서 깍듯한 접대를 요구한다.

"당신은 무엇하는 사람이오?"

"나는 나진인을 수행하는 치일신장이다. 한때 실수로 노여움을 받아 여기에 던져졌다. 2~3일 후면 반드시 나를 데려갈 것이다. 술과 고기로 대접하지 않는다면 네놈들은 물론 온 집안 사람들까지 죽게 될 것이다."

계주 사람들에게 나진인은 살아 있는 신선이다. 다들 벌벌 떨며 이규를 목욕시키고 새 옷까지 입힌다. 들뜬 이규는 "술과 고기가 떨어지기만 해봐라"며 감옥 생활을 즐긴다.

양산박군이 축가장祝家莊을 칠 때 송강은 축가장과 원수가 된 이가장李家莊 주인 이응을 만나고 싶어 했다. 그러나 이응은 도적떼인 양산박군과 만날 생각이 없었다. 거절 의사를 전달하니 이규가 소리친다. "거지 같은 장원을 때려 부수고 이놈 뒤통수를 잡아 형님께 끌고올게!"

송강이 이응을 일러 "부귀한 양민으로 관부官府가 두려운데 어찌 경솔하게 우리를 만나려고 하겠느냐"고 하자 이규는 대뜸 대거리를 한다.

"그놈이 어린애인가? 만나는 걸 무서워하게!"

여러 두령이 모두 함께 웃는다.

문인들은 이처럼 폭력성과 어우러지는 '선천지민先天之民' 스타일에 깊이 매혹됐다. 성탄은 이규가 처음 본 송강에게서 은자 열 냥을 받은 뒤 한잔하고 가라는 말을 귓전으로 흘리면서 다락 아래로 내려가는 장면을 보고 이렇게 말했다.

"아! 세상에 어찌 이런 인물이 있단 말인가? 낮게는 선뜻 자기에게 열 냥 은자를 준 사람이요, 높게는 일찍이 하루도 흠모하지 않은 날이 없었던 사람이거늘 돌연 왔다가 돌연 가버리는구나. 오늘 받은 은혜도 잠시 머물러 앉지 못하고, 늘 지녔던 애모 또한 쓸데없이 기웃거리게 하지 못하는구나. 절하고 싶으면 하고, 가고 싶으면 가고, 마시고 싶으면 마시고, 거짓

말이 필요하면 하고 아아! 어찌 이런 사람이 있단 말인가!"

이탁오는 이규를 형님大哥이라고 부르며 친근감을 표시했다.

먼저 치고 다음에 생각한다

"이규 형님이 절묘한 점은 오직 말 한마디 행동 하나도 모두 계획하지 않는다는 데 있고, 단지 하늘에 맡기고 실행하며 본성에 따라 행동할 뿐이다."

이규에게는 일관성이 없다. 마음 내키는 대로 행동할 뿐이다. 혹자는 그를 '먼저 치고 다음에 생각하는先打後商量' 스타일이라고 했다. 그러나 실제로는 다음에 생각을 한다는 생각도 없었다고 보는 게 맞다.

도덕과 지식을 기준으로 보면 그는 평균 이하 인간이다. 도무지 사태를 파악하지 못하고, 앞뒤를 재지 못하며, 진지함을 알아차리지 못한다. 또다시 망발을 하면 목을 자르겠다는 송강의 말에 "내 목을 자르면 언제 다시 자라겠수? 나는 술이나 마실라우!"라며 익살을 부린다.

신행법에 혼난 후에는 대종에게 온순해지고, 나진인에게 혼쭐이 난 다음에는 과장되이 그를 높이며 겁낸다. 시진을 구하러 우물에 들어갈 때에는 빨리 줄을 내려주지 않았다며 겁에 질려 불평을 터뜨린다. 그런가 하면 장순에게 물속에서 당하고, 초정에게 연거푸 진 뒤에는 바로 승복하고 어울려 벗이 된다.

양산박군이 축가장을 치러 나갈 때 이규는 이렇게 소리친다.

"형님! 내가 사람 죽인 지 무척 오래됐으니 내가 먼저 갈게!"

양산박군이 북경을 치러 갈 때는 또 이렇게 말한다.

"내 이 도끼 두 자루가 오랫동안 마수걸이를 하지 못했소. 이번에 주州와 현縣을 쳐서 강탈한다고 들었는데, 이 도끼들이 대청 옆에서 기뻐 좋아하고 있소!"

이탁오는 흑선풍이 살인을 할 때 가장 과감하고 철저했다고 말한다. 그 철저함 때문에 이규는 스스로 '무한한 재미'를 느꼈으며, 이탁오 역시 '무한한 재미'를 느꼈다. 후세 독자들도 그런 점 때문에 이규를 열렬히 사랑했다.

고래로 중국에서는 장인匠人이 도달하는 최고 경지를 '심수상응心手相應'으로 표현한다. 마음과 몸이 하나가 된다는 말이다. 〈장자〉에는 또 이런 말이 있다. '선유자수능善游者數能 망수야忘水也' 수영하는 법을 완전히 체득하면 수영하는 사람에게 물은 더 이상 주의 대상이 안 된다는 것이다.

이규는 살인에 관한 한 '선유자'이자, 쌍도끼로 심수상응 반열에 오른 사람이다. 쌍도끼를 자유자재로 휘두르면서, 사람 죽이는 일을 조금도 주저하지 않았다. 이규가 소유한 쌍도끼는 멘탈 그 자체였다. 그는 살인이란 외물에 추호도 흔들리지 않는 '장인'이었다.

이규는 36천강성天罡星 중 한 명으로 양산박 두령이지만 관습이나 무리, 군율 등과 조화를 이루지 못하는 철저한 개인이다. 영웅적인 행적을 과시하는 수많은 다른 두령들이 군율에 매여 꼼짝 못하고 있을 때도 언행에 거침이 없고 행동 또한 자유분방하다.

처음 양산박에 합류했을 때 그는 이렇게 소리친다.

"좆같은 황제자리, 우리가 뺏어보자"

"조개 형님이 대송大宋 황제가 되고 송강 형이 소송小宋 황제가 되며, 오선생이 승상丞相이 되고 공손 도사가 국사國師가 되어 우리 모두 동경으로 쳐들어가 좆같은 황제 자리를 뺏어 즐기면 좋겠다."

조개가 죽은 뒤 모든 두령들이 송강에게 첫째 두령 자리에 오를 것을 권할 때도 이규는 빠지지 않는다.

"양산박 주인이 되는 것은 말할 것도 없고, 대송 황제가 되어도 상관없어!"

이런 말을 할 때마다 송강으로부터 심한 타박을 받지만 이규는 아랑곳하지 않는다. 송강이 노준의와 첫째 두령 자리를 놓고 실랑이를 벌일 때는 한층 노골적이다.

"만약 형이 황제가 되고, 노원외(노준의)가 승상이 되어 우리가 지금 황궁에 있다면 이렇게 난리 칠 만하지! 겨우 양산박에서 도적질이나 하는 주제에 지랄하지 말고 그냥 하던 대로 하자고!"

다른 두령들이 감히 할 수 없는 말이다. 특히 세 번째 대목은 통렬하다. 송강과 노준의는 진지했을지 모르나, 이규는 그런 겉치레가 '개뿔도 없는 것들이 체면 차리는' 것에 지나지 않는다고 본 것이다.

그래서 이언진이 '이따거李大哥'라고 부르는 그 따거는 작은 문맥에서는 강주 부랑배들이 이규를 부르던 호칭이지만, 큰 맥락에서는 일체 규범과 맞서는 '대형大兄'이란 뜻이 된다.

연암 박지원이 연경에 가는 도중 애자하愛刺河를 건널 때다. 배 닿는 곳이 질척질척하여 자신을 업어줄 되놈을 불렀다. 연암을 업어 배에 태워준 그놈은 길게 숨을 내뿜으며 "흑선풍 어머니가 이렇게 무거웠다면 아마 기풍령에는 오르지도 못했을 것이오!"라고 한다.

연암이 놀라 저렇게 무식한 놈이 이규를 어떻게 아느냐고 물으니 통역이 말하길 "원래 뜻은 이규 어머니가 이렇게 무거웠다면 이규의 신력神力으로도 등에 업고 높은 언덕을 넘지 못했을 것이라는 의미였다"고 설명한 뒤, "그러나 지금은 뜻이 변해 이규 어머니가 호랑이에게 물려간 것처럼 이렇게 살집 좋은 분을 호랑이가 물어갔으면 얼마나 좋을까?" 하는 것이라고 한다.

무거운 고관들을 등에 업어 나르는 힘든 삶을 유머로 달래는 이야기다. 통역은 패관 기서인 《수호전》이 민중들 사이에 살아 움직이는 말과 글이 돼 있음을 전한다. 그리고 그 한가운데에 잔인하지만 가장 사랑하는 캐릭터인 이규가 있다고 말한다.

쌍도끼는 공권력과 법질서 비웃던 상징

조선 선비 유만주는 1784년 해주 여행길에서 일기에 이렇게 적고 있다.

"외로운 객점에서 저물녘 빗소리를 듣고, 이어 밤비 소리 가운데 등불을 밝혀 '검고 늠름하고 장대한 남자黑澟澟大漢' 전傳을 읽어 적적함을 깨치다!"

검고 늠름하고 장대한 남자는 곧 이규를 말한다.

이규가 휘두르는 쌍도끼는 일그러진 공권력과 법질서를 비웃는 상징이다. 또 경직된 규범과 민중을 짓누르는 도덕체계를 파괴하는 은유다. 지나친 폭력성 때문에 그를 싫어하고 증오하는 사람들이 있기는 하나, 이규는 지금도 여전히 민중들 사이에서 영웅으로 인식되고 있다. 억압적인 폭력이 충만한 세계에서 규범과 질서를 해체하고 폭력을 폭력으로 무너뜨리는 것은 여전히 유효한 바람이기 때문이다.

역사학자 에릭 홉스봄은 "모든 폭력이 원칙적으로 나쁘다고 믿는 사람들은 현실적으로 존재하는 다양한 유형의 폭력을 체계적으로 구분하지 않으며, 이런 폭력이 폭력을 가하는 사람들과 폭력으로 고통받는 사람들 모두에게 미치는 결과도 전혀 인식하지 못한다"고 썼다. 양산박 호한들이 일찍이 이 말을 들었더라면 자신들을 변호하는 이야기라고 반겼을까?

음란한 여인들, 재앙을 부르다

반금련이 부젓가락으로 화로를 뒤집는 무송의 어깨를 다정하게 만지고
다른 손으로 부젓가락을 뺏으며 '자기'라고 부른다. 무송은 불쾌하고 당황해한다.

여인의 향기

"여성 모두를 경시한 작품이다."

"여성이 재앙을 부르는 근본임을 주지主旨로 삼았다."

"음란 용속庸俗을 부각시켰다."

"남존여비 사회를 축소한 것과 같다."

〈수호전〉을 이끌고 가는 핵심 캐릭터는 호한好漢이다. 여기에 의義와 협俠, 계計와 간奸이 덧붙어 웅대한 서사가 완성된다. 거칠고 강한 남성이 주인공이다 보니 여자가 끼어들 틈이 별로 없다.

그러나 수호 서사를 완성하는 데 여자는 빠져서는 안될 존재다. 단 글머리에 나타난 것처럼 그렇게 등장하는 여성은 대부분 호한이 가는 길을 가로막는 악마(?)에 가깝다. 그래서 '여성이 재앙을 부르는 근본임을 주지로 삼았다'는 평가가 나온다.

실제로 '반반하고 예쁜' 여자는 거개가 사음邪淫을 일삼거나, 주인공 뒤통수를 치는 '나쁜 년'들이다.

그런가 하면 "적극적이고 혁명적인 여성상을 창조했다"거나 "세 명에 달하는 영웅 형상을 만들고 그들에게 훌륭한 인품과 재지를 부여했다"는 이야기도 있다. 호한 못지않은 성격을 지닌 주인공 여성 3명을 일컬어 하는 말이다.

찬란한 문학제단에 몸 바친 악녀들

전자는 〈수호전〉이 여성 문제에 관한 한 몹쓸 작품이란 평가고, 후자는 시대적 한계를 벗어나진 못했으나 나름대로 진취적인 여성상을 창조했다는 말이다. 어느 말이 옳을까? 둘 다 맞는 말이다.

고래로 동양사회에서 정절을 배신한 악녀로 첫손 꼽히는 인물이 반금련潘金蓮, 반교운潘巧雲, 염파석閻婆惜이다. 반금련은 팔푼이 남편 무대를 독살하고 부자건달 서문경과 간통하는 인물이다. 시동생 무송에게 발각당해 처참한 죽음을 맞는다.

호걸남편 양웅 몰래 승려와 사통하던 반교운은 의義 시동생 석수에게 들켜 공모한 계집종과 함께 비극적인 최후를 맞는다. 염파석은 감히 주인공 송강을 협박하다 칼침을 맞는다.

〈수호전〉이 민간에서 오랫동안 읽힌 탓에 두 반씨는 사서史書에 등장하는 실존 인물보다 더 유명하다. 두 사람 성이 반潘씨라는 사실도 특이하다. 아마도 〈수호전〉 작자가 특히 반씨에게 감정이 많지 않았나 싶다.

무송이 반금련을 죽이는 장면을 보자. 그는 먼저 반금련을 붙잡고 "음탕한 년아! 빨리 사실을 불어라"고 소리친다. 혼이 반쯤 나간 반금련이 서문경과 통정하다 무대를 독살한 과정을 소상하게 털어놓자, 날카로운 칼로 가슴을 갈라 오장육부를 끄집어낸 뒤 목을 자른다.

양웅이 반교운을 죽이는 장면은 이보다 더하다. 먼저 칼로 혀를 자른 뒤 "하마터면 네년에게 목숨을 빼앗길 뻔했다"고 고함친다. 그런 후 가슴에 칼을 그어 오장을 끄집어내 나무에 걸어놓는다. 양웅은 또 시체를 일곱 조각으로 자르기까지 한다.

소설로 묘사된 광경이라서 그렇지, 실제로 이런 일이 있었다면 '1급 살인'으로 조야朝野가 진동했을 것이다.

세 사람만 그런게 아니다. 행적이 상세하게 묘사되지 않았을 뿐이지, 노준의 마누라인 가賈씨도 집사와 통정한 후 남편을 죽이고 가산을 가로채려 한 악녀다. 지방관 사또를 정부로 두고 위세를 부리다 뇌횡에게 얻어맞아 죽는 백수영이나, 사진을 배반한 기생 이수란도 비슷한 캐릭터다. 반가班家 인물도 빠질 수 없다. 청풍채 문관지채知寨 유고 마누라는 탐관貪官인 남편과 함께 백성들을 괴롭히고 재물을 강탈하는 대표적인 여성이다. 그래서 이들도 예외 없이 가혹하게 응징당한다.

이들은 왜 모두 이런 결말을 맞았을까? 아니 왜 소설에 등장하는 이 여인들은 한결같이 악녀로 묘사된 것일까? 주인공인 호한들을 양산박으로 몰기 위해서는 그들을 내쫓는 악역이 불가피하다. 소설에 등장하는 악녀들은 다들 그 역할에 충실했다. 하지만 아무리 그렇다 하더라도 하필이면 왜 여인들이 그 짐을 감당해야 했을까?

청교도적 금욕주의자 양산박 호한들

여기에는 깊은 연원이 있다. '남존여비'라는 말로는 다 설명 못할 문화적, 풍속적 관점이 도사리고 있다.

양산 호한들은 대부분 금욕주의자다. 청교도주의를 방불케 할 정도로

엄격하다. 호걸들이 색을 멀리하게 된 이유는 색욕이 몸을 상하게 하거나, 풍파가 많은 강호에서 여자를 곁에 두면 번거롭거나 어려운 일이 많이 생기기 때문이다.

그들에겐 신체를 단련하고 무예를 연마하는 일이 가장 중요했다. 다정다감한 여인과 사랑을 나누는 생활이란 이런 신체단련과 무예연마를 방해받는 일이었다. 호한들은 또 부모가 일찍 죽거나 노모老母 혹은 노부老父만 있고 자매가 없는 경우가 많았다. 거기다 다들 하층민인지라 반듯한 처妻를 갖기 어려운 처지였다. 이는 곧 금욕을 자연스럽게 받아들이면서 여성을 혐오하는 요인이 된다.

예부터 내려온 관념도 한몫했다. 동양사회에서 원래 호걸이란 색色과 동떨어진 존재다. 영웅호색이란 말이 있기는 하나, 이는 재물과 권력을 지닌 이가 여인을 탐한다는 '본성'을 일컫는 말이다. 고래로 내려온 문화적 관념은 '영웅의 기상은 짧고 남녀의 사랑은 길다英雄氣短 兒女情長'로 요약된다.

항우 주유 여포와 같은 역사적 인물은 여자에 대한 사랑이 깊었던 인물이다. 하지만 이들은 이 때문에 일찌감치 영웅이란 기상을 꺾이고 만다. 그래서 '진정한 사나이는 호색하지 않고, 호색하면 진정한 사나이가 될 수 없다'는 결론이 자연스레 도출된다.

여색이 화를 부르는 근원이라는, '여화론女禍論'은 서주西周 초기에 형성된 관념이다. 은殷 왕조를 정복한 주 무왕은 은이 멸망한 원인이 주왕이 총애하던 달기妲己에게 있다고 생각했다. 열녀전에는 "주왕은 음탕한 왕으로 여색을 즐겨 항상 달기를 곁에 두었다. 달기가 칭찬하는 사람은 중용하고, 달기가 미워하는 사람은 죄를 씌워 죽였다"는 구절이 있다.

여성 한 사람이 지닌 부도덕함이 왕조 전복을 초래했다고는 보기 힘들다. 그렇지만 이때부터 형성된 전통관념은 남성 중심 사회에서 점차 두께를 더하면서 여성을 '화를 초래하는 근본 원인'으로 지목했다.

부녀자가 음란하면 죽여야 한다

염파석은 송강을 핍박하여 양산박에 가게 한다. 그녀는 도적 소굴로 사람을 몰아넣는 원인 제공자다. 반금련은 무송을, 반교운은 양웅을, 임충처 장씨는 임충을, 노준의 처 가씨는 노준의를 각각 양산박에 밀어 넣는다. 당연히 양산박 호한들에게 여색은 가까이해서는 안될 존재가 된다.

〈수호전〉 호한들이 지닌 증오심은 그래서 한편으론 관청으로, 다른 한편으론 음란한 여성에게로 향한다. 양날을 가진 그 검은 한편으론 관리를 베어 죽이고 다른 한편으로 음란한 여성을 찔러 죽인다. 관리가 탐욕스러우면 죽여야 하듯이 부녀자가 음란하면 역시 죽여야 한다. 탐욕은 죄악이나, 음란은 더 큰 죄악이다. 심지어 그것은 죄악 가운데서도 으뜸으로, 절대 용서할 수 없다.

양산박 두령들은 정치적 측면에서는 체제를 부정하며 반란에 앞장서는 쪽이다. 그러나 도덕적인 측면, 특히 금욕적인 측면에서는 통치자들과 완전히 궤를 같이한다. 〈수호전〉을 관통하는 핵심 가치관념 중 하나는 '여성이 지닌 욕망은 죄악'이라는 것이다. 당연히 반금련 반교운 염파석은 사람이 아니라 요물로 인식된다.

대표적인 두 호한 이규와 무송은 양산박 호한들이 지닌 여성관女性觀을 단적으로 보여준다. 이들에겐 두 가지 큰 특징이 있는데, 하나는 살인을 즐기는 것이고, 다른 하나는 여색을 멀리하는 것이다. 이규는 다른 동지들이 여자를 가까이하는 것도 허락하지 않았다. 그가 큰형님으로 숭앙하는 송강조차 일단 여자에게 접근하면 바로 찾아가 따졌다. 의를 끊겠다고 소리치며 칼을 겨누는 것도 마다하지 않았다.

무송은 외간 남자와 통정한 형수 반금련을 처참하게 척살한 사람이다. 유배지에서는 장도감이 '달처럼 아름답다'며 아끼는 시녀 옥란을 주겠다고 하는데도 눈길 한 번 주지 않는다. 오공령을 지날 때는 도사道士가 부녀자를 희롱하는 것을 보고, 한칼에 목을 날린다.

이 도사는 여색을 삼가야 하는 종파였다. 더욱이 상대는 평범한 세속 여편네였다. 무송으로서는 결코 용서할 수 없는 타락한 도사였던 셈이다.

여색을 탐하면 사나이가 될 수 없다

화영을 만나러 청풍채로 가던 중 청풍산 산적들과 어울리게 된 송강은 두목 중 한 명인 왕영이 여색을 밝히는 것을 보고 이렇게 말한다.

"원래 왕영 형제가 여색을 탐하는구려! 이것은 사내가 할 짓이 아니오."

그러자 큰 두령 연순이 맞장구를 친다.

"이 사람은 다른 건 다 괜찮은데 이것이 큰 결점입니다."

양산박 108두령 중 여색을 밝히는 이는 왕영뿐인데, 다른 두령들은 이를 '한심한 취미'로 여긴다.

하지만 여성, 특히 음란한 여성을 바라보는 차디찬 시각은 〈수호전〉이 거둔 문학적 성취를 뒷받침하는 결정적인 요소다. 반금련과 반교운이 벌이는 '음란한 애정행각'은 소름이 돋을 만큼 사실적이다. 또 그 와중에 펼쳐지는 언어 향연은 은유와 해학으로 넘실거린다. 이탁오는 그래서 "음란한 아낙네를 이야기하면 정말 음란한 아낙네 같다"며 "어떤 문인이 이런 솜씨와 안목을 가지고 있겠는가? 〈사기史記〉를 쓴 태사공이라 하더라도 이를 뛰어넘을 수 없을 것"이라고 격찬했다.

반금련은 처음 시동생 무송을 보고 한눈에 홀딱 반한다. 팔푼이 남편과는 비교할 수 없는 당당한 외모에 천근 기력을 지닌 대장부를 보고 어찌 마음이 설레지 않을 수 있으랴!

기대에 부푼 반금련은 무송에게 형 집에서 같이 살자고 조른다. 그런 후 무송에게 서서히 본색을 드러낸다. 처음에는 이런저런 눈빛으로 무송을 떠본다. 며칠이 지나도록 아무런 반응이 없자, 작심하고 날을 잡는다.

눈이 펑펑 내리는 음력 12월 어느 날 반금련은 퇴근한 무송에게 도발적인 농담을 건넨다. 이어 손으로 어깨를 만지다 화로를 다루는 부젓가락을 뺏으며 "자기와 뜨겁게 타올라…" 운운한다.

39번 "도련님" 끝에 "자기야!"

노골적인 유혹이다. 반금련은 처음 무송을 만났을 때부터 계속 그를

'숙숙叔叔'이라고 부른다. 도련님이나 삼촌쯤에 해당하는 말이다. 원래 형수와 시동생은 서로에게 수수嫂嫂와 숙숙叔叔이 된다. 그러다 막판에 이글거리는 눈빛으로 무송을 '자기你'라고 호칭한다. 반금련은 이때까지 39번이나 무송을 숙숙으로 불렀다. 그러다 기회가 왔다고 생각하자 과감하게 시동생을 '자기'라고 부른다. 성탄은 '절묘한 필법'이라며 이토록 멋진 장면전환이 어디 있겠느냐고 감탄한다.

천하호걸 무송이 이런 유혹에 넘어갈 리 없다. 관계는 파탄나고 반금련은 절망한다. 그러나 기회는 곧 다시 온다. 부자 난봉꾼인 서문경이 반금련을 보고 홀딱 빠졌기 때문이다. 이 둘을 맺어주는 건 반금련 이웃 찻집 주인 왕파王婆·왕씨 노파다.

왕파가 풀어놓는 '썰'은 백미 중에서도 백미다. 왕파는 반금련이 어떤 여자인지 알아보기 위해 찻집에 들른 서문경에게 '오매탕烏梅湯'을 내놓는다. 매실 매 자와 중매 매媒는 발음이 같다. 왕노파가 '여자를 연결해주랴?'며 떠보는 것이다.

서문경이 하루가 멀다하고 찻집을 찾아오자 왕파는 탕과 차를 바꿔가며 그를 요리한다. 두 번째 서문경이 들렀을 땐 화합탕을 준비한다. 화합이란 말이 암시하듯 이 탕은 사통私通을 의미한다. 왕파가 세 번째 놓는 차는 진하게 달인 생강차다. 유부녀를 꼬실 땐 우물쭈물하지 말고 매섭게 몰아쳐야 함을 뜻하는 이름이다.

반금련을 어떻게 해볼 요량으로 쥐새끼 쌀독 드나들 듯 찻집에 발을 들이던 서문경이 은자를 한 움큼 내놓자 왕파는 드디어 관전엽아차寬前葉兒茶를 준다. 관전엽아차란 맑은 차로, 아무런 과일이나 첨가물을 넣지 않는 차다.

즉 조급해서는 안 된다, 둘이 머리를 써서 치밀하게 일을 진행하자는 메시지다.

그런 후 왕파는 서문경에게 '불륜남이 갖춰야 할 다섯 가지' 조건을 제시한다. 이는 '네가 유부녀와 사통할 만한 형편이 되느냐?'는 시험문제에 해당된다. 이 다섯 가지 조건은 역사적 사실과 당시 시정市井 속담을 얼버무려 만든 명문이다.

'반려등소한' 시험문제 통과하는 서문경

이름하여 '반려등소한潘驢鄧小閑'. 반은 반안潘安 안은 字과 같은 용모를 말한다. 서진西晉 시대 문학가이자 미남이었던 반악潘岳 같은 외모를 갖춰야 한다는 것이다. 둘째 려는 당나귀다. 즉 성기 크기가 당나귀 정도는 돼야 한다는 것이다. 셋째 등은 등통鄧通이다. 등통은 고대 중국에서 부자를 상징하는 인물로, 돈이 많아야 함을 말한다. 넷째 소는 솜 안에 감춰진 바늘처럼 인내해야 함을, 다섯째 한은 한가한 시간이 많아야 함을 일컫는다.

서문경은 이 말을 듣자 겸손하게(?) 자신을 설명한다.

"솔직히 나도 조금씩 갖췄다네. 첫째 내가 반안만은 못하지만 그럭저럭 봐줄 만하다네. 둘째 어려서부터 내 거북이를 크게 키웠네. 셋째 등통에게 미칠 바는 아니지만 재산이 자못 있다네. 넷째 인내심이 많아 매를 맞고도 돌아가지 않을 것이네. 다섯째 난 남는 게 시간밖에 없네!"

두둑한 보상을 받기로 하고 서문경과 의기투합한 왕파는 드디어 반금련을 꾀는 10단계 묘책을 내놓는다. 이 단계 또한 절묘하다. 수의壽衣를 만들어달라는 핑계로 반금련을 찻집으로 유인한 뒤 서문경과 만나게 하는 이 단계는 첫 단계에서 10단계까지 점점 강도를 더해가면서 독자들을 흡인한다.

왕파는 이를 두고 스스로 "무성왕묘武聖王廟에 들어갈 순 없지만 부녀군婦女軍을 조련하던 손자孫子보다는 훨씬 나을 것"이라고 자랑한다. 서문경 또한 "능연각凌煙閣에 오르지는 못하겠지만 정말 대단한 계책"이라고 화답한다.

무성왕묘는 원래 강태공 사당으로, 72명에 달하는 무신武神들에게 제사를 지내는 곳이다. 문성왕文聖王인 공자 사당과 짝을 맞추기 위해 강태공을 무성왕으로 삼아 사당을 만들고, 무인으로 혁혁한 발자취를 남긴 72명을 배향했다. 시대에 따라 배향한 무신 인원수가 조금씩 다르다. 명나라 만력 연간에 강태공이 관우關羽로 바뀌고 이름도 무묘武廟로 고쳐졌다.

부녀군 이야기는 군사전략가인 손자가 왕이 아끼는 희첩들을 병사로 삼아 일사불란한 용병술을 보여준 유명한 고사故事를 말한다.

무성왕묘, 부녀군, 능연각, 뚜쟁이는 병법가?

왕파가 자랑한 것은 그만큼 자기 계략이 탁월하다는 말이다. 서문경이 말한 것 또한 같은 의미다. 능연각은 당나라 태종 때 개국공신 24명을 그려 넣은 누각으로, 왕파가 내놓은 계책이 일국一國을 만든 공신 수준에 버금간다는 뜻이다.

무성왕묘나 부녀군, 능연각이란 말은 사실 불륜남녀를 연결하는 뚜쟁이에게 갖다 붙일 말이 아니다. 하지만 왕파와 서문경은 탁월한 성취를 이룬 역사적 위인들을 '여항閭巷' 문턱으로 끌고 내려와 독자들을 매료시킨다.

양웅 처 반교운은 등장부터 요란하다. 석수가 평생 처음 보는 이 가인佳人은 흑진진黑鬒鬒·검고 숱 많은한 머리, 세만만細彎彎·가늘고 굽은한 눈썹, 광류류光溜溜·빛이 흐르는 듯한한 눈, 향분분香噴噴·향이 뿜어져 나오는한 입, 직륭륭直隆隆·바르고 높은한 코, 홍유유紅乳乳·붉고 오동통한한 뺨, 분영영粉塋塋·분을 바른 듯한한 얼굴, 경뇨뇨輕裊裊·가볍고 간드러진한 몸, 옥섬섬玉纖纖·옥같이 가느다란한 손, 일념념一捻捻·한 손에 잡힐 듯한한 허리, 연농농軟膿膿·연하고 통통한한 배, 요첨첨嬈尖尖·아름답고 뾰족한한 발, 화족족花簇簇·꽃처럼 예쁜한 신, 육내내肉媚媚·살집이 풍성한한 가슴, 백생생白生生·맑고 환한 다리를 지닌 여인으로 묘사된다.

보는 눈을 현란하게 하는 이 같은 배비구排比句는 반교운이 앞으로 어떤 상황에 놓일지를 암시하는 대목이다. 아니나 다를까 반교운은 승려 배여해와 통정을 향해 한 걸음 한 걸음 나아가고, 석수는 낌새를 채고 이 둘을 의심한다. 이 단계 또한 '절묘한' 점층법으로 묘사된다.

점층법과 세밀화로 묘사한 뜨거운 간통

석수는 처음 반교운이 배여해를 사형으로 부르고 있다며 염불소리가 좋다고 칭찬하자 1푼쯤 둘 사이를 의심한다. 2푼은 뜨거운 눈빛을 교환하는 데서, 3푼은 정숙한 여인이 아니라고 생각하는 데서, 4푼은 배여해를 배

웅하는 걸 보고, 5푼은 어깨를 비비며 추파를 던지는 걸 보고, 6푼은 확신이 들면서, 7푼은 손을 주물럭거리며 대화하는 데서, 8푼은 보은사로 가는 데서, 9푼은 막다른 골목에서 사통을 연결하는 목탁소리를 듣고, 마지막은 계집종이 문 잠그는 것을 보고 불륜을 알아챈다.

반교운과 배여해가 하나 되는 순간은 '아교처럼 달라붙어 달기가 꿀 같았다' '골수를 빨아먹는 듯, 물고기가 물을 만난 듯'하는 표현으로 완성된다. 반금련과 서문경 또한 '아교같이 끈끈한 정분을 나눈' 것으로 돼 있다.

석수는 그러나 단계가 진행되는 동안 "저 여편네가 볼 때마다 항상 내게 음담패설을 해대도 친형수처럼 대했더니 원래 정숙한 여자가 아니었군!" "형님 같은 호걸이 한스럽게 이런 음부淫婦를 만나다니!" 하면서 적의를 불태운다.

'음란'이란 주홍글씨를 이마에 새긴 이 여인들은 휘황찬란한 문학제단에 몸을 바치는 것으로 임무를 다한다. 무송과 양웅 석수는 이들을 혼백조차 남지 않을 정도로 짓이겨 죽인다. 양산박 호한들은 물론 〈수호전〉에 몰입하는 어떤 독자도 '사필귀정'을 되뇌며 이들을 동정하지 않는다.

'인욕人慾'에 충실했던 이 여인들은 정말 호한들이 생각한 것처럼 그렇게 나쁜 사람들이었을까?

본성 억눌렸던 그들은 모두 피해자

유재복은 〈쌍전雙傳〉에서 〈수호전〉이 욕정을 희구한 여성을 자비 없이 살육하고 처참하게 응징한다고 말한다. 이 말은 '욕정을 희구하는 건 인간 본성'이란 사실과, 그래서 '그 이유만으로 생명을 앗아가는 건 부당하다'는 시각을 깔고 있다.

상당한 미모를 자랑하던 반금련은 원래 고아로, 청하현 부잣집에서 하녀로 일하고 있었다. 집 주인이 어떻게 해 볼 요량으로 치근덕거렸는데, 금련이 따르지 않고 안주인에게 이 사실을 고자질했다. 집주인은 이에 앙심을 품고 금련을 혼수는커녕 돈 한 푼 받지 않고 형편없는 무대에게 시집보내버렸다.

금련이 본성이 음탕하고 가난을 혐오하여 부를 좇는 여인이었다면 부잣집 소실이 될 기회를 놓치지 않았을 것이다. 게다가 그는 사내 구실을 제대로 못하는 무대와 살면서 성적 억압에 시달렸다. 20대 초반 나이는 본능을 자연스레 억누를 시기가 아니다.

남편을 독살한 건 용서받지 못할 죄악이었지만, 부잣집과 무대 집에서 계속 억압을 경험한 여성이 애정을 발동시키는 건 지극히 인간적인 일이었다.

반교운과 노준의 마누라 가씨는 둘 다 당당한 호걸을 남편으로 둔 여성이다. 양웅과 노준의는 훤칠한 대장부이자, 뭇 여성들이 따를 만한 매력을 지닌 이들이다. 하지만 이 둘은 양산박 호한들이 그렇듯 여색에 인색했다. 늘 체력을 단련하고 호걸들과 사귀는 데만 골몰했지, 여인과 따뜻한 사랑을 나눌 줄 몰랐다.

당연히 둘은 딴 데로 눈을 돌릴 수밖에 없었다. 반교운이 '사형師兄'으로 부르는 배여해는 양웅과 달리 그녀를 여성으로 받아들였다. 만날 때마다

대담하게 애정표현을 하는가 하면 여인이 반할 속삭임을 잊지 않았다. '욕정에 불타는 승려'라는 설정은 쉽게 용납하기 힘들지만, 반교운은 그와 한 몸이 되면서 비로소 본능을 충족한다.

노준의는 대놓고 여인을 멀리한 사람이다. 여색은 뒤로한 채 오로지 창봉槍棒에만 몰두했다는 구절은 가씨가 느꼈을 고통을 반증하는 대목이다. 결국 가씨는 집사 이고와 정분을 나누게 된다.

송강에게 죽임을 당한 내연녀 염파석은 또 어떠한가? 그녀는 양산박과 내통한 편지를 들고 송강을 협박할 때 세 가지를 요구했는데, 첫 번째는 장문원에게 개가改嫁해도 된다는 서약서였다. 창봉을 좋아하며 호걸연하는 송강에게서 남자를 느끼지 못했기 때문이다. 송강이 받았다는 황금을 요구하는 지나친 욕심 때문에 목숨을 잃었지만, 그녀가 진정으로 원한 건 자신을 여인으로 대하는 장문원과 같이 사는 것이었다.

그러나 여인들이 지녔던 인욕이 그렇게 거창한 것이 아니었다는 해석도 있다. 즉 세 사람 모두 낭만을 갈구하고 몽상에 젖거나 '러브 스토리' 주인공이 되는 것을 꿈꾼 적은 없다는 것이다. 그들이 바란 것은 오로지 정욕을 해소할 상대를 찾은 것뿐이라는 것이다.

문화사가文化史家 드니 드 루즈몽에 따르면 이런 정욕애情慾愛·Love of Passion는 대부분 간통과 상통하며, 간통 형식을 취한다고 한다. 〈수호전〉을 보더라도 그렇다. 만약 간통이 없었다면, 수호 이야기는 지루한 '마초 문학'에 그쳤을 것이다.

선머슴 능가하는 여자 괴물 3인방

두 반씨와 염파석을 비롯한 '음란한' 여인들 대척점에는 실로 놀라운 여성들이 자리하고 있다. 이른바 괴물로 표현되는 3인방이다. 바로 모대충 고대수, 모야차 손이랑, 일장청 호삼랑이 바로 그들이다.

모대충母大蟲은 암호랑이를, 모야차는 여자 야차夜叉·인도신화와 불교에 나오는 살인귀신를 말한다. 성性만 여성일 따름이지 이들은 웬만한 남성을 능가하는 완력과 호탕함을 갖춘 여자 호한이다.

양산박 호한 해진은 철규자 악화에게 고대수를 이렇게 설명한다.

"고종사촌 누나로, 주점을 운영하는데 집에서 소도 잡고 도박장도 열고 있소. 20~30명이 덤벼도 그녀를 당할 수 없소이다."

고대수는 모함에 빠져 감옥에 갇힌 해진 해보 형제를 구할 때 옥졸을 찔러 죽이는가 하면 이후 양산박에 입산해 혁혁한 무공을 세운다.

모야차 손이랑은 인육으로 유명한 '십자파十字坡' 주점 여주인이다. 역시 모대충과 비슷한 캐릭터다. 힘이 장사에다 성격도 거칠다. 살찐 남자를 칼로 저미는 솜씨는 자타가 공인한다. 손이랑은 몽한약을 먹는 척하고 부러 쓰러진 무송을 장정들이 처리하지 못하자 저속한 욕설을 퍼붓는다. 게다가 인육으로 만두를 만들겠다는 이야기를 스스럼없이 내뱉는다. 이는 그녀가 봉건윤리 범주에서 크게 벗어난 인물임을 시사한다.

이 둘은 단순히 호한기질을 가지고 있다는 데서 그치지 않는다. 남편과 함께 직접 경제활동을 하던 동업주체다. 즉 그 시대 여인으로서는 보기 드물게 남성과 동등한 지위를 누렸다는 것이다.

악화가 해진 해보가 감옥에 갇혔다는 이야기를 하러 갔을 때 남편 손신은 집에 없다. 무송이 십자파에 들렀을 때도 남편 장청은 보이지 않는다. 이는 주점을 관리하는 주체가 그녀들이라는 걸 말한다.

"<수호전>이 보여주는 여성관은 혁명적"

두 사람은 가정 내 지위도 높았던 것으로 보인다. 해진 해보를 구할 때 손신 고대수 부부는 끊임없이 상의하며 구출작전을 펼친다. 이 과정에서 손신은 줄곧 아내 의견을 존중하며 따른다. 장청 손이랑 부부도 마찬가지다. 장청이 권위적인 태도나 말로 마누라를 윽박지르는 일은 없다. 무송을 보살필 때 모습을 보면 전형적인 동반자 관계다.

그래서 〈수호전〉이 "적극적이고 혁명적인 여성상을 창조했다"는 글머리 말은 충분한 근거를 지닌다. 또 "세 명에 달하는 영웅 형상을 만들고 그들에게 훌륭한 인품과 재지를 부여했다"는 말도 틀린 게 아니다.

세 번째 여성인 일장청 호삼랑은 여성 영웅 형상을 띠고 있으나 앞선 두 여인과는 결이 약간 다르다. 일장청 一丈靑은 본래 호리호리한 은비녀를 일컫는 속칭이다. 호삼랑이 늘씬한 몸매를 지녔다는 점을 강조하는 별호다.

그녀는 호리호리한 몸매와는 달리, 호한들도 감당하기 힘든 무예를 지녔다. 처음 양산박군과 마주했을 때 호삼랑은 양산박 두령인 왕영을 단번에 사로잡는다. 양산박에 투항한 장수 호연작은 호삼랑과 맞섰을 때 속으로 놀라움을 금치 못한다.

"이 무지막지한 년이 10합이 넘도록 나와 대적하다니 정말 대단하구나!"

무용으로 보자면 가장 빛나는 여성이다. 하지만 그는 등장 이후 한마디도 말을 하지 않는다. 소설에서 인물 개성은 주로 언어로 표현되는데, 호삼랑은 그런 점에서 '벙어리 미인啞美女'으로 불린다.

고대수와 손이랑이 독립적인 여성상을 표상하는 데 반해 호삼랑은 송강에게 굴복하고, 그가 권하는 대로 왕영과 부부가 된다. 즉 봉건윤리 관념을 체화한 여성상을 대표한다. 그렇지만 여성으로서 독자적인 무용을 펼치고, 당당한 양산박 두령이 됐다는 사실은 앞선 두 여성과 어깨를 나란히 한다.

그래서 유빈이란 사람은 "〈수호전〉이 보여주는 여성관은 소극적이 아니라 적극적이며 혁명적"이라고까지 말한다.

승려와 호도인, 동성애로 엮이다

〈수호전〉은 동성애도 빠뜨리지 않는다. 반교운과 승려 배여해가 통정하는 것을 눈치 챈 석수는 밤마다 집앞 골목에서 목탁을 두드리며 통정 신호를 보내던 호도인을 참혹하게 살해하고, 뒤이어 배여해까지 참살한다. 둘 모두 옷을 홀딱 벗기고 죽였다. 살인사건이 발생하자 검시관들은 지부知府에게 이렇게 보고한다.

"살해당한 중은 보은사 승려 배여해이고, 옆에 죽어 있는 두타는 보은

사 뒤편 암자에 사는 호도인胡道人·서역에서 온 승려입니다. 중은 서너 군데를 찔려 치명상을 입고 죽었습니다. 죽은 호도인 옆에 흉기가 하나 놓여 있었는데 목에 칼에 찔린 상처가 있습니다. 호도인이 칼로 중을 찔러 죽이고 지은 죄가 두려워 자살한 것 같습니다."

수사가 제대로 진행이 안되니 문제를 확대하지 않고 단순하게 처리하려는 말이다. 지부가 결론을 못 내리자 문서를 담당하는 아전이 이렇게 덧붙인다.

"옷을 홀딱 벗은 걸 보니 중이 두타와 그렇고 그런 짓거리를 하다가 서로 죽인 것 같습니다."

지부는 이 의견을 받아들인다. '그렇고 그런 짓거리'란 무엇을 말하는가? 동성애 사이인 두 사람이 치정에 얽혀 서로 다투다 죽였다는 것이다. 〈수호전〉에서 처음이자 마지막으로 등장하는 동성애 이야기다. 내막을 알지 못하는 관리들이 내린 결론은 '상호살해'다.

12

밑바닥 인생 '장삼이사'

생활고에 시달리다 보검을 팔러나온 양지에게
몰모대충 우이가 시비를 건다.

장삼과 이사

〈수호전〉은 양산박을 거점으로 한 108호걸에 관한 이야기지만, 아무렴 민간에서 완성된 서사가 잘난 주인공만으로 이뤄지는 건 아니다. 여기서도 평범한 시정 사람을 일컫는 '장삼이사張三李四'가 조연 또는 악역으로 곧잘 등장한다.

흑선풍 이규가 송강을 만났을 때다. 융숭한 대접을 받다보니 자신도 보답을 하고 싶었다. 송강에게서 용돈을 얻자 이를 밑천 삼아 큰돈을 따고자 도박장으로 향한다. 그러고는 돈을 잃자 한바탕 난동을 부린다. 도박장을 운영하는 주인 이름은 '소장을小張乙'이다. 그냥 흔하디 흔한 장씨네 둘째다. 밑바닥 인생이자 투전으로 하루하루를 버티는 장삼이사로, 이날 '꼭지가 돈' 이규를 상대하느라 진땀을 뺀다. 같은 밑바닥인 이규와 잘 어울리는 캐릭터다.

삼류인생엔 변변한 이름도 없다

유배지에서 임충을 도와주는 주점 주인은 대놓고 이소이李小二다. 임충에게 입은 은혜를 갚기 위해 마누라와 애쓴다. 작자는 이런 이들에게 굳이 그럴듯한 이름을 붙이지 않는다. 그냥 장씨 아니면 이씨다. 삽시호 뇌횡에게 기생 백수영을 소개하는 건달도 이름이 이소이다.

하지만 이들은 주인공을 채색하고, 장면 전환에서 매우 중요한 역할을 한다. 그런 한편 장삼이사란 이런 것이라는 묵직한 메시지도 전달한다.

노지심이 대상국사 채마밭 관리자로 왔을 때 그를 반긴 건 이곳을 무대로 생활하는 파락호들이다. 이들은 절에서 관리하는 채소를 몰래 내다팔아 종종 술자리 용돈을 마련한다.

물론 이는 불법이다. 대상국사가 무뢰한들에게 채소를 거저 줄 리 없다. 그럼에도 이들은 채마밭 주인 행세를 한다. 채마밭 관리자인 '연약한' 스님들이 이들을 거스를 수 없기 때문이다.

파락호들은 관리자를 무시하고 채마밭을 제 집 안마당인 양 오간다. "여기 채마밭은 우리 밥이고 옷이다. 대상국사에서 여러 차례 돈으로 우리를 처리하려 했으나 실패했다"고 큰소리친다. 관리자 스님은 그저 이들이 큰 말썽 부리지 않기만 바란다.

그런 파락호들이 단 한번 신경을 곤두세우는 때가 있다. 바로 관리자 교체 시기다. 이들은 새로 오는 관리자 스님을 골탕 먹이기 일쑤다. 기선을 제압해놔야 '채소를 마음대로 뽑아내고, 채마밭을 주름잡는 일'에 지장이 없기 때문이다.

파락호 우두머리는 두 명이다. 한 사람은 과가노서過街老鼠 장삼張三이고, 또 한 사람은 청초사靑草蛇 이사李四다. 다른 이름이 있을 법하지만, 대놓고 그냥 장삼이사다.

과가노서란 길거리를 지나가는 쥐새끼란 뜻이다. 삼류 불량배를 일컫는다. 중국에서는 '노서과가 인인함타老鼠過街 人人喊打'란 말이 자주 쓰인다.

'쥐새끼가 거리를 지나가니 사람들이 모두 잡으라고 소리친다'는 뜻으로, 모든 사람들이 나쁜 짓 하는 이를 비난한다는 말이다. 푸른 풀뱀을 일컫는 청초사도 마찬가지 의미. 장삼은 쥐, 이사는 뱀이니 이들이 보잘것없고, 나쁜 행실로 똘똘 뭉친 불량배라는 걸 알 수 있다.

이들은 신임 관리자 노지심을 골탕 먹이기로 한다. 거름 구덩이로 노지심을 유인한 뒤 두 사람이 다리를 잡아 구덩이에 빠트린다는 계획이다. 그러나 어림없다. 천신 같은 용력勇力을 지닌 노지심을 그들이 어떻게 감당할 수 있겠는가?

시작과 끝이 일치하는 사내들

이들은 도리어 노지심에게 차여 거름 구덩이에 빠지고 만다. 삼류 불량배들을 단번에 제압한 노지심은 껄껄대며 자신이 백정 정도를 한 주먹에 죽인 전직 제할이라고 엄포를 놓는다. 게다가 며칠 후 노지심은 정식 상견례 술자리에서 까마귀 둥지가 있는 버드나무를 통째로 뽑는 괴력까지 과시한다.

입이 딱 벌어진 파락호들은 노지심을 '인간이 아니라 나한羅漢'이라며 신처럼 떠받든다. 채마밭 파락호들은 이렇게 주인공 노지심을 부각시키는 조연으로 그 역할을 다한다.

노지심은 이후 임충을 구하느라 동분서주한다. 그런 후 임충을 죽이려 던 태위 고구가 앙심을 품고 자신을 해치려 한다는 소식을 듣고 절을 떠나 도망친다.

노지심은 어떻게 고구의 마수를 피할 수 있었을까? 노지심이 이룡산 산 채를 손아귀에 넣기 전 청면수 양지를 만났을 때다. 노지심은 양지에게 이 렇게 말한다.

"임교두^{임충}를 도와준 일로 고구라는 놈이 한을 품고 나를 죽이려 절(대 상국사)에서 쫓아내고, 관가 사람들을 동원해 잡으려고 했소. 다행히 동네 무뢰한들이 미리 일러주어 체포 손길을 피할 수 있었소."

비록 행실 나쁜 불량배지만, 노지심에게 진심으로 경복^{敬服}한 파락호들 은 막판에 그를 살리는 의리를 과시한다. 이름이 쥐와 뱀으로 그려지고, 그 래서 보잘것없는 조연으로 등장하지만 부패한 권력자나 백성을 등치는 탐 관오리에 비하면 '처음과 끝이 일치하는' 사내들이다.

같은 불량배지만 대상국사 패거리와는 달리 불량배 캐릭터에 보다 충 실했던 장삼이사도 있다. 바로 성탄이 주목했던 소와 양이다. 소는 몰모대 충^{沒毛大蟲} 우이^{牛二}, 양은 척살양^{剔殺羊} 장보^{張保}를 말한다. 동경 천한주교 주변 에서 파락호로 이름 떨치던 우이는 '몰모대충', 즉 털 없는 호랑이로 불렸 다. 거무튀튀한 몸으로 항상 거리에서 행패를 부리고 사람들을 괴롭히니 관민 모두가 보기만 하면 "호랑이가 온다"며 도망치는 인종이다.

이름은 우이로 우가네 둘째라는 뜻이다. 우이는 그날도 거리에 나섰다가 보검을 팔러 나온 양지를 만난다. 우이가 양지와 대면해 내뱉는 말은 온통 속어(俗語)로 가득해 〈수호전〉이 백화소설이란 사실을 새삼 환기시킨다.

소와 양, 질 나쁜 불량배를 대표하다

"야! 이 칼 얼마에 파는 거냐?"

"조상이 물려준 보도(寶刀)라 3000관은 받아야겠습니다."

"이런 좆같은 칼이 어떻게 그리 비싸?"

우이가 인근 가게에서 뺏어온 동전을 쌓아놓고 잘라보라고 한다. 양지가 한칼에 깔끔하게 자르자 주위에 둘러선 사람들이 갈채를 보낸다.

그러자 우이가 소리친다.

"무슨 개 같은 박수를 보내고 지랄이야! 조용히 구경하지 못해?"

돈 없이 칼을 갖겠다는 우이에게 여러 차례 안 된다고 하자 우이는 본격적으로 양지를 도발한다.

"사람을 죽여도 피가 안 묻는다고 했는데, 한 사람 베어서 보여다오."

울화가 치민 양지도 하대조로 말한다.

"도성 안에서 어떻게 사람을 죽이느냐? 개 한 마리 끌고 오면 보여주겠다!"

"사람을 죽인다고 했지, 개라고 하지 않았잖아!"

"왜 이리 사람을 괴롭히느냐?"

"네가 그 칼로 날 죽일 수 있겠느냐?"

"내가 너랑 원한이 있는 것도 아닌데 왜 그런 짓을 하나?"

"어쨌든 네 칼을 꼭 사야겠다."

"사려거든 돈을 가져와라."

"돈 없다."

"돈도 없다는 놈이 날 잡고 뭐하는 짓이냐?"

"네 칼을 꼭 가져야겠다. 네가 사내라면 나한테 칼질을 해보거라!"

끝없는 트집을 참지 못한 양지는 보도로 우이를 내려치고 가슴에 칼을 꽂는다. 동경 시내를 공포로 몰아넣던 몰모대충은 임자를 만나자마자 황천길로 직행한다. 떠들썩하게 등장했다가 허무하게 퇴장한 우이는 〈수호전〉이 세간에 널리 알려진 후 질 나쁜 불량배를 대표하는 이름으로 자리 잡는다.

장보는 양웅과 석수가 만나는 가교 구실을 하는 불량배다. 계주 지방 군졸이지만 패거리들을 이끌고 패악질을 일삼는 말종이다. 그는 처형장에서 죄수들을 처리하고 돌아가던 지방감옥 절급 양웅에게 괜한 시비를 걸어 돈을 뜯으려 한다.

"절급 어른 안녕하시오?"

양웅이 백성들로부터 예물을 받고 술을 마시는 자리에 장보가 나타나 소리친다.

"어서 오시오! 술한잔 합시다."

"술은 필요 없고 돈이나 한 100관 빌려주시오."

"내가 형씨를 알기는 하지만 피차 거래가 없는 터에 갑자기 돈을 빌려달라는 건 심하지 않소?"

못 빌려준다는 말에 갑자기 말씨가 바뀐다.

"네가 오늘 사람들한테서 많은 재물을 받아놓고 어째 내게는 못 빌려준 다는 말이냐?"

졸개들과 달려들어 양웅을 붙들고 흔드니 명색이 호한이자 칼 잘 쓰는 무인이지만 머릿수에 밀려 꼼짝하지 못한다.

지나가던 나무장수 석수가 분함을 참지 못해 팔을 걷어붙이고 달려드 니 비로소 양웅과 석수라는 조합이 완성된다. 장보 또한 흔한 저잣거리 이 름이다. 송대에는 건달이 군졸이 되는 경우가 허다했다. 치주緇州에 살던 이 전이란 건달은 장사가 잘 안돼 군졸이 됐는데, 불량배들을 모아 의형제를 맺고 난폭한 짓을 일삼으며 백성들 재산을 노략질했지만 아무도 감히 어 쩌지 못했다는 기록이 있다. 장보는 이런 현실을 반영한 캐릭터다.

성탄은 작자가 소와 양을 등장시켜 한바탕 소동을 일으키니, 이로써 또 다른 이야기가 전개된다고 했다. 그렇게 등장한 소와 양은 가장 악질적인 장삼이사로 기억되고 있다.

공안公案·형사사건에서는 장삼이사가 여러 가지 다른 이름으로 등장한다. 송강이 염파석을 죽인 죄로 강주로 유배갈 때 그를 호송한 이는 장천張千과 이만李萬이다. 천과 만이라는 글에서 나타나듯, 관에 몸담고 있다는 것뿐 이들 또한 장삼이사다.

주인공과 동고동락하는 호송공인들

장천과 이만은 죄수 송강을 호송하는 관부官府 사람이지만 실제로는 시종과 같은 존재다. 양산박을 지날 때 무서운 산적 두령들이 송강을 하늘처럼 모시는 것을 본 데다, 은자까지 두둑하게 얻은 터라 매사에 고분고분하다.

게양령 주점에서 몽한약을 먹고 쓰러진 두 공인은 해독제를 먹고 깨어난 후 한바탕 웃음까지 선사한다.

"아무리 생각해도 먼 길 걷느라 고단했나보네. 이렇게 쉽게 취해 쓰러지다니!"

약장수 설영을 도와주다가 목홍 형제에게 쫓기고, 심양강 배 위에서 장횡으로부터 '생명을 내놓으라'는 협박에 시달린 일들을 주인공 송강 시각에서만 보면 안 된다. 비록 별 볼일 없는 조연이지만 장천과 이만이 있었기에 송강이 겪는 모험은 더 드라마틱해진다. 송강을 강주옥에 데려다주고 돌아가면서 이들은 서로를 이렇게 격려한다.

"우리가 비록 놀라기도 하고 고생도 했지만 돈은 많이 벌었네!"

양지가 우이를 죽이고 북경 대명부로 유배를 갈 때는 장룡張龍과 조호趙虎가 호송 공인이 된다. 이씨가 빠지고 조씨가 등장한 것이 다르지만, 이 쌍 또한 관부에서 흔히 만나는 '장삼이사'다.

원래 장룡과 조호라는 이름은 '포공희包公戱'로 불리는 희곡 속 등장인물로 유명하다. 포공희는 포공, 즉 포청천으로 불리던 북송시대 개봉부윤 포증包拯의 활약상을 다룬 희곡인데, 장룡과 조호는 여기서 포증을 돕는 심복무관으로 등장한다.

흔한 말단 무관이란 뜻으로 사용된 듯하지만, 〈수호전〉 원작인 저잣거리 희곡이 포공희 영향을 받았음을 알려준다.

이들은 처음부터 양지가 사람들을 괴롭히는 폭력배를 없앤 사실을 안다. 거기다 우이에게 시달리던 도성 사람들로부터 은자와 술밥까지 대접받았다. 그래서 출발할 때 사람들에게 사건 내막을 잘 알고 있으니 걱정하지 말라고 한다. 예상대로 그들은 별 탈 없이 양지 호송 업무를 마친다.

장천 이만이 송강과 함께 갖은 모험을 겪은 데 반해 장룡 조호는 별다른 이야기를 남기지 않는다. 그래도 둘 사이엔 공통점이 있다. 평범하되 그래도 괜찮은 인성人性을 지녔다는 점이다.

유배사건마다…음습한 살인음모

하지만 공안에 등장하는 호송 공인 중 동초와 설패는 완전히 다른 캐릭터다. 호송에는 관심없이 '돈을 받고 살인을 계획하는' 전형적인 악인이다. 이 둘은 처음에는 임충을, 나중에는 노준의를 '살인 음모' 아래 유배지까지 호송하는 책임을 맡는다.

임충을 호송할 때 둘은 뇌물을 받고 그를 죽이기로 작정한다. 호송 도중 숱하게 임충을 괴롭히던 둘이 범죄 결행지로 선택한 곳은 야저림野豬林이다. 야저림은 동경에서 유배지인 창주로 가는 길목에서 가장 험한 곳이다. 송나라 때 이 숲은 원한이 서린 곳이었다. 돈만 찔러주면 호송관이 죄수를 파리 죽이듯 한 곳이다. 다행히 뒤따르던 노지심이 나타나 선장禪杖을 휘두르며 호통을 치는 바람에 '살인 계획'은 수포로 돌아가고 만다.

지난 수백 년간 많은 사람들은 노지심이 임충을 구하는 이 아름다운 대목에 눈길을 고정했다. 하지만 동초와 설패가 맞닥뜨린 난감함을 이해한 사람은 드물다. 이 둘은 뇌물을 먹었기에 살인이란 목표를 달성해야 했다. 그렇지 않으면 먹은 돈을 모두 토해내야 한다.

또 암살을 사주한 고태위가 납득할 만한 이유를 대야 했다. 머리가 지끈거리지 않을 수 없다. 예상대로 이 둘은 살인에 실패한 후 북경으로 좌천성 전출을 당한다. 그리고 거기서 또 노준의를 호송하는 일을 맡게 된다. 이번에는 노준의 집사 이고로부터 살인청부를 받는다. 앞선 실패를 딛고 두 번째는 성공에 근접한 듯했다. 그래서 하급 관리인 호송공인에 불과하지만 목돈을 만질 수 있으리란 희망에 불타고 있었다.

임충을 호송할 때 두 사람이 육겸으로부터 받은 살인청부액은 금 10냥이다. 성공보수까지 합치면 모두 20냥이다. 일이 실패로 끝났기에 이들은 20냥을 모두 날렸다. 선례가 있었기에 사문도로 귀양가는 노준의를 맡았을 때는 각오가 남달랐을 수 있다. 게다가 이번에는 큰 은덩이 두 개가 선금이고 성공보수는 50냥짜리 금가지로 전체 청부금액도 대폭 늘었다.

그러나 둘은 노준의를 죽이려는 찰나 뒤따르던 연청燕靑이 쏜 화살을 맞고 거꾸러지고 만다. 허망한 일생이었다. 애꿎은 사람 목숨을 노린 죗값이었다.

동초와 설패는 '악역'에 충실했던 장삼이사다. 그들은 죽을 때까지 한 몫 잡을 수 있다는 미련을 버리지 않았다. 야저림에서 '살인 성공' 신화를 쓴 선배들이 있었기에.

〈수호전〉 장편章編 중 가장 드라마틱한 장은 무송이 주인공으로 등장하는 이른바 '무십회武十回'다. 그리고 여기서 무송을 부각시키는 '철저한' 조연으로 등장하는 인물이 '덜 떨어진' 장삼이사 무대武大다.

장삼이사만 해도 그렇고 그런 '갑남을녀^{甲男乙女}'를 일컫는 것인데, 그 앞에 '덜 떨어진'이란 수식어가 붙는다면 어떤 상태를 말하는 것일까?

세 치 난쟁이 곰보 무대랑

무대는 무송과 동복형제^{同腹兄弟·같은 어머니에게서 태어난 형제}이지만, 동생인 무송이 헌헌장부이자 용력이 과인한 반면 무대는 '삼촌정곡수피^{三寸丁穀樹皮}'로 불렸다. 여기서 세 치^{三寸}는 키가 아주 작음을, 정은 성인 남자를, 그리고 곡수피는 반점이 아주 많은 나무를 말한다.

풀이하면 '세 치 난쟁이 곰보'로, 성인이지만 키가 작고 생긴 것도 보잘 것없는 데다 추하기까지 하다는 뜻이다. '덜 떨어진' 장삼이사로 무대는 수백 년간 명성(?)을 떨쳤다. 때문에 아직도 중국에는 무대와 관련한 속담이 있을 정도다.

'무대랑이 차린 가게^{武大郎開店}'는 작고 볼품이 없다는 뜻이다. '무대랑이 두부를 파는데, 사람이나 물건이나 다 물렁하다^{武大郎賣豆腐 人軟貨也軟}'는 가게 주인이나 물건이나 다 별 볼일 없다는 뜻이다. '무대랑의 좆-더 커지지 않는다^{武大郎的鷄巴-長不了}'는 좋아질 가망이 없다는 뜻이다.

'무대를 모신 사당에서 일하는 종놈-무슨 좋은 계책이 있겠는가?^{武大廟裏的奴才-有甚高計}'하는 말도 있다. 사당에 모신 이나 그런 사당에서 일하는 놈이나 다 별 볼일 없다는 뜻이다. 이를 종합하면 무대는 지금도 중국사회가 놀리는 대표적인 못난이다.

그래서 무대가 반금련과 결혼했을 때 사람들은 '호쾌양육好快羊肉 즘지낙재구리怎地落在狗裏'라며 아쉬워했다. 이 말은 맛있는 양고기가 개 아가리에 떨어졌다는 뜻이다. 양고기가 반금련을, 개가 무대를 나타냄은 두말할 나위 없다.

하지만 무대는 과연 그토록 못난 사람이었을까? 반금련이 무대가 늘 사람들에게 괴롭힘을 당한다고 하자 무송이 답한 말이 있다.

"형님은 원래 본분을 지키고 저처럼 못되게 굴지 않습니다."

이 말에는 적어도 상당한 진실이 깃들어 있다. 무송은 호랑이를 때려잡은 호걸이자 천신 같은 자태를 지니고 있지만 그 성격이 포악하다. 처음 송강을 만날 때 시진 장원에 있던 무송은 장원 사람들과 사이가 좋지 않았다. 술만 마셨다 하면 주사酒邪를 부려 장객들을 두드려 패기 일쑤였기 때문이다.

맹주에서 그가 벌인 살인행각도 단순히 복수라고 이름 붙이기 어렵다. 한 번 피를 보자 '한 놈 죽이나 열 놈 죽이나 죽이는 건 마찬가지'라며 장도감 집을 쑥대밭으로 만든다.

이런 무송이 볼 때 비록 무대는 '못난 형'이지만, 자기 분수를 잘 아는 사람이다. 그래서 무송이 동경 출장길에 당분간 장사를 일찍 끝내고 귀가하라고 하자 무대는 이 약속을 철석같이 지킨다.

무대가 저지른 유일한 잘못은 욱하는 감정을 자제하지 못하고 간통 현장을 덮친 것이다. 반금련과 사통하던 서문경은 무대로서는 감당하기 어려운 상대였다. 결국 서문경이 내지른 발길질에 가슴을 걷어차인 무대는 시름시름 앓아누웠다가 간부奸婦에 의해 독살당한다.

그러나 이 부분도 '인지상정'이란 관점에서 보면 자연스럽다. 마누라가 간통한다는 사실을 알고도 참을 이가 몇이나 되겠는가? 무대는 단지 작고 허약했을 뿐이다.

양산박 두령이라면 다들 호걸로 불린다. 그런데 108인 중에는 '장삼이 사형' 두령도 있다. 서열이 107번째인 고상조鼓上蚤 시천時遷이 그 주인공이다. 고상조란 큰 북 위의 벼룩이란 뜻이다.

원래 북 고鼓자를 써서 고하鼓下라고 하면 처형장을 의미했다. 고상은 그래서 죽음과 가까이 있는 장소다. 그런데 역설적으로 고상은 고하 반대편에 있기에 결코 발견되지 않는다. 시천은 좀도둑, 혹은 빈집털이 전문가다. 귀신도 모르게 도둑질을 하는 이라 고상조란 별호가 붙었다.

신神이 된 '도둑 왕' 고상조 시천

별호도 별호지만 시천은 이름도 남다르다. 풀어쓰면 때에 맞춰時 물건을 옮긴다遷는 말이니, 시천이 아니고서 어느 누가 이런 이름을 갖겠는가?

시천이 입산했을 무렵 호연작이 이끄는 연환마군連環馬軍에게 고전하던 양산박 두령 송강은 금전표자 탕륭湯隆이 마군을 격파할 방법이 있다고 하자 귀가 번쩍 뜨인다. 그 방법이란 연환마와 상극인 구겸창법을 사용하자는 것이었다.

구겸창법은 그 운용법을 알고 있는 서녕徐寧이란 관군 장수를 데려와야만 성공 가능한 프로젝트다. 그런데 멀쩡한 관군 장수가 도적집단인 양산박에 들어올 리 만무하다.

이때 시천이 나선다. 서녕이 아끼는 보물 '안령체취권금갑雁翎砌就圈金甲'을 훔치면 그를 유인할 수 있다는 말에 시천은 즉시 동경으로 향한다. 그러고는 임무를 완벽하게 수행한다.

시천이 서녕이 사는 집에 기어들어가는 장면, 벽을 타고 움직이는 장면, 갈대 줄기로 바람을 불어넣어 등불을 끄는 장면, 대들보 위에 있던 보물 상자를 훔치는 장면, 기척에 놀란 집안 사람들에게 쥐소리로 자신을 은폐하는 장면 등은 가히 예술적이다.

때문에 호연작을 격파한 일등 공은 아이디어를 낸 탕륭에게, 이등 공은 보물을 훔쳐 서녕을 유인한 시천에게 돌아가는 것이 마땅하다.

시천은 또 양산박군이 대명부를 공격할 때 미리 잠입해 있다가 취운루를 불질러 공격 타이밍을 알린다. 증두시와 전투를 벌일 때는 곳곳에 있는 함정을 찾아 표시를 해두는 공을 세운다. 양산박 두령 중에서도 시천은 '수훈 갑' 두령이다.

하지만 그는 서열이 107번째다. 말석에서 두 번째를 번듯한 두령이라고 하기에는 좀 그렇다. 시천은 처음 등장할 때 주점에서 닭을 훔쳐 먹다가 한바탕 소동을 불러일으킨다. 재능이 남다르고 공이 크긴 하나, 닭 도둑질에서 나타나듯 좀도둑이라는 '출신성분'에서 좀체 벗어나지 못한다.

하지만 시천은 그냥 그런 좀도둑이 아니었다. 청나라 말엽까지 절강성 항주에는 시천 사당이 있었으며, 그는 오래도록 좀도둑과 빈집털이범 사이에서 수호신으로 숭배됐다. 또 재신財神으로도 이름나 일반인들도 시천 사당을 많이 참배했다고 한다.

"이곳에 좀도둑은 없습니다"

시천이 지닌 도둑 기예技藝는 '비첨주벽飛檐走壁·지붕과 지붕 사이를 날아다니고, 벽을 뛰어다닌다'이다. 결코 아무나 흉내 낼 수 있는 기술이 아니었다. 청나라 광서제 때 동북 길림에서 활동하던 대도大盜 백승괴白勝魁는 대단한 명성을 떨쳤다. 그는 절묘한 기예를 지니고 있었는데, 그것은 바로 평지를 걷는 것처럼 담을 넘고 벽을 타는 것이었다. 시천을 시발로 하는 도둑질은 후대에 이르러 수많은 추종자를 만들어낸다.

그러나 물건을 훔치는 일은 목숨을 걸고 싸우는 무예보다 저급한 것이었다. 대놓고 칭찬할 수 있는 일이 아니었다.

시천을 알리는 빛나는(?) 아이러니는 〈수호전〉에 고스란히 실려 있다. 서녕의 집에 침입하기 전 자리 잡은 객점에서 시천이 소도구를 챙겨나갈 때 점소이에게 당부한다.

"내가 오늘 밤에는 돌아올 수 없으니 방을 잘 봐주게."

점소이는 이렇게 대답한다.

"안심하고 다녀오시지요! 여기는 궁궐이 있는 곳이라 좀도둑 따위는 없습니다."

시천 스스로는 장삼이사나 소졸小卒과 동급으로 취급받고 싶지 않았지만, 인정人情은 그를 계속 삼류 인생에 묶어두고 있다.

13

아시아에 울려퍼진 '타호^{打虎}' 무송

경양강(언덕) 숲길에서 호랑이 머리를 한 쪽 팔로 꽉 껴안은 무송이 다른 주먹으로 머리를 강타하고 있다.

타호打虎 무송야武松也

경양강景陽岡에 출몰하던 호랑이는 '적정백액弔睛白額·눈이 찢겨 올라가고 이마에 흰 털이 난'형으로 그야말로 산중대왕이었다. 벌써 20~30명이 이놈에게 목숨을 잃은 터였다. 관할 지역인 양곡현은 경고 방을 붙이고 사냥꾼들을 동원하는 등 법석을 떨고 있었다. 호환虎患도 이런 호환이 없었다.

무송武松은 경양강 입구 주점에서 대접으로 18잔이나 되는 술을 마시고, 비척거리며 오른 산길에서 이 호랑이를 때려잡는다. 호환은 사라지고 새 영웅이 탄생한다.

〈수호전〉에서 양산박 호한이 호랑이를 잡는 이야기는 세 차례 나온다. 주인공은 각기 무송, 이규, 해진 해보 형제다. 이 중에서도 가장 유명한 건 물론 무송이다.

무송은 경양강에서 맨손으로 호랑이를 잡은 뒤 그 이름을 세상에 알린다. 스스로도 무한한 자신감을 갖고 '타호打虎'를 자처한다. 이 사건은 또 동아시아 문학사에서 대표적인 '범 잡는 이야기'로 자리를 굳힌다.

역사적으로 범 잡은 사람 이야기가 없었던 것은 아니지만, 무송이 그 상징이 된 이유는 풍부한 서사 맥락과 생동감 넘치는 표현 때문이라고 할 수 있다.

먼저 주점 주인이 만류하는데도 호기롭게 술을 마시고, 범이 나온다는 경고에 콧방귀를 뀌는 모습이다. 석 잔을 마신 무송이 주인이 술을 더 따르지 않자 소리친다.

삼완불과강, 무송 앞에 무릎 꿇다

"주인장, 왜 술을 따르지 않소?"

"손님, 고기라면 더 드리겠습니다."

"내가 바라는 건 술이오. 고기도 더 썰어주시오."

"고기는 잘라서 더 드리겠습니다만 술은 안 됩니다."

"무슨 말도 안 되는 소리요? 왜 내게 술을 안 파는 것이오?"

"손님, 우리 객점 앞 깃발에 '삼완불과강'이라고 쓰인 것을 못봤습니까?"

"그게 무슨 소리요?"

"보통 사람들은 우리 객점에서 석 잔만 마시면 취해서 고개를 넘지 못합니다."

"그런데 나는 왜 취하지 않는 것이오?"

"넘길 땐 부드럽지만 시간이 조금 지나면 바로 쓰러집니다."

"말도 안 되는 소리 말아라! 석 잔 더 가져오너라!"

무송은 석 잔만 마셔도 취한다는 술을 무려 18잔이나 마신다.

"삼완불과강은 무슨? 별것 아니구먼."

무송이 나가려 하자 주인이 불러 세운다.

"손님 경양강 고개에 호랑이가 출몰해 사람을 해칩니다. 자고 내일 사람들과 함께 움직여야 합니다."

"웃기는 소리 말아라!"

고개를 넘어가던 무송은 '호랑이가 나타난다'는 방문榜文을 보고서야 객점 주인이 자고 가라고 한 말이 거짓이 아님을 깨닫는다. 술김에도 놀란 무송은 순간 진퇴를 고민한다. 하지만 자존심 때문에 도로 내려가진 못한다. 원문에는 이렇게 표기돼 있다. '아회거시我回去時 수흘타치소須吃他恥笑' "내가 이대로 돌아가면 술집 주인이 비웃을 것이다!"

쩜쩜한 상태에서 오른 고갯길. 무송은 드디어 호랑이를 만난다. 놀란 나머지 마신 술이 모두 깰 정도다. 게다가 있는 힘을 다해 몽둥이를 휘둘렀지만 범을 맞히지 못하자 패닉 상태에 빠진다. 그러다 가까스로 호랑이 머리를 붙잡고 미친 듯이 철퇴 같은 주먹을 날린다.

연이은 이 장면들은 마치 세밀화처럼 그려졌다. 특히 범이 세 단계에 걸쳐 무송을 공격하는 장면은 지은이가 흡사 이런 광경을 옆에서 지켜본 듯 생생하다.

성탄은 그래서 "시내암이 어디서 호랑이를 잡는 한 폭 장면을 가슴에 담았는지 나는 정말 모르겠다. 내가 3천 년 중 오직 이 한 사람만을 재자才才로 인정한다 해도 그것이 어찌 헛된 기림이겠는가?"라고 찬탄한다.

온 세상에 울려퍼진 '살인자 타호무송야'

조선 문인 이언진이 남긴 시를 보자.

'바람 불고 비 오면 문 닫아걸고 / 평생 벗 몇 사람이 함께 모여서 / 시원한 일 시원스레 이야기하는데 / 그 모두가 귀신과 범 잡는 이야기'

4구句에 나오는 내용이 바로 '타호'다. 벗들이 시원스러운 이야기快事를 나누는데 그것들은 다름 아닌 타호 이야기라는 말이다. 이 시는 당대 문인들에게 '타호 무송'이 깊이 각인됐음을 말해준다.

'타호'는 단순히 용력이 과인한 사람이 호랑이를 때려잡았다는 팩트만 전달하는 게 아니다. 무송이 맹주성에서 엄청난 살육을 저지르고 흰 벽에 피로 '살인자는 호랑이를 때려잡은 무송殺人者 打虎武松也'이라고 썼을 때 후인들은 하나같이 쾌감과 전율을 느꼈다.

타호라는 말에 실린 기운과, 그것을 '살인 마무리'로 정리하는 문학적 표현이 강렬하고 웅대하기 때문이다. 이탁오는 "사람을 죽이고 이름을 남긴 일절一節은 일상을 크게 뛰어넘는 것"이라고 했다. 성탄은 붓 대용으로 쓴 옷자락을 일러 '기이한 붓奇筆'이라고 했으며, 거기에 묻힌 피를 '기이한 묵奇墨', 흰 벽을 '기이한 종이奇紙'라고 비유하면서 "문장은 겨우 여덟 자이지만… 정말 천지간에 몇 안되는 대문장"이라고 평했다.

성탄이 말한 삼기三奇는 독보적인(?) 살인을 수식하는 표현이다. 그리고 이 셋을 기이하게 만든 본질은 역시 '무송과 타호'다.

무송은 양산박 호한 중에서도 독특한 존재다. 〈만설수호漫說水滸〉에는 이런 설명이 있다.

"무송은 〈수호전〉이 부각시킨 완벽한 의협형상이다. 하층 민중들 사이에 자리 잡은 이상적인 영웅이자, 정의를 실현하는 재판관이다. 또 간악한 자들을 응징하고 복수하는 신이며, 용기용맹과 협의를 표상하는 화신이다."

그래서 송강이 처음 만났을 때 무송은 전형적인 '대장부'로 그려진다.

"과연 늠름한 호한으로 용모가 당당하고 가슴이 크고 넓어 만 명도 당하지 못할 위풍이 있다. 말투가 헌앙하니 드높은 구름 같은 기상이 뿜어져 나온다. 바로 하늘에서 내려온 신장神將이요, 인간세상에 보기 드문 장수다."

간악한 무리 응징하는 정의의 재판관

이야기 무대가 된 송대宋代나, 실제로 〈수호전〉 이야기가 쓰인 원·명대는 서민문화가 왕성하게 발전한 시기였다. 권력과 부패에 짓눌리던 하층민들은 '지배 이데올로기'만을 강조하는 유교 경전을 더 이상 믿지 않았다. 그들은 유교 사대부나 향신鄕紳들이 떠받드는 경전 대신 자신들을 대변할 이야기를 기다렸다. 이런 사회적 욕구에 맞춰 등장한 것이 풍속문학이고, 그 대표적 작품이 〈수호전〉이다. 무송은 그중에서도 '의협형상'을 요구하는 민간 욕구가 완벽하게 투영된 인물이다.

그런 만큼 무송은 작자가 책상에서 만들어낸 인물이 아니다. 〈절강통지浙江通誌〉나 〈항주부지杭州府誌〉 같은 책에는 그 '원형'이 잘 나타나 있다. 북송대 항주 백성 무송에 관한 기록에 따르면 그는 강호를 떠돌면서 무예를 보여주고 돈을 버는 사람이었다.

기록은 그를 "용모가 기이하고 일찍이 용금문 밖에서 기예를 펼쳤다"고 설명한다. 항주 지부 고권은 무송이 무예가 뛰어나고 인재가 출중한 것을 보고 도두都頭로 삼았는데, 고권이 간신들로부터 모함을 받아 파직되자 무송도 이에 연루돼 쫓겨난 것으로 돼 있다.

고권에 이어 부임한 새 지부 채윤은 그 아비가 채경이다. 채윤은 부임하자마자 무자비한 학정虐政을 펼친다. 백성들이 신음하는 것을 보다 못한 무송은 이 악당을 없애기로 하고, 출근길에 채윤을 찔러 죽인다.

현장에서 관병들에게 체포된 무송은 결국 참혹하게 사형당한다. 항주 백성들은 그를 잊지 못해 서냉교西冷橋에 안장하고, 그 덕을 기려 묘지 이름을 '송의사무송지묘宋義士武松之廟'라고 붙인다.

무송이 무예가 뛰어나고 인품이 출중하기에 양곡현 지현이 도두로 발탁한 이야기는 〈수호전〉에 그대로 실려 있다. 이렇게 완성된 인물형이기에 그는 다른 양산박 두령들이 따르지 못할 출중한 장점을 갖고 있다.

성탄은 이런 점을 예리하게 분석했다. 그는 다른 두령들도 장부이긴 하지만, 무송에게는 이들이 가진 강점을 모두 합한 듯한 모습이 있다며 아홉 가지 '매력'을 꼽는다. 무송을 수식하는 글이자, 양산박 주요 두령들이 지닌 개성을 한눈에 알 수 있게 하는 표현이기도 하다.

아홉 두령 장점을 한눈에

첫째 노달이 지닌 활달함闊이다. 맹주 유배지에서 무송은 어떻게라도 매를 회피하려는 다른 죄수들과는 달리 '아프지도 않고 고기와 밥도 잘 먹었다'며 양껏(?) 자신을 때리라고 말한다. 강인하고 활달한 형상이 생생하게 드러난다.

둘째는 임충에게서 발견되는 원독怨毒이다. 임충은 한을 품고 밑바닥을 헤매다 육겸을 비롯한 원수들을 만난 순간 무자비할 칼날로 그들을 짓이긴다. 무송 또한 장도감 일행이 자신을 사지에 빠트리려는 것을 알고는 무려 15명에 달하는 목숨을 앗는다. 무송은 이때 "한 놈을 죽이나 백 놈을 죽이나 매한가지"라고 부르짖는다.

셋째는 양지가 보여준 반듯함^正이다. 그는 형수 반금련이 노골적으로 유혹하는데도 조금도 흔들리지 않았다. 그런가 하면 시동생으로서 갖춰야 할 예도 잃지 않았다.

넷째 시진이 보인 충량^{忠良}이다. 자신을 호걸로 인정하고 도두로 발탁해준 양곡현 지현에게 충성을 다한다. 출세를 위해 지현이 맡긴 뇌물 심부름도 마다하지 않는다. 나중에 음모라는 게 들통나지만 맹주성 장도감이 자신에게 신뢰를 줄 때 한 번도 흐트러짐 없이 충심을 다하는 것은 아무나 흉내 낼 일이 아니다.

다섯째 살인광 이규가 지닌 진솔함이다. 의형제를 맺은 송강에게 보이는 변함없는 태도나, 십자파 주막에서 호송공인들을 처치하고 눌러앉자는 말에 그렇게 할 수 없다며 공인들을 위로하는 마음은 인인군자^{仁人君子}만이 할 법한 진실된 모습이다.

여섯째 오용이 갖춘 치밀함^緻이다. 형을 죽인 왕파와 반금련을 처리할 때 무송은 대책 없이 분노를 드러내지 않았다. 하구숙이 숨긴 뼈와 운가의 증언을 확보하고, 이웃 네 명을 불러 증인으로 삼았다. 〈수호전〉에서 가장 잘 알려진 '설제^{設祭}'라는 이 장^章에서 무송은 무섭도록 냉정하다.

일곱째 화영이 가진 전아함^雅이다. 위기에 봉착하거나 사람을 죽일 때 언행에 전혀 흐트러짐이 없다.

여덟째 석수가 대표하는 총명함^聰이다. 석수는 반교운과 배여해가 사통하는 일을 귀신같이 알아차렸다. 무송 또한 십자파에서 자신과 호송 공인들을 처치하려는 음모를 알아채고 선수를 친다.

아홉째 노준의가 가진 장대함★이다. 노준의는 북경 부자로 거칠 것 없는 언사가 특징이다. 홀로 양산박을 쓸어버리겠다고 하고, 겁에 질린 수하들을 참새로 여기며 자신만만하다. 이런 큰 스케일은 무십회武十回·무송이 등장하는 열 편를 관통하는 기조基調다.

소인에게 쫓기다 넘어지는 영웅

무송은 임충처럼 전형적인 '관핍민반官逼民反·관이 박해를 가하니 민중이 반란을 일으킨다'형은 아니다. 하지만 뛰어난 용력과 무예를 지니고도 모진 운명에 의해, 또 제대로 자신을 알아주는 사람을 만나지 못해 사회적으로 타락해가는 비극적 인물이다.

이를 상징적으로 드러내는 건 무십회가 '범 잡는 이야기'로 시작해 '개 잡다가 넘어지는 이야기'로 끝난다는 사실이다. 무송은 첫 등장에서 송강과 헤어진 후 경양강을 넘다 호랑이를 잡는다. 그리고 마지막 회에서 술에 잔뜩 취한 채 길을 걷다 누런 개가 짖어대자 칼을 빼들고 개를 쫓는다. 그러다 헛 칼질을 한 뒤 개천에 굴러떨어진다.

개가 짖어대는 모습을 보고 계도를 뽑아 쫓아가는 장면은 예나 지금이나 군자가 소인과 맞서는 안타까운 현실을 풍자한 것이다. 그런데 무송이 쓰러지는 걸 보면서 누렁이는 그대로 서 있다. 성탄은 이를 두고 소인인 누렁이가 뜻을 얻은 것이라고 풀이했다. 그러면서 무송이 쓰러지고 개가 짖어대는 장면을 "군자가 세상에 쓰일 때 한 번 넘어진 후에는 능히 다시 떨치고 일어나기 힘든 걸 비유한 것"이라고 했다.

물론 다양한 찬사에도 불구하고 무송이 과도한 살인광이라는 건 부인할 수 없다. 반금련과 서문경을 목 베는 정도는 그래도 이해가 된다. 그러나 아무리 복수심에 불탔다고는 하나 맹주 장도감 집에서 벌이는 살인행각은 오금이 저릴 정도다.

장도감 계략에 빠져 유배길에 올랐으나, 무송은 호송 공인과 자기를 죽이려는 자객들을 처치하고 핏빛 복수를 다짐하며 도로 맹주성에 숨어든다. 그가 처음 생각한 것은 '장도감을 죽이지 않고는 이 한이 풀리지 않겠다'는 것이었다. 이른바 '출구기出口氣·화기를 푸는 짓'다. 이는 송강이 유고 아내와 황문병을 죽여야만 한이 풀리겠다고 말한 것과 같은 맥락이다.

〈수호전〉에서 가장 드라마틱한 이 살인드라마는 15명이 잔혹하게 죽임을 당하는 것으로 끝난다. 첫 번째 희생자는 마부馬夫로, 장도감과 장단련 장문신이 원앙루에서 술을 마시고 있다고 자백한 후 한칼에 죽는다. 다음은 시중들던 시녀 둘이다. 무송은 아무 말도 없이 차례로 둘을 해치운다. 원앙루에서는 세 장씨를 칼로 쓰러트린 후 모조리 목을 자른다. 그리고 또다시 장도감 수행원 둘을 처치하고 부인과 옥란, 하녀 둘을 차례로 죽인다. 죽이는 장면은 하나하나 그 묘사가 끔찍하다. 때문에 이탁오는 장도감네 습격 살인을 두고 "단지 세 명 장본인만 죽이는 게 맞다. 나머지 사람들은 과도하게 죽인 것"이라고 한다.

그는 유배길에서 장청을 만났을 때 강호 호한 이야기를 나누는데, 그 내용은 대부분 살인 방화하는 것이었다. 그래서 무송이 지닌 강점을 설명할 때 그를 '인인군자'라고 높이는 건 과도하다는 지적이다. 실제로 무송은 살인 방화에 관심이 높던 호한이자, 유교 교양이라고는 겨우 글 몇 자 끄적거리는 수준에 불과하다.

하지만 무송은 당대 도덕관과 그로부터 형성된 양심을 철저하게 따랐으며, 범죄 후에는 죄의식을 느끼고 있었다. 무송이 형수와 정부를 죽인 보복살인은 당시 도덕관에 들어맞았기 때문에 살인이란 행위를 쉽게 용서받을 수 있었으나, 스스로는 처벌을 각오하고 있었다.

맹주성 복수전은 간악함 깨부순 쾌사快事

맹주성에서 처절한 복수전을 전개한 것은 무고한 사람을 괴롭히는 '간악한 계교'를 용납할 수 없다는 '호한 심리' 때문이었다. 따라서 무송은 피 냄새에 취해 무지막지하게 살인을 저지르는 이규와는 분명하게 구별된다. 무송이 이규와 확실하게 다른 점은 마지막까지 냉정하다는 것이다. 그런 만큼 고함을 치르며 날뛰는 살인광보다 훨씬 더 무섭다.

무십회에서 그려지는 무송의 성격은 단순하고 우직하다. 그가 평생 마음에 담아둔 것은 '오직 사람들이 자신을 대장부로 불러 주기를 바라는 것'이었다. 때문에 그는 '은혜는 반드시 갚고, 쌓인 한이 있을 때는 반드시 푼다'는 명제에 늘 충실했다.

호랑이를 때려잡고, 사통한 남녀를 응징하는 게 무십회 전반부였다면 후반부는 유배지 맹주에서 벌어지는 파란만장한 드라마다. 무송은 여기서 금안표 시은施恩을 도와 장문신 일당을 무찌른다. 그러다 모함을 받고 죽을 위기에 처했다가 자신을 함정에 빠트린 장문신 비호세력을 모두 척살한다.

무송은 시은에게 은혜를 입은지라 시은을 선善으로 여기고, 그에 맞섰던 장문신 일당을 악惡으로 여긴다. 하지만 시은은 장문신과 다를 바 없는 사람이다. 둘 모두 중소 도시에 뿌리를 내리고 폭력과 부정한 방법으로 생활을 영위하던 토착 조폭이었다.

시은은 지방 감옥 책임자인 관영管營 아버지를 배경으로 감옥에서 소관영小管營 행세를 하면서 이권을 챙기는 젊은이였다. 아버지 또한 공사 구분 없이 아들 편만 드는 사람이었다. 장문신은 또 어떤가? 그 또한 지방 권력자를 배경으로 쾌활림 주점을 빼앗아 이권을 누리고 있었다.

그렇다면 무송이 시은을 위해 장문신을 패고 내쫓은 일은 옳은 일이 아니다. 무송은 시비是非와 정사正邪를 따지지 않았다. 장문신 뒤에 좀 더 큰 권력이 있으니 장문신이 그르고 시은이 옳다는 생각은 아니었다. 만약 장문신이 먼저 무송에게 접근하여 은혜를 베풀었다면 무송은 아마 장문신을 위해 시은을 패주었을 것이다.

은혜 보답은 열과 성을 다해

무송은 오로지 자신에게 은혜를 베푼 시은에게 성의를 다해 도움을 주는 것만이 의리라는 생각만 했다. 맹주성 살인 드라마는 손에 땀을 쥐게

하는 활극이지만, 그 내면은 선악 구분 없는 '조폭적 의리'에 불과하다.

물론 굳이 경중을 따지자면 시은 쪽이 조금 나은 편이다. 관영 부친은 처음 무송을 만났을 때 이렇게 말한다.

"아들이 주점을 경영하는 것은 재물을 탐하고 좋아해서가 아니라 맹주에 생기를 돋우고 호협豪俠 기상을 내보이기 위한 것이오!"

시은이 본시 무예를 배운 호한이라 이 말은 그럴듯하게 들린다. 하지만 시은이 주점을 운영하면서 지역사회를 장악한 것은 아버지 수하에 있는 감옥 내 흉악범들이 도와준 덕분이었다. 그러고는 보호비 명목으로 장사치들에게서 돈을 뜯어냈다. 형식은 자발적이었지만 다들 시은을 두려워했기에 본질은 강탈이나 다름없다.

무송은 시은과 의형제를 맺었기에 그가 어떤 위치에 있건, 어떤 사고를 가졌건 개의하지 않았다. 이는 송강을 비롯한 대다수 호한들에게서 발견되는 공통점이다. 이들에게 의리란 상대를 둘러싼 환경과 그 환경 때문에 빚어질 유불리를 따지지 않는 것이었다.

무송이 과인한 용력을 자랑하는 대목은 '타호'를 비롯해 여럿 등장하지만, 가장 직접적인 묘사는 맹주성 감옥에서다. 감옥 안 천왕당 앞에는 약 500근250kg에 달하는 돌 받침대가 있다. 무송이 돌 받침을 뽑으니 쑥 하고 나온다. 죄수들이 다들 보고 경악한다. 무송이 다시 돌 받침을 공중을 향해 던져 올리니 땅에서 1장3.58m 높이까지 올라갔다. 무송이 다시 두 손으로 가볍게 받아 원래 위치에 놓았다. 몸을 돌려 시은과 죄수들을 바라보는데 얼굴은 붉어지지 않았고, 숨도 헐떡거리지 않았다. 시은이 말했다.

"형장은 범부가 아니라 정말 천신 같습니다."

원앙루에서 핏빛 복수전을 벌이고 도망가다 사당에서 잠시 잠이 든 무송은 괴한들에게 잡혀 주점으로 향한다. 주점에 사람 허벅지 두 개가 걸려 있는 것을 보고는 "하필 사람 잡아 죽이는 도적에게 걸렸으니 영 값어치 없게 죽겠구나! 이럴 줄 알았으면 차라리 맹주성 관아에 가서 자수할걸. 능지처참을 당하더라도 세상에 이름이나마 남길 텐데!" 하고 한탄한다.

장청과 손이랑이 도와 행자로 변장한 후 도망가던 길에서는 공태공네 사람들을 두들겨 패고 술과 고기를 뺏어 먹는다. 행자로 전락(?)한 후 세간과 두 번째 맞닥뜨린 이 장면은 막다른 길에 다다른 무송의 심사가 적나라하게 드러나는 대목이다.

박대하는 주점에서 내지르는 분풀이

때는 11월 겨울이었다. 시골 주점에 들른 무송이 소리 지른다.

"주인장, 술을 내오고 고기도 넉넉하게 주시오."

"술은 있습니다만 고기는 다 팔고 없습니다."

"그럼 술이라도 주시오."

술이 취하자 다시 고기를 요구한다.

"여보 정말 고기 팔 것 없소? 집에서 먹으려던 고기라도 주시오. 돈은 줄 테니."

"출가한 이가 이토록 술과 고기 찾는 건 처음일세! 다 팔고 없는데 어떡합니까?"

그때 공태공 일행이 들어온다. 그러자 주인이 청화옹주 좋은 술에 숙계熟鷄 한 쌍, 정육精肉 한 대접을 내놓는다.

심사가 틀린 무송이 고함을 친다.

"주인장 이리 오시오. 사람을 업신여겨도 분수가 있지 지금 장난치는 거요?"

"왜 이러십니까? 술을 달라면 더 드리겠습니다."

"뭣이라고? 이놈아 그래 저 청화옹주랑 닭고기, 소고기를 내게는 왜 팔지 않느냐?"

"그런 게 아닙니다. 청화옹주랑 고기는 저 분들이 집에서 가져온 것입니다. 저는 자리만 빌려드린 겁니다."

"웃기지 마. 헛소리 마라!"

"원 이렇게 억지 부리는 행자는 또 처음이네."

"뭐야? 노야老爺·어르신가 경우를 모른다고?"

"출가한 사람이 자기를 노야라고 부르는 건 또 듣다 처음인걸!"

추운 겨울 날씨에 맨 술만 먹으려니 화가 치솟는다. 주점 주인이 사정을 말하지만 눈이 뒤집힌 무송에게 그런 해명이 귀에 들어올 리 없다. 다짜고짜 시비를 걸어 공태공네 사람들을 개 패듯 패고 탁자에 차려진 맛난 술과 고기를 혼자서 해치운다. 그리고 취한 몸에 삭풍을 거스르며 걷다가 고꾸라진다. 결국 뒤쫓아온 공태공네 사람들에게 결박당해 잡혀간다.

무송이 천왕당 앞에서 보여준 신력神力은 '타호'와 이를 통해 얻은 명성을 뒷받침한다. 잠든 새 괴한들에게 납치됐을 때는 신세를 한탄하며 '명예로운 죽음'을 생각한다. 용력勇力과 명예名譽는 무송의 심신을 지배하던 가치였다. 그런 무송이지만 공태공네 사람들을 때릴 때는 제 정신이 아니다. 눈에 보이는 건 오로지 향기로운 술과 고기뿐이다.

안식처 찾지 못한 영웅의 행로

더 이상 안식처를 찾지 못한 영웅에게서 발견되는 '파탄'이다. 이는 길 잃은 영웅으로 밑바닥을 헤매던 임충과도 많이 닮았다.

무송이 관부를 피해 안착한 곳은 이룡산이다. 거기서 같은 신세인 노지심과 양지를 만난다. 천신 같은 신력으로 강호에 명성이 드높던 무송은 결국 산 속 도적떼가 되고 만다. 그가 남긴 속담 중에 이런 말이 있다. '몰유타호장沒有打虎將 과불득경양강過不得景陽崗' 호랑이를 때려잡을 장수가 없으면 경양강을 지날 수 없다. 해당 분야에서 전문적인 식견과 능력을 가진 사람이 있어야 일을 추진할 수 있다는 말이다.

14

소름돋는 인육人肉 공방 '십자파'

십자파 인육공방에는 벽에 사람 가죽이 묶여 있고,
대들보에 사람 다리가 달려 있다.
사람 하나는 껍질을 벗기는 도마위에 뻗어 있다.

인육人肉 십자파

십자파十字坡는 길 모양과 언덕을 조합한 단순한 단어지만, 적어도 동양 사회에서 그 느낌은 그렇게 가볍지 않다. 이 이름을 접한 사람들이 느끼는 감정은 길 모양이니 고개니 하는 것과 아무 관계 없다. 십자가 파를 만난 그곳에는 인육人肉을 다루는 '으스스한' 비밀이 들어 있다.

채원자 장청과 모야차 손이랑 부부는 십자파 주점 주인이다. 〈수호전〉에서 이 주막에 들른 이는 여러 명이다. 양산박 호한인 송강과 무송은 물론 이름 없는 길손도 수두룩하다.

형을 독살한 반금련과 정부情夫 서문경을 죽인 죄로 유배길에 오른 무송은 호송공인들과 맹주로 가던 도중 십자파에 들른다.

살찐 놈은 죽여서 만두소로

예사롭지 않은 자태를 지닌 여주인이 이들을 반기며 묻는다.

"손님, 술은 얼마나 드릴까요?"

"얼마랄 것 없이 계속 내오시오. 고기도 서너 근 썰어오고."

"먹을 만한 만두도 있습니다."

"그것도 20~30개 내오슈."

만두가 나오자 무송이 반으로 쪼개며 물어본다.

"여보 아주머니! 이 만두 속이 사람 고기요 아니면 개고기요?"

"손님 농담하지 마십시오. 이 마른 대낮에 사람 고기나 개고기로 만든 만두가 어디 있습니까?"

"내가 예전에 강호를 돌아다닐 때 사람들에게 들었소. 큰 나무가 있는 십자파엔 행여 가지 말아라. 살찐 놈은 죽여서 만두소를 만들고, 마른 놈은 강물에 던져버린다던데?"

"무슨 그런 말씀을 하세요? 다 지어낸 말입니다."

"아니 괜한 소리 하는 게 아니라 속에 들어 있는 털이 사내 불알 쪽 털과 똑같이 생겨서 하는 말이오."

여주인이 말도 되지 않는 소리 한다고 이죽거렸지만 의심은 곧 현실이 된다. 무송을 호송하던 두 공인이 갈증을 참지 못해 몽한약이 섞인 술을 먹고, 무송도 거짓으로 술을 먹은 척하자 여주인이 손뼉을 치며 소리친다.

"쓰러져라! 쓰러져라!"

두 공인이 하늘이 빙빙 도는 것을 느끼며 쓰러지고, 무송도 쓰러진다.

그러자 여주인은 주점 일꾼들을 불러 셋을 분해(?)하는 작업에 착수한다. 그러나 처음부터 이들을 경계했던 무송이 어찌 당하고 있겠는가?

무송은 자신을 들어 올리던 여주인 모야차 손이랑을 가볍게 제압하고, 손이랑은 그제야 무송이 예사 길손이 아님을 알고 정체를 밝힌다. 뒤늦게 나타난 남편 장청은 호걸을 몰라봤다며 사죄한 후 십자파를 상세하게 설명한다.

"초가집을 짓고 외견상 술을 팔아 생계를 잇고 있지만 실제로는 지나가는 상인을 기다려 눈에 띄는 사람이 있으면 몽한약을 먹여 죽였소. 큰 덩어리 좋은 고기는 잘라서 황소고기로 팔고, 자잘구레한 작은 고기는 만두소로 만들었소. 고기와 만두는 매일 내가 직접 마을에 가지고 가서 팔았소."

〈수호전〉에서 인육을 다루는 이야기는 십자파에 국한되지 않는다. 양산박 입구에서 '정탐용傾探用' 주점을 운영하는 주귀는 임충을 만났을 때 이렇게 일러준다.

"여기서는 돈을 가진 자나 값비싼 물건을 지닌 자, 살이 쪄 무게가 많이 나갈 것 같은 여행자들에게 몽한약이 들어 있는 술과 안주를 먹여 정신을 잃게 만든 다음에 목숨을 빼앗소."

십자파와 다를 바 없는 끔찍한 도살장이다. 이어지는 설명은 좀 더 색다르다.

"살은 소금에 절이고 지방은 기름으로 짜 등잔용 기름으로 사용하오."

신행태보 대종 또한 여기서 등잔용 기름이 될 뻔했다.

끔찍한 도살장 '인육공방'

송강이 강주 유배길에 올랐을 때다. 호송공인 두 명과 들른 게양령 주점 또한 사실 '인육주점'이다. 하지만 셋은 그것도 모르고 술과 고기를 먹으며 "몽한약을 써 사람을 잡는 인육주점이 설마 있겠느냐"며 떠든다. 주점 주인인 최명판관催命判官 이립은 웃으며 이들을 지켜보다 '명을 재촉하는 저승사자'란 별호가 어울리듯 단번에 세 사람을 혼절시킨다. 무기는 역시 술과 고기에 탄 몽한약이다.

기절한 사람을 처리하는 '인육공방'은 어떤 곳일까? 무송이 본 십자파 인육공방은 다음과 같다. '장청이 무송을 불러 인육을 다루는 곳에 데려갔다. 벽에 사람 가죽이 묶여 있고, 대들보에는 사람 다리 5~7개가 매달려 있다. 무송과 함께 가던 호송공인 중 하나는 엎어지고 하나는 뒤집혀져 껍질을 벗기는 도마에 뻗어 있다.'

소설에 등장하는 기이한 표현이라고는 하나, 인육에 대한 묘사는 사실 받아들이기 힘들 만큼 끔찍하다. 대들보와 갈고리에 걸려 있는 다리는 인육이 곧 돼지나 소와 조금도 다를 바 없다고 말하는 듯하다.

이런 묘사는 작자가 무턱대고 만든 게 아니다. 사서史書에는 이보다 더 잔인한 광경이 수없이 등장한다. 〈수호전〉은 그런 역사적 상황을 소설에 반영했을 따름이다. 옛 기록을 보자.

'정강靖康·북송 마지막 흠종 시절 병오년1126년 이래 금나라 도적들이 중국을 어지럽히기를 6~7년간, 산동 경서 회남로 등에는 가시나무가 천 리를 덮고 곡식 한 말 값이 수만 전에 이르렀으나 구할 수도 없었다. 도적 군인 양민에 이르기까지 다들 다투어 사람을 잡아 먹었고, 인육은 개고기나 돼지고기보다 싸서 살찐 장정 한 사람 값이 1만 5천 전을 넘지 않았다.'

송나라가 요·금과 국경을 다투던 시절, 황폐해진 세상에서 인육을 먹는게 그리 특별한 게 아니었다는 설명이다. 실제로 아래위 모두가 힘든 그 당시 인육을 먹는 행위, 즉 '흘인吃人'에는 도적이나 양민이 따로 없었다. 황제나 고관 등 신분이 높은 자나 밑바닥 인생인 상민 사이에도 구분이 없었다. 오로지 '사느냐 죽느냐'를 판가름하는 행위였을 뿐이다.

난세에 유행(?)했던 사람 고기

원나라 말 도종의라는 사람이 쓴 〈철경록輟耕錄〉은 인육에 관해 상세하게 설명하고 있는데, 그중 '상육想肉'편은 맛까지 서술하고 있다. 즉 어린 아이가 가장 맛이 좋고, 그 다음이 여자라고 돼 있다.

이 시기 인육은 모두 양각양兩脚羊이라고 불렸다. 두 다리를 지닌 양이라는 뜻이다. 이 양각양 중에서 가장 맛이 좋다는 어린 아이 고기는 '화골란和骨爛'으로 불렸다. 어린 아이기 때문에 고기를 물에 삶으면 뼈까지 부드러워진다는 뜻에서 나온 말이다. 젊은 여자는 '하갱양下羹羊', 늙고 마른 남녀는 '요파화饒把火'라 일컬었는데 각기 탕에 넣으면 좋고, 고기가 질겨 연료가 많이 필요하다는 뜻에서 붙여진 이름이다.

이런 이름이 사서에 버젓이 등장하는 까닭은 '식인'이 단순히 특별한 상황에서 비롯된 것이 아님을 말해준다. 전란이 계속되고 농사가 끊기면 백성은 굶주리기 마련이다. 이것저것 다 긁어 먹는다 하더라도 곧 한계에 부딪히게 된다. 이럴 땐 달리 도리가 없다. 굶주려 쓰러진 인육을 먹을 수밖에 없다. 그래서 인육을 먹는 일은 곧 '식인풍습'이 된다.

금나라 장수 흘석아호대는 연회에서 이런 이야기를 남겼다. 그는 여러 부하 장수 및 그 부인들과 돼지고기 만두를 먹는데 한 장수 부인이 돼지고기를 안 먹는다고 하자 다른 고기로 바꾸도록 시켰다. 식사가 끝난 후 흘석아호대가 "부인이 먹은 게 무슨 고기요?"라고 물었다. 그 부인이 "상공 덕분에 양고기로 바꿨는데 맛이 아주 좋습니다"라고 답했다.

흘석아호대는 웃으며 "돼지고기는 안 먹고 사람 고기는 먹으니 왜 그렇소? 부인이 먹은 건 양고기가 아니라 사람 고기요!"라고 했다. 그 부인이 듣고 나서 크게 토하고 며칠을 계속해서 병을 앓았다.

식인 습속은 오래된 중국문화

식인문화가 넓게 퍼진 건 '양식 떨어진 전란기'라는 특수한 상황 때문이지만, 그 연원은 생각보다 더 오래됐다. 묵자가 남긴 글을 보면 춘추전국시대 초나라 남쪽에는 첫 아들을 잡아먹는 습속이 있었다고 한다. 주희는 〈초사집주楚辭集註〉에서 이 시대 호남성 북쪽에 사람 고기를 절여두고 먹는 습속이 있다고 전한다. 반고 또한 〈한서漢書〉에서 전란시절 굶주린 장안 사람들이 서로 잡아먹었다고 기록하고 있다.

이후에도 당나라 후경, 수나라 도적 주찬, 당나라 반란군 황소, 송나라

왕계훈 등이 전투 전후에 사람들을 살상해 인육을 먹었다고 한다. 당나라 시인 백거이는 "올해 강남에 가뭄이 들어 구주衢州 땅에서는 사람이 사람을 먹었다"는 시를 남기고 있다. 송대를 연구하는 학자들은 남송 수도인 임안臨安에 인육 요리점이 있었다고 한다. 요리점이라고 불릴 정도였으니 밀도살 매매를 하는 주귀 주점이나, 십자파 주점보다 훨씬 더 크고 좋은 가게였을 것이다.

〈수호전〉은 중국사를 수놓은 '인육 이야기'가 총망라된 종합판이라고 할 수 있다. 소설은 단순히 인육주점만 소개하는 데 그치지 않는다. 전란기에 벌어졌을 법한 살상 이야기를 구체적인 스토리로 형상화했다.

흑선풍 이규는 모친을 데리러 가는 길에 산적 이귀를 만난다. 그가 거짓말로 자신을 함정에 빠트리려 한 것을 알고는 단칼에 죽인 후 허벅지 살을 구워 반찬으로 먹는다. 그는 처음 반찬이 없어 맨밥을 먹다가, 시체를 보며 혼잣말로 지껄인다.

"이런 멍청이! 눈앞에 좋은 고기를 두고 맨밥을 먹다니!"

이규는 또 강주에서 송강을 괴롭힌 황문병을 잡았을 때 칼로 허벅지를 잘라 술 안주로 굽는다. 그런가 하면 심장과 간을 꺼내 해장국을 끓인다. 무송과 양웅도 반금련과 반교운을 죽인 후 심장과 내장을 헤집는다. 청풍산 도적 두령 셋은 행인을 잡았다 하면 간을 꺼내 '신랄탕辛辣湯'을 끓여 먹는 것으로 유명하다.

이는 송대 전란시절 반란군이 관리를 잡았을 때 벌이던 잔인한 살육을 토대로 한 이야기다. 그들은 사지를 절단하는 것은 물론 간과 폐를 끄집어 내고, 때로는 사람을 통째로 기름솥에 넣기도 했다.

식인문화가 얼마나 보편적이었는가 하면 〈수호전〉에는 드디어 인육을 상시 복용하는 두령까지 등장한다. 신행태보 대종은 도사 공손승을 데리러 가는 길에 음마천에서 산적 두령 세 명을 만난다. 이 중 둘째인 등비는 독특한 인물이다. 별명이 화안산예火眼狻猊다. 산예란 사자처럼 생긴 상상 속 동물이다.

주목해야 할 것은 화안이란 별명에서 알 수 있듯 그가 붉고 흐린 눈을 가지고 있다는 사실이다. 속설에 사람 고기를 많이 먹으면 눈이 붉고 흐리게 된다고 했는데, 아마도 등비는 그런 연유에서 별명이 붙은 듯하다. 소설에서 그를 설명하는 말도 '인육을 많이 먹어 두 눈이 붉게 변한 화안산예 등비'라고 돼 있다.

승려와 도사, 기녀, 유배자는 죽이지 않는다

물론 대표적인 '인육주점' 십자파에도 예외는 있었다. 바로 '삼불가살三不可殺'이다. 즉 세 부류 사람들은 건드리지 않는다는 계율(?)이다. 주인 장청은 무송에게 떠도는 중과 도사, 강호 기녀妓女들, 유배자들은 살해 대상에서 제외한다며 그 이유를 이렇게 설명한다.

"떠도는 중과 도사들은 과분한 향락을 누린 적이 없고, 또 출가한 사람이라 해치지 않소. 강호 기녀들은 이곳저곳을 돌아다니며 공연을 하는 이들인지라 만약 이들을 해치게 되면 나쁜 소문이 돌게 되오. 그리고 유배자들은 그중에 호걸이 많아 건드리지 않는 것이오!"

장청 부부가 저지른 일은 사실 납득하기 어려운 악행이다. 비록 세 부류 사람들을 예외로 했다지만 이들은 극소수에 불과하다. 나머지 대부분 사람들은 걸리는 족족 모조리 잡아서 삶은 뒤 먹거나 팔아버렸다.

더 무서운 것은 여행자를 포획하고, 죽이고, 잘게 나누고, 끓여서 삶아 파는 야만적인 행위를 하면서도 아무런 죄책감을 느끼지 않았다는 사실이다. 장청 부부는 '삼불가살'이란 그럴듯한 명분 아래 살인행위를 호걸다운 짓거리라고 여겼다. 그리고 '하늘을 대신해 도를 행한다'는 양산박 두령이 되면서 그런 악행을 모조리 면죄받았다.

후인들은 '삼불가살'에 고개를 끄덕거리며―그래도 기본적인 원칙이 있었다며―십자파 주점에 얽힌 어둡고 야만적인 행위를 칭송하기에 이른다. 덕분에 십자파는 그 검고 어두운 이미지에도 불구하고 '의협과 낭만', 그리고 '드라마틱한 이야기'가 살아 숨 쉬는 공간으로 격상된다.

인육 제조에는 대전제가 있다. 바로 상대를 쥐도 새도 모르게 무력화하는 것이다. 무력이나 폭력으로 상대를 제압할 수도 있지만, 이럴 경우 인체에 손상이 가거나 행인을 살해한다는 소문이 날 가능성이 크다. 그렇게 되면 주점 운영이 불가능해진다.

십자파 주점을 비롯한 인육 식당들은 상대를 제압하는 도구로 몽한약蒙汗藥을 사용했다. 중국 서남부 지역에서 자생하는 만다라 풀로 만드는 몽한약은 바로 마취제다. 언뜻 작자가 상상력을 발휘해 만든 약품인 듯하나, 송나라 사마광이 〈속수기문涑水紀聞〉에서 "오계지역 오랑캐를 유인해 만다라 술을 먹여 혼절하게 한 뒤 모조리 죽였다"고 기록한 것을 보면 실제 존재했던 약품이다.

상대 제압하는 무기는 몽한약

몽한약은 분말로, 술과 섞으면 마취효과가 더욱 좋다. 먹으면 쓰러지고 쓰러지면 바로 잠이 든다. 황니강에서 벌어진 생신강 절취사건 때 양지 일행은 정오에 몽한약을 먹고 이경에 깼다. 마취시간이 10시간이나 됐다. 몽한약은 주귀 객점에서도, 주귀가 이규를 구하려 이운을 쓰러뜨릴 때도 사용됐다. 몽한약을 든 고기와 술을 먹기만 하면 누구든 예외없이 쓰러졌다.

그래도 주인공들은 대체로 기사회생한다. 송강은 자신을 찾아 헤매던 이준이 구한다. 무송은 미리 흉계를 알고 대처했기에 살아났다. 노지심 또한 선장禪杖이 예사 물건이 아님을 알아본 장청이 해독약을 먹인 덕분에 가까스로 죽음을 면한다.

하지만 대다수 행인들은 영문도 모르고 황천으로 향한다. 이 중 십자파에서 죽어간 이름 모를 두타頭陀는 몇 가지 유품을 남긴 유일한 희생자다. 무송은 이 유품을 이용해 행자行者로 변신, 사지를 벗어난다. 행각승行脚僧을 뜻하는 행자는 그래서 무송을 수식하는 별호가 된다.

'타호' 무송이 석가釋家 인물이 된 건 전적으로 인육주점 덕분이다. 사람을 해치던 인육주점이 무송을 자비慈悲를 내건 출가인으로 만들었으니 아이러니가 아닐 수 없다.

지금은 많이 사라졌지만 예전 중국집 간판은 거개가 세로 나무판에 붉은 천이나 비닐을 묶어 늘어뜨린 것이었다. 그 뜻은 "우리 집 만두에는 인육을 넣지 않습니다"였다고 한다. 인육 이야기가 그렇고 그런 괴담이 아니었음을 말해주는 증표다.

현대 소설도 "쓰러져라 쓰러져라"

노벨상 수상에 빛나는 중국 문인 막언^{莫言}이 쓴 〈생사피로^{生死疲勞}〉에는 주인공 금룡이 돼지 조소삼-인간영혼을 가진 돼지-에게 술을 불린 만두를 먹여 쓰러뜨리는 장면이 등장한다. 힘이 세고 거친 조소삼을 별도 돈사에 넣어 종돈^{種豚}으로 키우기 위한 작업이다. 그런데 금룡은 조소삼이 이 만두를 먹자 손뼉을 치며 "쓰러져라! 쓰러져라!" 하고 외친다.

〈생사피로〉에는 이렇게 쓰여 있다.

"쓰러져라고 소리치는 건 고전소설에서 배운 것이다. 고전소설에서 나쁜 놈들이 술에 몽한약을 몰래 타서 마시게 하고는 손뼉을 치며 하는 말이었다. '쓰러져라! 쓰러져!' 그러면 약을 마신 사람이 쓰러진다."

쓰러지라는 소리까지 빌린 고전소설이란 바로 〈수호전〉을 일컫는다. 소설에 담긴 인육만두와 몽한약 이야기는 지금도 면면히 그 맥을 이어오고 있다.

15

부자가 도적이 된 까닭

짐수레에 깃발을 꽂은 노준의가 시종들을 이끌고 양산박으로 나아간다.

하북河北 노준의

　중국 후한 말 위무제魏武帝 조조가 관도대전官渡大戰을 앞두고 있을 때다. 병력과 장비가 열세인 조조는 이 싸움이 향후 천하 향방을 결정지을 것이라 예상하고, 승리를 위해 머리를 싸매고 있었다.

　심복 곽가郭嘉는 번민 중인 조조에게 그 유명한 '십승십패十勝十敗론'을 전개한다. 상대인 원소는 10가지 점에서 조조에게 못 미치는 만큼 승리는 '따놓은 당상'이란 이야기다.

　원소가 지닌 10가지 단점은 허례의식, 역천자逆天子, 지나친 관대함, 시기심, 결단력 부족, 겉치레 명예중시, 여인네 인仁, 팔랑귀, 서툰 시비분별, 허세다. 조조는 당연히 이와 반대되는 장점을 지녔다는 게 곽가의 설명이다.

　조조는 짐짓 "어찌 그 같은 칭찬을 감당할 수 있겠소"라며 겸손한 척하지만 속으로는 크게 기뻐한다. 일급 참모인 순욱 또한 "곽공이 말한 건 제가 생각한 것과 똑같다"고 거든다.

삼승삼패론으로 본 옥기린과 급시우

〈수호전〉에도 이를 본뜬 듯한 구절이 나온다. 양산박군이 증두시를 정벌하고 사문공을 쓰러뜨리자, 송강은 조개 유언-사문공을 죽인 자를 두령으로 하라-을 전하며 사문공을 죽인 노준의가 대두령이 돼야 한다고 말한다.

곽가가 말한 10가지엔 못 미치지만 송강은 이때 자신과 노준의가 세 가지 면에서 천양지차가 있다고 설명한다.

첫째 외모다. 자신은 키도 작고 시커먼 외모를 지녔지만 노준의는 당당하고 위엄이 있으며 어느 누구도 미치지 못할 늠름한 풍채를 지녔다.

둘째 출신이다. 자신은 하찮은 아전 출신인 데다 죄를 짓고 도망다니다 여러 형제가 버리지 않고 받아줘 잠시 이 높은 자리에 앉아 있었을 뿐이다. 반면 노준의는 부귀한 집안에 태어나 오랫동안 호걸로서 명성을 얻었으니 이 또한 어느 누구도 미칠 수 없는 능력이 있는 것이다.

셋째 자신이 지닌 알량한 글 솜씨로는 나라를 안정시킬 수 없고, 무예로도 여러 사람을 따르게 할 실력이 없다. 하지만 노준의는 만 명을 대적할 힘이 있고, 고금을 통달하는 지혜를 지니고 있어 모든 사람이 미치지 못한다.

굳이 제목을 붙이자면 '삼승삼패三勝三敗'론 정도가 될 듯싶다. 곽가가 말한 '십승십패론'이 품성과 기량을 바탕으로 한 데 반해 송강은 외모와 출신을 앞세운 게 다르다면 다르다.

송강이 곡진하게 말했음에도 양산박 상황이 삼국시대와 달랐길래 대

두령이 바뀌는 일은 일어나지 않았다. 하지만 노준의는 입산하자마자 어떤 반대도 받지 않고 곧장 두 번째 두령이 된다.

108두령이 한자리에 모이기까지 주로 개인이 서사를 이끌어가는 〈제오재자서第五才子書〉에서 노준의는 마지막에 등장하는 주인공이다. 노준의는 그 이전에 등장한 양산박 호한들과는 질적으로 다른 인물이다. 송강을 비롯한 양산박 두령들은 주로 밑바닥 도적 출신이거나 하급 군관, 아니면 항복한 장수들이다. 이에 반해 노준의는 부잣집에 태어나 호걸이란 명성을 누리며 살아온 사람이다.

부자 호걸을 끌어들여라

소설에서 노준의는 곧잘 노원외盧員外로 불린다. 원외란 정원 외에 추가로 배치한 낭관郎官·하급관원을 말한다. 그러나 시간이 흐르면서 차츰 벼슬자리에 나아가진 않았으나 세력이 있는 지주나 토호를 일컫는 말이 됐다. 노준의에게 붙여진 원외란 호칭은 바로 큰 부자를 가리킨다. 김취련 부녀를 받아들이고 제할 노달을 출가시킨 사람도 조원외다.

노준의는 별명도 '옥기린玉麒麟'이다. 고래로 중국인들이 말하는 기린은 아프리카산 기린이 아니라 짐승 중에서도 으뜸이라는 전설 속 동물을 말한다. 옥기린은 그중에서도 도교 신선인 청허도덕진군淸虛道德眞君이 타는 짐승이다. 하늘을 날며 예지력을 지녔다는 이 동물 이름을 노준의에게 붙인 것은 노준의가 그만큼 자태와 능력이 뛰어나다는 점을 강조하기 위한 것이다.

상인이자 대★ 호족으로 남부러울 것 없는 노준의는 계급이란 관점에서 보면 양산박에 투신할 이유가 없다. 정신이 제대로 박힌 사람이라면 안정된 기반을 뒤로하고, 조정이 공적公敵으로 지목하는 도적 집단에 선뜻 몸을 내맡길 리는 없다.

양산박 호한들은 그러나 온갖 지혜와 술책을 동원해 그를 양산박으로 이끌고, 기어코 노준의를 한패로 만든다. 왜 그랬을까?

노준의를 무리하게 끌어당긴 건 양산박을 대외적으로 과시하기 위한 방책이다. 다들 스스로를 의리에 죽고 사는 호한으로 자처했지만, 양산박 두령들은 심한 콤플렉스를 가지고 있었다. 누가 뭐래도 도적떼에 불과하다는 '따가운' 시선이 그것이다.

때문에 주류사회도 인정하는 노준의 같은 명망가를 끌어들인다면 산채 위상은 크게 높아질 터였다. 처음 노준의 이야기가 나왔을 때 송강이 '왜 미처 그 사람 생각을 못했지?' 하며 무릎을 친 것도 이런 이유에서다.

양산박 대척점에 있는 인물을 끌어당긴다는 건 그러나 쉬운 일이 아니다. 송강이 머리를 싸매자 군사軍師 오용이 나선다. 오용은 점쟁이로 변신해 노준의에게 접근, '조만간 큰 화가 닥칠 터이니 남동쪽으로 몸을 피해 있으라!'고 밑밥을 던진다.

날 때부터 팔자는 정해져 있다?

그는 처음 노준의를 꾈 때 사람은 날 때부터 팔자가 정해져 있다는 운명론으로 이목을 끈다. 오용이 읊은 '호객송呼客頌'은 이러하다.

'감라발한자아지甘羅發早子牙遲 팽조안회수불제彭祖顔回壽不齊 범단빈궁석숭부范丹貧窮石崇富 팔자생래각유시八字生來各有時'

세 구는 각각 감라와 강태공, 팽조와 안회, 범단과 석숭을 비교했다. 감라는 열두 살에 진秦나라 재상 자리에 오른 이다. 강태공은 나이 70에서야 비로소 출사했다. 초년 운과 말년 운을 대표하는 사람들이다. 팽조는 800년을 산 전설 속 인물이고, 안회는 공자가 가장 아끼는 제자였음에도 32세에 죽었다. 사람마다 수명이 다름을 강조한 것이다. 범단은 청빈을 상징하는 한나라 선비다. 반면 석숭은 사치와 향락을 마음껏 누린 서진西晉시대 부자다. 빈부 또한 '정해진 대로'라는 시각을 담고 있다.

이 호객송은 넷째 구가 주제다. 팔자생래각유시. 사람은 날 때부터 팔자가 정해져 있다는 것이다. 속내는 노준의가 지닌 부富와 명성을 겨냥한 것이다. 즉 그런 부와 명성도 제대로 짚어보면 자기 팔자가 아닐 수도 있다는 위협이다.

4구 시에 흥미를 느낀 노준의는 오용을 불러 점괘를 청한다. 그러자 오용은 "곧 목과 몸이 분리될 것"이라는 무시무시한 예언과 함께 재난을 피하려면 동남쪽 천 리 밖으로 나가 있으라고 한다.

오용이 노준의에게 '운세'라며 불러준 4구 시가詩歌는 다음과 같다.

'갈대꽃 무성한 모래사장 위에 조각배 한 척蘆花灘上有扁舟 / 해질 무렵 호걸이 홀로 여기 찾아왔네俊傑黃昏獨自遊 / 혹시라도 여기에 이르는 것이 운명임을 안다면義倒盡頭原是命 / 돌이켜보고 재난을 피할 때 근심이 사라지리라!反躬逃難必無憂'

앞 글자에 뜻 감춘 장두반시藏頭反詩

호걸이니 재난이니 하는 게 그럴듯하나 앞 글자 네 자를 연결하면 '노준의반盧俊義反'이 된다. 노준의가 반란을 일으킬 것이라는 말이다. 즉 노준의를 함정에 빠뜨리려는 의도로 만든 글이다. 뜻하는 바를 앞 글자에 숨겨놓은 걸 '장두시藏頭詩'라고 한다. 그래서 이 시는 '장두반시藏頭反詩'가 된다.

노준의는 상류층 인사라고는 하나 학문은 그리 깊지 않다. 오용이 안배한 내용을 눈치 챌 정도가 못된다. 결국 그럴듯한 언사에 걸린 노준의는 반대를 부릅쓰고 여행길에 나선다.

오용이 교묘하게 접근했다고는 하나 상식적으로 보면 이런 행위가 납득되지 않는다. '듣보잡'인 점쟁이 말만 믿고 그 큰 살림을 뒤로한 채 먼 길을 떠난다는 건 누구도 이해하기 어려운 행동이다.

노준의가 결심을 굳힌 배경에는 '깊이를 측량하기 어려운' 자부심이 있다. 처음엔 '목과 몸이 분리될 것'이라는 무시무시한 예언 탓이 컸다. 그러다 '그렇다면 이참에 바람 한번 쐬는 것도 나쁠 것 없겠다'는 생각에 젖는다.

웬만한 사람이라면 이렇게 생각했더라도 주변 사람들이 간곡히 말리면 뜻을 접기 마련이다. 하지만 노준의는 가족들과 수하들이 모두 반대하자 오히려 결심을 더 다지게 된다. 여행길에 위험이 있을 것이라는 말에 "누가 감히 날?"이라며 오기를 폭발시킨다. 마누라가 가지 않는 것이 좋겠다고 말하자 한마디로 일축한다. '여편네가 뭘 알아?'

노준의는 양산박이 가까워지자 장대 4개에 깃발을 하나씩 묶어 짐수레에 달았다. 그 내용을 본 일행들은 "아이고!" 하며 곡소리를 낸다.

그 문구는 이러하다.

'소탈하고 시원시원한 북경 노준의慷慨北京盧俊義 / 금으로 장식한 상자 싣고 멀리 찾아왔네金裝玉匣來深地 / 끌고 온 태평거 빈 수레로 돌아가지 않고太平車子不 空回 / 이 산 호걸들을 붙잡아 태우고 돌아가리라收取此山奇貨去'

양산박 도적떼쯤이야 문제될 것 없다는 인식이다. 그는 곡소리를 듣자 "너희 같은 참새들이 어찌 나 같은 백조에게 대드느냐? 내가 평생 온 몸에 무예를 익혔건만 지금까지 마땅한 적수를 만나지 못했다. 오늘 다행히 이런 기회를 얻었으니 이번에 솜씨를 발휘하지 못한다면 또 언제까지 기다려야 한단 말이냐? 도적 두목을 동경으로 끌고 가 상을 받아 평생의 뜻을 온 천하에 알리겠다. 만약 너희 중에 한 놈이라도 따라가지 않겠다면 먼저 네 놈들부터 죽이겠다"고 겁준다.

심복에게 배신당하는 노준의

기행奇行에 가깝다. 미친 사람이 아니고서야 아무럼 종자 몇을 거느리고 수백 명 도적떼를 어찌 감당한단 말인가! 그것도 두령들은 하나같이 무예가 출중한 호한들이다.

아니나 다를까? 노준의는 양산박 두령들과 수차례 마주쳐 칼을 주고 받다가 계략에 빠져 붙잡히고 만다. 자포자기한 상태에서도 입산을 권유하는 두령들에게 한사코 그럴 뜻이 없다고 거부하지만, 그들이 주는 술까지 뿌리치진 못한다. 한 사람이 권하면 마시고, 또 다른 이가 권하면 마시고.

수십 일을 그렇게 지내다 돌아오니 옥기린玉麒麟으로 불리던 하북 호걸은 어느새 양산박과 내통하는 도적이 돼 있다. 감옥에 갇힌 노준의는 억울함을 호소하지만 어떻게 이런 상황이 벌어졌는지 제대로 알아차리지 못한다.

노준의가 잡혀 들어간 배경은 이렇다. 부인 가씨와 정을 통하던 집사 이고가 그를 양산박과 내통하는 도적이라고 고발한 때문이다. 양산박은 처음 노준의 집에 '장두반시'를 남긴 후, 산채에서 돌아가는 이고에게 노준의가 한패가 되기로 했으니 다시 찾지 말라고 이간질했다. 노준의 재산과 부인 가씨를 호시탐탐 노리던 이고는 이 말에 '얼씨구나' 하고 쾌재를 불렀다.

이렇게 본다면 노준의 스토리는 이른바 호걸연하는 이들이 실제로는 제 집 뒷마당에서 벌어지는 모략조차 모르는 청맹과니임을 입증하는 사례다.

이고는 독특한 인물이다. 동경 사람인 그는 북경에 아는 사람을 찾아왔다가 못 찾고 노준의 집 앞에 쓰러진 바 있다. 노준의가 거두었는데, 부지런하고 글도 알고 셈도 밝은지라 곧 집사 자리를 꿰찼다. 그런데 말 타면 견마 잡히고 싶은 게 인지상정. 많은 재산을 관리하게 된 데다, 부인과 밀통하는 사이가 되자 야심을 키우게 된다.

양산박행은 따라서 이 음모가 실현되는 계기가 됐다. 이고는 노준의가 유배갈 때 그를 호송하는 동초와 설패에게 뇌물을 주며 주인을 암살해줄 것을 요청한다. 살인을 청부하면서 이고가 하는 말이 걸작이다.

"나는 배은망덕하거나 신의를 저버리는 사람이 아니오."

성공하면 돈을 더 주겠다면서 한 말이다. 그러나 자기를 거두고 키워준 노준의를 배반하는 사람이 할 말은 아니다.

코끼리 그리려다 낙타 그린 꼴

하북 호걸이 양산박으로 들어가는 과정을 설명한 노준의 이야기는 그 배면에 익숙한 드라마를 깔고 있다. 바로 대갓집에서 흔히 발생하는 '음모와 치정癡情'이다. 이고는 은혜와 의리를 배신하는 전형적인 악역이다. 천하 호걸인 남편을 두고 아랫사람과 통정하는 아내도 퍼뜩 이해가 되지 않는다.

작자가 온 힘을 다해 영웅으로 묘사하려 했으나 사실 노준의전盧俊義傳은 전반적으로 느슨하고 어수룩하다. 노지심이나 무송이 치밀하고 멋진 구성에 힘입어 생동감 있는 캐릭터로 다가오는 데 반해 노준의는 그저 배경과 풍채만 강조될 뿐 '힘있는 인물상'으로 올라서지 못한다.

오용이 북경에서 처음 만났을 때 노준의는 이렇게 소개된다.

"미목眉目이 청수淸秀하고 신구身軀는 구척이라, 위풍이 늠름하고 의표儀表는 천신 같다."

용모가 맑고 빼어나며 키가 장신이고, 위풍이 당당한 데다 자태가 천신 같다는 말이다. 호걸에게 갖다 붙일 수 있는 칭찬은 총동원한 듯하다. 하지만 결과는 용두사미다. 노준의는 처음 양산박 꾐에 빠져 계속 허둥거리다 감옥에 갇혀 고초만 겪는다. 양산박에 귀의한 후 거둔 군공軍功도 조개를 죽인 사문공을 사로잡은 것 외에는 딱히 특기할 만한 게 없다. 평자들은 노준의전을 일러 곧잘 '코끼리를 그리려다 낙타를 그리고 만 꼴'이라는 평가를 내놓는데 이는 비교적 정확한 지적이다.

원래 《수호전》을 이끌어가는 주요 인물은 건달이나 도적, 서리, 하급 군인과 같은 하층민이다. 그래서 소설도 명문대가 출신이 접목되기 어려운 구조다. 황족 후예라는 시진柴進이 있긴 하나, 시진은 오히려 호걸로 불리는 하층 주인공들을 연결하는 역할을 한다. 소설 말미에 등장하는 노준의 이야기는 전반적인 소설 기조와 많이 다르다는 점에서 여항閭巷에서 오랫동안 단련된 서사가 아니라 후대에 창작된 것이라는 추측을 낳는다.

노준의전이 전체 서사와 결이 다르다는 점은 다음과 같은 지적에서도 잘 나타난다.

"역사적으로 일반 농민은 관부로부터 핍박을 받았을 뿐 아니라, 대부호들로부터도 직간접적인 착취를 당했다. 하북 갑부로 불리는 노준의 또한 그렇게 재산을 불렸다고 할 수 있다. 그렇다면 그런 그를 기를 쓰고 영입하려한 것은 어불성설이 아닌가?"

팔방미인 연청을 주목하라

노준의전에서 실상 주인공 노준의보다 더 눈길을 끄는 이는 그가 심복으로 여기는 낭자浪子 연청燕青이다. 낭자란 방탕한 사내 혹은 풍류남자를 일컫는 말이다. 소설에서는 만능재주꾼이라는 의미가 더 많다.

연청은 간신 고구를 많이 닮았다. 건달 출신인 고구가 팔방미인이듯이 연청 또한 못하는 게 없는 젊은이다. 흰 피부에 아름다운 꽃 문신을 새겨 넣고, 관악기 현악기를 자유자재로 구사하는가 하면 노름이나 문자유희도 당할 자가 없다. 은어와 속어에 능하고 사투리도 능수능란하다. 궁술 또한 탁월해 결국 유배길에서 노준의를 구하는 수훈을 세운다.

연청이 고구와 다른 점은 고구가 인간 말종인 데 반해 연청은 주인인 노준의를 배신하지 않고 끝까지 충성을 다한다는 점이다. 연청은 노준의와 쌍으로 움직이며, 그 또한 양산박에 참가해 36천강성 일원이 된다.

연청이 주목받는 이유는 그가 양산박과 황제 휘종을 연결하는 전령사 역할을 하기 때문이다. 70회본에서는 이 이야기가 빠져 있으나, 100회본이나 120회본에서는 연청이 휘종이 아끼던 기녀 이사사 집에 숨어 들어가 그녀의 주선으로 휘종을 만나는 장면이 나온다.

양산박은 이 만남을 통해 조정에 귀순, 반란군과 외적 정벌에 나선다. 의義를 내세우던 전반부 소설 기조가 충忠으로 바뀌는 순간이다. 이후 〈수호전〉은 개인기가 사라진 지루한 군담軍談이 된다. 연청은 따라서 소설 전후를 가르는 핵심 분수령이다. 노준의를 따라온 그가 이런 역할을 하는 것은 자타가 공인하는 특출한 예능 기질 덕분이다.

〈수호전〉 마지막을 장식하는 '노준의전盧俊義傳'은 부자와 서민 사이에 놓인 '간극'을 살짝 드러내는 이야기이기도 하다. 살인을 결심하고 노준의를 유배지로 호송하던 동초와 설패는 노준의가 살려달라고 간청하자 이렇게 말한다.

"너 같은 부자 놈들은 평상시에는 남을 위해 털 한 가닥 안 뽑더니, 오늘 푸른 하늘이 눈을 떠 빨리 업보를 치르는구나!"

70회 김성탄본이 아닌 120회본에는 이 말이 조금 다르게 기술돼 있다.

"너 같은 부자 놈들이 어느 때는 감기 고뿔도 남을 안 주더니 봐라! 하늘이 무심치 않아서 당장 벌을 내린 게다."

결이 조금 다르기는 하나, 문맥은 상통한다. 살인을 모의한 놈들이 하늘을 운운하는 게 가소롭기는 하나, 이 말에는 인색한 부자를 혐오하는 시선이 잔뜩 녹아 있다. 그것은 또한 송대 현실이었다.

16

병^病 새^賽 소^小 "누구보다 나으니"

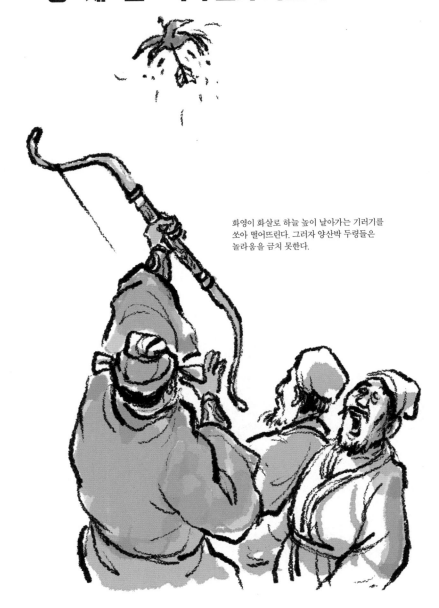

화영이 화살로 하늘 높이 날아가는 기러기를
쏘아 떨어뜨린다. 그러자 양산박 두령들은
놀라움을 금치 못한다.

별호別號 이야기

굿할 새賽 자, 병들 병病 자는 썩 기분 좋은 글자가 아니다. 굿을 하거나 병든 상황을 말하는 것 같은데, 〈수호전〉에서 이 두 자는 다른 의미를 지닌다. 108두령 중 한 명인 새인귀賽仁貴 곽성을 보자. 그는 방천화극을 잘 쓰는 장수다.

사람 이름 앞에 붙는 별호는 그 사람이 가진 특성을 함축하고 있는데, 새인귀에서 인귀는 곧 당나라 장수 설인귀薛仁貴를 말한다. 설인귀는 당나라 태종 심복장수이자 고구려를 정벌한 일등 공신이다. 병졸로 출발해 무용을 떨친 만큼 후대에도 대단한 추앙을 받는 인물이다.

그래서 의문이 생긴다. 인귀 앞에 굿할 새 자를 붙인 건 무슨 연유일까? 설인귀를 빌려 곽성을 설명하려는 것 같은데, 이 새 자가 무슨 뜻인지 알 길이 없다.

이 글자는 오랫동안 여러 가지 의미로 해석됐다. 중국 학자 나이강은 여러 이설異說을 뛰어넘어 새로운 해법을 제시했는데, 그에 따르면 새 자는 '더 낫다'는 의미를 지닌 항주 방언이라고 한다. 〈수호전〉은 남송 이래 저잣거리 강담사講談士들이 사용하던 이야기 대본을 토대로 만든 소설이다. 언어적으로는 항주 방언 자취를 가장 많이 풍긴다고 한다. 종합하면 '새인귀'는 설인귀보다 더 나은 장수라는 말이다.

새^賽와 병^病은 누구보다 낫다는 항주방언

구문룡^{九紋龍} 사진은 소화산 산적들과 관계를 맺은 후 수시로 그들과 선물을 주고받으며 연락을 취한다. 왕래편지는 주로 왕사^{王四}라는 우두머리 하인이 맡았다. 이 사람 별명이 새백당^{賽伯當}이다. 백당은 말주변과 임기응변이 뛰어났다고 알려진 수나라 말기 도적 왕백당을 말한다. 새백당은 백당보다 뛰어나다는 뜻이니, 왕사가 장원^{莊園} 사람들에게 그렇게 인정받았음을 알 수 있다.

다만 기록에는 왕백당이니, 말솜씨니 하는 게 없다. 잘못 성립된 속설이 널리 퍼진 사례라고 할 수 있다.

병 자도 마찬가지다. 이 글자 또한 무엇 무엇보다 더 낫다는 항주방언이라고 한다. 실제로 소설에서는 병 자가 가장 많이 등장한다. 양산박 호걸 병관삭^{病關索} 양웅, 병대충^{病大蟲} 설영, 병울지^{病蔚遲} 손립이 그 주인공이다.

관삭은 생소한 이름이지만, 야사에 따르면 그는 삼국지 주인공 관우가 남긴 혈육이다. 셋째 아들인 그는 형주성이 함락당해 관우가 맏아들 관평과 함께 죽을 때 몸을 숨겨 살아남았다. 뒤에 촉한으로 돌아와 제갈량이 남정^{南征}에 나설 때 종군했다고 한다.

관삭이 어떤 무예를 지녔는지 공식 기록은 없다. 그러나 관우를 추앙하는 후대인들에 의해 송원시대 들어 그는 대단한 무장^{武將}으로 격상됐으며, 민간사회에서 만들어진 이야기에 곧잘 등장할 정도로 친숙한 존재였다. 그래서 이런 말도 전해진다.

"송대 무인들 중에 새관삭을 호로 삼은 사람이 많았다. 이런 별명은 거리에 떠도는 이야기에서 취했는데, 송대 민간에 관삭의 무술과 용맹함이 전해졌기 때문이다."

양웅에게 붙은 병관삭이란 별호는 따라서 '병든 관삭'이 아니라 관삭이 지닌 명망을 뛰어넘는다는 뜻이다. 그런데 소설은 양웅이 병자病者처럼 누리끼리한 얼굴색을 지닌 것으로 묘사하고 있다. 병 자가 뜻하는 원래 의미도 약간은 담고 있지 않나 싶다.

대충은 말 그대로 큰 호랑이를 말한다. 병대충은 호랑이보다 더 용맹스럽다는 비유적 표현이다. 울지는 당태종과 고락을 같이한 당나라 명장 울지경덕蔚遲敬德을 말한다. 정관지치貞觀之治를 뒷받침한 인물로, 민간에서는 무신武神으로 숭배됐다. 손립이 병울지란 별호를 단 것은 소설이 성립되던 당시로서는 매우 영광스러운 이름이었다고 할 수 있다.

새와 병만 있는 게 아니다. 작을 소小 자도 있다. 역시 같은 의미다. 소이광小李廣 화영은 전아한 이미지를 지닌 양산박 호걸이다. 여기서 이광은 한나라 시대 흉노족을 상대하던 명장인데, 적들로부터 비장군飛將軍이란 별칭을 얻었다. 활쏘기가 신기에 가까웠기 때문이다. 소설 속 화영은 궁술에 관한 한 이광을 능가하는 실력을 자랑한다.

양산박 휘어잡은 신비장군 화영

화영은 청풍채에서 무관지채로 일하다 송강과 함께 양산박에 합류했는데, 조개를 비롯한 두령들이 보는 앞에서 화살로 하늘을 나는 기러기 머리를 맞혀 '이광이나 양유기養由基보다 낫다'는 평가를 받는다. 중국 춘추시대 초나라 사람인 양유기 또한 신궁神弓으로 이름을 떨친 이다.

활은 화기火器가 도입되기 전 전장을 주름잡던 무기다. 동서양을 막론하고 궁술은 군인이라면 꼭 익혀야 할 필수 과목이었다. 화영 일행이 양산박에 막 들어갔을 때다. 새인귀 곽성과 소온후 여방이 산채를 놓고 싸움을 벌이다 방천극이 얽혔는데, 지나가던 화영이 활을 쏘아 끈을 잘랐다는 이 야기가 나왔다.

두령인 조개는 믿지 못하겠다는 듯 "다음에 구경이나 한 번 합시다"라고 말한다. 일행이 연회 도중 산자락을 거닐 때 공중에서 기러기 울음소리가 들렸다. 화영은 속으로 '조개는 내가 활로 방천극에 달린 끈을 끊었다는 말을 믿지 못하는 눈치군. 오늘 솜씨를 보여준다면 이후 어찌 나를 가볍게 대하겠는가?' 하고 되뇐다. 그러고는 수행원 활을 빌려 조개에게 말한다.

"저 멀리 날아가는 세 번째 기러기 머리를 맞혀보겠습니다. 맞지 않아도 비웃지 말아 주십시오!"

화영이 활을 잔뜩 당겨 화살을 날리니, 세 번째 기러기가 떨어졌다. 화살은 머리를 정확하게 관통해 있었다. 조개와 두령들은 크게 놀라며 '신비장군神臂將軍·천신 같은 팔을 지닌 장수라는 뜻이라고 불렀다. 이때부터 양산박에서 화영을 존경하지 않는 사람이 없었다. 화영이 활을 쏜 장소는 이후 '안대雁臺'로 불리며 양산박을 상징하는 장소가 된다.

앞서 방천극 주인공으로 나온 여방은 소온후小溫侯로 불리는데, 온후는 삼국시대 명장 여포를 일컫는 말이다. 여포 또한 방천극을 잘 썼는데, 여방은 곽성과 더불어 방천극 명수로 등장한다.

새 자는 두령 별호로 주로 사용되지만, 그 쓰임새는 사람에게 한정되지 않는다. 관군 장교로 일하다 양산박에 합류하는 금창수金槍手 서녕은 '안령체취권금갑雁翎砌就圈金甲'이란 갑옷을 가지고 있는데, 세상에 둘도 없는 보물 갑옷이다. 칼이나 화살이 뚫을 수 없어 '새당예賽唐猊'란 별명을 갖고 있다.

당예는 전설 속 맹수로, 가죽이 단단하고 두꺼워 갑옷으로 만든다고 한다. 뒷날 훌륭한 갑옷을 지칭하게 되는데, 이 앞에 새를 붙이니 '안령체취권금갑'은 비할 바 없는 갑옷이 되는 셈이다.

산채 호한들은 대부분 검고 추한 반反영웅

역사 인물이나 보물에 '그보다 더 낫다'는 접두어를 붙이는 까닭은 인물이나 물건을 좀 더 핍진하게 묘사하기 위해서다. 누구누구가 세간에 널리 알려진 영웅에 필적한다거나, 혹은 그를 능가한다는 말은 내세운 인물을 한눈에 파악할 수 있는 장치가 된다.

'수호 강담講談'을 즐기던 서민들도 관삭이니, 이광이니 하는 역사 인물들을 알고 있었다. 그랬기에 '비교'를 통한 인물 설명은 서민들이 양산박 사람들을 친근한 호걸로 이해하는 첩경이었다.

양산박 두령들은 대부분 역사 속 영웅들과 궤를 달리하는 '반反영웅'들이다. 정부에 반기를 든 때문이기도 하지만, 거개가 거칠고 추한 용모를 지녔다는 점도 한몫한다. 역사적으로 영웅이라면 장대한 체구, 관옥 같은 외모, 우러르고픈 덕성을 지녀야 한다. 그러나 양산박 호한들은 몇몇 예외를 제외하곤 대부분 양반집 도령 이미지와 거리가 멀다. 그중에서도 외모는 가장 독특하고도 중요한 요소다.

으뜸 두령인 송강부터가 흑송강으로 불릴 정도로 시커멓고 못생긴 사람이다. 양산박을 토벌하러 나왔다가 결국 송강에게 투항하는 추군마醜郡馬 선찬은 아예 별호에 추하다는 글자가 들어 있다. 생김새가 솥 밑바닥같이 새카맣고 콧구멍은 하늘을 향해 뚫려 있는 데다 곱슬머리에 수염도 붉은 색이다.

8척 장신에 무예가 출중해 이민족 장수를 물리치자 군왕郡王이 그 무예를 아껴 사위로 삼았다. 하지만 군주郡主·군왕의 딸가 추한 외모를 싫어해 한을 품고 죽었다고 돼 있다. 마누라가 한을 품고 죽을 정도니 생김새가 어느 정도인지 짐작이 간다. 군마는 군주 남편이란 뜻이다.

축가장 정벌에 공을 세운 귀검아鬼臉兒 두흥은 글자만 보면 '귀신 같은 뺨을 가진 사나이' 정도로 해석된다. 그렇지만 귀검이란 말은 귀신처럼 생겼다는 게 아니라 못 생기고 이상하게 생겼다는 말이다.

검은 것으로 치자면 이규가 빠질 수 없다. 그는 별호가 흑선풍黑旋風이다. 얼굴과 온 몸이 장대하고 검기에 흑 자가 붙었다. 선풍은 회오리바람을 말한다. 서로 다른 방향에서 부는 바람이 합쳐지면서 생기는 것이다. 흑黑과 선풍旋風의 조합은 쌍도끼를 들고 종횡무진하는 무서운 자태를 자연스레 연상시킨다. 이런 사람이 정감 있게 잘생겼을 리 만무하다.

〈수호전〉에 등장하는 별호–정식 용어는 작호綽號–는 호한들이 지닌 탁월한 무예와 뛰어난(?) 품격을 설명하는 열쇳말이다. 원명譯名으로 불리던 별호는 또 그들이 몸담고 있던 '녹림문화^{綠林文化}', 즉 도적사회의 생활방식과 인간관계, 가치관념 등을 종합적으로 표현한 것이었다.

개인 기량·녹림문화 관념 어우러진 결정체

원래 특이한 재주를 가졌거나 두드러진 품격, 혹은 특수한 생리적 특성을 가진 사람들에게 별명을 붙여주는 것은 중국에서 도드라지는 현상이다. 위진남북조 때까지만 하더라도 주로 상류 사대부 계층이 서로 아호^{雅號}를 사용하는 것에 그쳤으나, 수당 들어 민간에도 널리 퍼지기 시작해 송대 들어 일반화됐다.

따라서 근대 무사가 녹림에서 사용하던 별호인 원명은 동료들로부터 인정받은 특출한 '개인 형상'이 구체화된 상징이다. 또 그 신분에 변화가 있더라도 원명이 상징하는 인격특징은 변하지 않았다. 그런가 하면 사회적으로는 소설 배경이 된 송^宋~원^元~명^明 시대 서민들이 세상을 읽던 시각과 의협을 실천하는 이들에게 바라던 희망을 잘 반영한 결정체이기도 하다.

양산박 두령 별호에 가장 많이 들어가는 글자는 범 호^虎 자다. 양산박이 호걸 집단인 만큼 두령들이 범처럼 용맹하다는 걸 내세우고 싶어서였을 게다. 무송이 타호^{打虎}로 유명해진 것처럼 범은 호한들이 닮거나 뛰어넘고픈 이상이었다.

그래서 청풍산 산적 두령 출신인 연순은 금모호^{金毛虎}다. 금빛 털을 지닌 화남 호랑이를 말한다. 이운은 청안호^{靑眼虎}로, 눈에 푸른 빛이 돈다는 데서 이 별호가 생겼다. 뇌횡은 삽시호揷翅虎다. 날개 달린 호랑이란 이 말은 뇌횡이 2~3장(1장은 3.58m) 너비 개천을 자유롭게 뛰어넘는 재주를 지녔기에 붙여진 별호다. 이 외에도 소면호笑面虎, 화항호花項虎, 왜각호倭脚虎, 중전호中箭虎, 도간호跳澗虎 등이 뒤를 잇는다.

용 문신을 비롯한 문신 새기기도 유행

호랑이 다음으로 많이 쓰이는 별호는 용龍이다. 사진은 이름도 찬란한 구문룡九紋龍이다. 등에 아홉 마리 용을 새겼기에 만들어진 별호다. 〈수호전〉에 처음 등장하는 양산박 두령인 사진은 의義에 살고 의에 죽는 진정한 호걸이다. 아홉 마리 용은 이런 사진을 시각적으로 극대화하는 장치다.

원래 송대 들어 '구룡등운九龍騰雲·아홉 마리 용이 구름에 오르다'이란 도안이 등장한 이래 강호 호한들은 가슴과 팔 혹은 등에 용 문신을 하고 용맹함을 자랑하는 것이 일반적이었다. 따라서 사진은 이 시기를 대표하는 호한이 된다.

송나라 장작이 쓴 〈계륵편〉에 따르면 당시 풍속이 이렇게 설명돼 있다.

"볼기부터 아래, 즉 발까지 문신을 하고 이것을 화퇴花腿라고 했다. 동경에서는 불량배들이 이런 문신을 하고 자신을 과시했다."

강호인만 그런 게 아니다. 양산박 108두령 중 호연작은 명장 가문 출신이다. 조상 중에서 가장 유명한 당나라 장수 호연찬呼延贊은 온 몸에 '적심호살赤心呼殺·참된 마음으로 살인을 부른다'이란 문신을 하고 다닌 것으로 유명하다.

혼강룡混江龍 이준은 송강이 강주 유배길에서 만난 사람이다. 심양강을 제 집처럼 넘나드는 수적水賊이다. 심양강을 주름잡는 세 패거리 중 하나로, 게양령에서 몽한약을 먹고 죽어가던 송강을 살린 후 양산박에서 수군대장으로 눈부신 활약을 펼친다. 혼강룡은 말 그대로 혼탁한 강을 휘어잡는 용이란 뜻이다. 용 중에는 출림룡出林龍 추연과 독각룡獨角龍 추윤도 있다.

이준과 쌍벽을 이루는 수적 장횡은 별호가 선화아船火兒다. 송강을 죽음 문턱까지 몰고 간 그를 이준은 "심양강에서 전문적으로 이런 착한(?) 길을 만들고 있다"고 소개한다. 선화아는 항주 사투리로 뱃사공을 말한다. 물론 이준이 말한 착한 길이란 강에서 행하는 강도짓을 말한다.

생신강 탈취 후 관군에게 쫓기던 조개 일행이 양산박에 갔을 때 두목 왕륜은 산채가 좁아 이처럼 많은 진룡眞龍들을 받아들일 수 없다고 말한다. 강호에 명성이 자자하던 호한들이기에 왕륜은 그들을 모두 용에 비유한다.

108두령 중 절반이 동물 별호

호랑이나 용 말고도 양산박 호한들을 표현하는 동물은 많다. 표범, 거북이, 원숭이, 교룡, 악어 등이 그것이다. 이 동물들 또한 용맹, 끈기, 민첩성 등을 갖추고 있어 남다른 기력과 무예를 지닌 두령들을 멋지게 수식한다.

표범으로는 먼저 표자두豹子頭 임충을 꼽을 수 있다. 소설에서 가장 강한 인상을 풍기는 인물이자 양산박 선봉대장이다. 얼굴 생김이 표범 대가리를 닮았다고 해서 붙여진 호칭인데, 그만큼 외모가 강렬하고 무예가 출중하다는 걸 상징한다.

원숭이는 통비원通臂猿 후건이 쓴다. 검고 야윈 데다 동작이 빨라 송강이 황문병을 잡을 때 적정敵情을 정탐하는 공을 세운다. 거북이는 구미구九尾龜 도종왕, 교룡은 출동교出洞蛟 동위, 악어는 한지홀률旱地忽律 주귀에게 붙여진 동물이다.

교룡은 상상 속 동물이다. 모양이 뱀과 같고 몸 길이가 한 길이 넘으며, 넓적한 네 발이 있다고 한다. 동위는 혼강룡 이준을 두령으로 삼아 살아가는 심양강 수적이다. 물과 연관이 있는 사람이라 상상 속 동물을 동원해 별호를 지은 것으로 보인다.

한지홀률 주귀는 조연급이지만 매우 중요한 인물이다. 그는 양산박 입구에 주점을 차려 놓고 양산박과 바깥세상을 연결하는 정보원 역할을 한다. 그런가 하면 수시로 주머니가 두둑한 행인들을 처리(?)하는 강도가 되기도 한다. 인육을 다루는 십자파 주점과 성격이 같다. 한지홀률은 '마른 땅을 기어다니는 악어'라는 뜻이다. 원래 물에 사는 악어는 난폭한 사람을 지칭할 때 쓰는 말이다. 그런데 그런 악어가 마른 땅을 기어간다니 이는 잘못된 환경에 놓인 이를 빗댄 표현이다.

해진 해보는 각기 양두사兩頭蛇 쌍미갈雙尾蝎로 불린다. 뱀과 도마뱀을 별호로 삼았다. 민첩하고 거침없다는 뜻이다. 해진 해보가 모함에 빠져 옥에 갇히자 이 둘을 해칠 생각만 하는 절급은 이렇게 소리친다.

"내가 네놈들을 일두사一頭蛇 단미갈單尾蝎로 바꿔버리겠다!"

두 개 머리와 두 개 꼬리를 하나로 찌부러뜨리겠다는 말이다. 양과 쌍을 일과 단으로 축소시키는 재치가 절묘하다. 하지만 이 절급은 해진 해보가 휘두르는 칼(머리에 쓴 칼)에 맞아 즉사하고 만다. 양산박 108두령 중 약 절반이 이처럼 다양한 동물 별호를 갖고 있다.

수적水賊으로 말하자면 심양강 세 패거리를 뺨치는 도적도 등장한다. 장순이 송강을 치료할 신의神醫를 데리러 가던 배에서 만난 장왕張旺은 '물에 살고 물에 죽는' 물사나이 장순을 심양강에 던져 죽이려는 악독한 도적이다. 장순은 힘든 여행길에 지쳐 깜빡 잠이 든 탓에 손발이 묶이는 신세가 됐다. 그는 목숨만 건질 요량으로 '시체나 온전히 보전해달라'며 그냥 물에 던져줄 것을 요구한다.

장순이 어떤 사람인지 알 리 없는 장왕은 그 요구를 들어주고 장순이 지닌 두둑한 보따리를 차지한다. 이 수적은 '절강귀截江鬼'로 불린다. '강을 끊는 귀신'이란 말은 재물을 탐해 애꿎은 배 손님들을 즐겨 해친 데서 나온 별호다. 평생 자맥질로 살아온 장순은 강 속에서 손발을 풀고 탈출에 성공한 후 돌아오는 길에 장왕을 제대로 응징한다.

민첩한 조도귀, 정의로운 석수

조정은 '칼을 잘 다루는 사람'이란 뜻을 가진 조도귀操刀鬼를 별호로 쓴다. 그런데 이 조도操刀는 무슨 도검刀劍 무예가 출중하다는 뜻이 아니라 짐승을 잡고 해체하는 솜씨가 탁월하다는 의미다. 조정은 우연히 만난 양지,

노지심과 더불어 이룡산 산채를 뺏는 데 결정적인 수훈을 세운다.

이룡산 산채 점령작전은 수호 이야기에 등장하는 병법兵法 중에서도 압권이다. 먼저 조정은 난공불락인 산채에 접근하기 위해 두목 등룡을 괴롭힌 바 있는 노지심을 묶는다. 그런 후 양지와 자신은 동네 농부로 가장하고 자신을 따르는 농군들을 대동한다.

조정은 산채 입구에서 "뚱뚱한 중놈이 동네에서 행패를 부리고 이룡산을 박살낸다길래 술을 먹여 이렇게 잡아 대왕께 바치러 왔습니다. 앞으로 마을에 뒤탈이 없도록 해주십시오"라고 아뢴다(?)

노지심에게 얻어맞은 한이 있는 등룡은 좋다구나 하고 일행을 받아들인다. 그러자 조정은 느슨하게 묶은 줄을 풀고 일행과 함께 산채를 휘젓는다. 노지심은 선장으로 등룡을 박살내고, 양지도 칼을 휘둘러 4~5명을 쓰러뜨린다. 고만고만한 잡놈들이 이 호한들을 당해낼 리 없다. 모두가 항복하니 노지심과 양지는 단번에 산적 두목이 된다.

산채를 차지하는 이야기를 잘 살펴보면 조도귀란 말에는 '상황 판단이 빠르고 멋진 계책을 낼 수 있는 능력이 있다'는 뜻이 포함돼 있다. 처음 등장할 때부터 민첩했던 그는 이윽고 이룡산에 합류, 노지심과 양지를 모시는 작은 두령이 된다.

평명삼랑拼命三郎 석수는 왈패들에게 둘러싸여 곤란을 겪던 양웅을 도운 후 의형제가 된다. 평명이란 말은 싸움에 용감하여 목숨을 아끼지 않는다는 뜻이다. 그런데 이런 별호와는 상관없이 석수는 양웅과 지내면서 도살장을 운영한다. 원래 백정 집안 출신이어서 석수는 짐승을 귀신같이 잡는다. 조정과 석수를 이어주는 '도살 이야기'는 수호 호한 중 상당수가 최하

층인 백정계급이거나 그와 유사한 직업 출신이라는 걸 말해준다.

하지만 그런 천한 일을 하는데도 석수에게 붙은 별호는 자못 정의롭다. 그는 스스로 이렇게 말한다. "남들이 억울한 일을 당하는 걸 보면 참지 못하고 도와주어야 직성이 풀립니다." 수호 작가가 하층 영웅에게 보내는 찬사다.

명名과 실實이 제대로 들어맞지 않는 두령도 있다. 송만은 운리금강雲裏金剛이란 별호로 불린다. 운리금강은 말 그대로 구름을 뚫고 솟아오른 금강역사金剛力士다. 구름을 뚫고 나온 금강역사라니! 엄청난 힘과 무예를 지녔다는 뜻으로 해석된다. 두천 또한 비슷한 별호를 갖고 있다. 모착천摸着天이다. 하늘을 만질 정도라니! 이 또한 예사 별호가 아니다.

하지만 운리금강이니, 모착천이니 하는 말은 두 사람이 키가 큰 까닭에 붙여진 별칭이다. 실제로 이들이 구체적으로 활약을 벌이는 일은 드물다. 그저 108두령에 이름만 올려놓고 있을 뿐이다.

"형제는 용감했다" 무려 23명이나

양산박 두령 중에는 유독 형제가 많다. 천강성인 완씨 삼형제를 비롯해 송강 송청, 장횡 장순, 해진 해보, 목홍 목춘, 손립 손신, 공명 공량, 동위 동맹, 추연 추윤, 주귀 주부, 채복 채경 등 모두 23명에 이른다. 이 중 추연과 추윤은 숙질 간이지만 사실상 형제나 진배없다.

형제가 많이 등장하는 건 두령 숫자가 무려 108명에 달하기 때문이다.

형제들이 엇비슷한 일을 많이 하던 당대 상황도 반영된 듯하다. 별호는 조금씩 다르나 운율이나 흐름이 잘 연결돼 듣기만 해도 형제라는 사실을 알 수 있는 경우가 많다.

목홍 목춘은 각기 몰차란沒遮攔, 소차란小遮攔이다. 장애물을 없앤다는 뜻이 둘 사이에 그대로 연결된다. 손립과 손신 또한 병울지病蔚遲와 소울지小蔚遲로 운이 잘 들어맞는다.

독특한 특기나 개성적인 성격, 별난 외모를 부각한 별호도 많다. 하루에 팔백 리를 갈 수 있는 초능력 소유자 대종은 말 그대로 신행태보神行太保·신 같은 큰 걸음걸이다. 진명은 성질이 급한 데다 목소리가 천둥소리 같아 벽력화霹靂火고, 호색한好色漢 왕영은 키가 작아 왜각호倭脚虎로 불린다. 유당은 붉은 구레나룻과 흉측한 얼굴 때문에 적발귀赤髮鬼란 별호를 갖게 됐다.

유일한 삼형제인 완소이, 완소오, 완소칠은 잃을 것 없는 밑바닥 인생을 대표하는 사람들이다. 양산박 현실을 가장 잘 대변하는 이 세 사람은 별호 또한 독특하다. 완소이는 입지태세立地太歲, 완소오는 단명이랑短命二郎, 완소칠은 활염라活閻羅다.

입지태세는 지상에 강림한 목성木星을 말하는데, 목성을 뜻하는 태세는 이른바 흉신凶神이다. 성질 거친 사람이니만큼 함부로 건드리지 말라는 메시지를 담고 있다. 단명이랑은 '일찍 죽어버릴 둘째'라는 뜻으로 짧은 인생을 말한다. 활염라는 바로 '살아 있는 염라대왕'이다. 삼형제 중 성격이 가장 시원시원하고 잔인한 완소칠은 적과 맞설 때 실제로 염라왕처럼 행동한다.

완씨 삼형제 별호 합하면 '카르페디엠'

삼형제 별명은 개인을 수식하는 데 그치지 않는다. 세 별호를 연결하면 하늘(목성)에서 내려와 짧은 인생을 살다 다시 하늘(염라)로 돌아간다는 '순환론'이 나타난다. 순환론에 담긴 의미는 '이렇게 짧은 인생을 좋아하지 않는 일을 하며 허비할 수 있겠는가?'이다. 그래서 완씨 삼형제는 지극히 세속적이다. '술은 항아리째 마시고 고기는 덩어리째 뜯는' 게 그들이 바라는 이상향이다. 셋은 그래서 생신강을 탈취해 함께 부귀영화를 누려보자는 이야기에 흥분을 감추지 않는다.

악역 집단으로 등장하는 축가장祝家莊과 증두시曾頭市도 용과 호랑이를 내세워 세력을 과시한다. 축가장과 증두시는 이른바 토호 집단이다. 막대한 재물과 토지를 소유하고 관부官府에 영향력을 행사하는 대농장주다. 관내 백성들을 흡사 농노처럼 다루며, 무장한 사병까지 보유하고 있다.

이들은 그래서 인근 도적떼인 양산박과 양립할 수 없다고 여긴다. 내부 결속 및 대외 과시용으로 양산박을 대놓고 비방하는 건 이 때문이다. 증두시는 아예 양산박을 무찌르는 민요를 만들어 보급할 정도다. 아이들이 즐겨 부르는 민요 내용은 다음과 같다.

'양산도적을 소탕하여 호수를 청소하고掃蕩梁山淸水泊 / 조개를 잡아 동경으로 보내세剿除晁蓋上東京 / 급시우를 생포하고生擒及時雨 / 지다성을 사로잡으세活捉智多星 / 증가에 다섯 호랑이가 태어나曾家生五虎 / 천하에 그 이름 떨치네天下盡聞名'

엄청난 도발이다. 후환이 두렵다면 이럴 수 없다. 뭘 믿고 이런 걸까? 민요에 등장하는 중가네 다섯 호랑이란 곧 증도, 증밀, 증삭, 증괴, 증승으로 불리는 아들 다섯 명을 말한다. 오호五虎라는 별칭에서 나타나듯 이들은 출중한 무용을 지니고 있다.

양산박과 맞짱을 뜰 수 있는 무력을 보유하고 있다, 즉 '오호가 있으니 양산박이 두려우랴?'는 식이다. 하지만 다섯 호랑이는 양산박군에게 무참하게 살해당한다.

토호 집단 "우리도 용과 호랑이"

축가장 세 아들은 아예 이름을 용과 호랑이로 삼았다. 축룡祝龍 축호祝虎 축표祝彪로, 여기서 표는 작은 호랑이를 일컫는다. 이들 또한 양산박을 공공연히 적대시하며 공격적인 행동과 언사를 멈추지 않는다.

하지만 밀고 당기는 전투 끝에 축가장은 궤멸당한다. 기상은 컸지만 애석(?)하게도 축호는 여방과 곽성이 휘두르는 방천화극에 찔려 횡사한다. 축룡과 축표는 더 비극적이다. 교전 중 사신死神인 이규와 맞닥뜨린 게 그 이유다. 이규는 도망가는 축룡을 쌍도끼로 쪼개버린다. 호가장에 사로잡힌 축표는 곧 양산박군에 인계될 예정이었다. 하지만 이규는 그 또한 마주치자마자 불문곡직 머리를 쪼개버린다.

별호 중에는 용맹이나 명망과 동떨어진 것도 있다. 처음 이 이름을 접하는 사람은 고개를 갸우뚱거리게 되는 화화상花和尙이다. 화상은 승려를 일컫는 단어다. 앞에 꽃 화 자가 붙었으니 꽃무늬를 지닌 화상이 된다. 노지심은 등에 꽃무늬를 한 것으로 알려져 있다. 그래서 화화상이란 별호가 붙은 듯하다.

그러나 화화상이란 말은 그렇게 단순하게 풀이할 수 없다. 꽃과 승려는 별로 어울리는 조합이 아니다. 원래 꽃 화花 자는 상당히 다양한 의미를 지닌다. '알록달록하다'는 뜻도 있고, '겉만 번지르르하다'는 뜻도 있다. 그래서 화화상을 파계승으로 풀이하기도 한다. 노지심을 돌중이라고 봤을 때 이런 의미는 별호와 잘 통한다.

화화상은 파계승? 돌중?

그런가 하면 비정상적인 애정이나 기생과 관련한 의미도 들어 있다. 화안花案은 남녀 사이 간통사건을 말하고, 화관사花官司는 남녀 간 치정에 얽힌 고소고발 사건을 의미한다. 또 화고랑花姑娘은 기생을, 화류병花柳病은 성병을 지칭한다. 화화공자花花公子는 난봉꾼, 화화태세花花太歲는 난봉꾼 우두머리를 일컫는다.

다양한 의미를 종합하면 화화상이란 별호는 승려는 승려이되, 꼭 승려라고 잘라 말할 수 없는 복잡한 면모를 총칭하는 단어가 된다. 인간미 넘치는 호걸이자, 불의를 응징하는 사제가 노지심이다. 경망스럽고 부박하지만 그가 지닌 진정성은 세대를 초월해 후인들을 감동시킨다. 물론 과도한 음주와 거기서 파생되는 주사酒邪 또한 빠트릴 수 없는 장기長技다. 성性과 관련된 해석만 빼면 꽃 화 자는 화상인 노지심을 가장 잘 설명하는 글자가 된다.

저잣거리 밑바닥에서 탄생한 수호영웅 별호는 권력을 향해 '그래도 우리는 이런 기상을 가지고 있다'는 매서운 메시지를 던진다. 양산박에 웅크린 그들에게는 '호한은 용맹과 의리로써 함께 간다'는 동질감을 선사한다.

17

길 잃은 영웅, 산채에 오르다

임충을 죽이러 온 일당은 초가 숙소에 불을 지르고
임충을 해치웠노라고 기뻐한다.
임충은 이를 엿듣고 창으로 세 놈을 찔러죽인다.

표자두豹子頭 임충

표자두豹子頭. 강렬한 이름이다. 표범 대가리라니? 이 말은 아무에게나 붙일 수 있는 별호가 아니다. 임충林冲은 이 별호가 나타내듯 양산박 두령 중에서도 가장 빛나는 무용을 지닌 이다.

고당주에서 양산박군이 고렴과 마주했을 때다. 첫 전투니만큼 기세를 살리는 게 중요했다. 고렴 측에서 우직이란 장수가 말을 박차며 칼을 들고 나왔다. 임충은 맞서 싸운 지 5합 만에 사모蛇矛로 우직을 찔러 쓰러뜨린다.

임충은 늘 양산박 선봉으로 이름을 드날린다. 축가장을 칠 때는 왜각호 왕영이 여장수 일장청 호삼랑에게 사로잡히자 발분해 출전, 호삼랑을 가볍게 생포한다. 이 덕에 송강은 시간을 벌고 축가장 토벌 전략을 수립할 수 있게 된다.

왕토에서 쫓겨나 수호에 이르다

원래 임충은 잘나가던 군관이었다. 80만 금군교두라는 공식 직함에서 알 수 있듯이 도둑 소굴에 들어올 사람이 아니었다. 하지만 권력자가 모질게 핍박하며 생명을 위협하자 어쩔 수 없이 양산박을 찾게 된다. 이 설정은 '왕토王土에 발붙일 곳 없는 이가 수호水滸에 이른다'는 〈수호전〉 서사를 대표한다.

간신 고구에게 쫓기다 유배지에서 살인을 저지르고 도망치던 임충은 양산박 입구 주점에 이른다. 그러고는 신세를 한탄하며 벽면에 시 한 수를 남긴다. 성탄은 70회본에서 시문을 대부분 제거했는데, 이 시는 남겨 놓았다. 임충이 쓴 시가 형식을 따지고 글자나 안배한 것이 아니라 가슴속에서 터져 나온 비분이 절로 그렇게 된 것이라고 말하고 싶었기 때문이다.

"동경교두 임충은 의리를 중시하고仗義是林冲 / 사람됨은 순박하고 충실하다네爲人最朴忠 / 강호를 달리며 명망을 드높이고江湖馳譽望 / 경성에서 영웅의 풍모를 드러냈네京國顯英雄 / 신세가 서글퍼져 정처없이 떠돌게 되어身世悲浮梗 / 뿌리뽑힌 쑥처럼 공명을 찾을 길 없네功名類轉蓬 / 나중에라도 뜻을 이루게 된다면他年若得志 / 태산 동쪽에 위엄을 떨치리라威鎭泰山東"

옛 영화를 그리워하지만 지금은 영락零落한 신세. 그러나 언젠가 설욕을 할 때가 온다면 내 진면목을 보여주리라! 시가 풍기는 뉘앙스다. 독자들이 소설 초반부에 등장하는 임충에게 공감하는 것은, 한마디로 '길 잃은 영웅'이다.

임충은 자기 말마따나 강호를 달리며 명망을 높이면서, 경성에서 멋진 풍모를 자랑했다. 노지심이 무뢰배들에게 62근 선장을 돌리며 무술실력을 뽐내고 있을 때 임충은 이를 보고 '다루는 솜씨가 귀신같다'고 칭찬한다. 그러자 무뢰배들이 "저 교두가 이토록 칭찬하는 걸 보니 잘하는 게 틀림없다"고 입을 모은다.

노지심과 임충이 처음 만나는 자리다. 대상국사 채마밭 건달들도 80만 금군교두 임충을 익히 알고 있었다는 이야기다. 하지만 그런 기개도 잠시. 임충은 곧 왕진王進이 걸었던 가시밭길을 되풀이한다.

마누라 탐한 고아내 흉계에 빠져

발단은 부인 장씨를 고태위 아들 고아내가 눈독 들였기 때문이다. 급보를 듣고 달려간 임충은 마누라를 집적거린 놈을 박살내려다, 당사자가 고아내라는 사실을 알고 분루를 삼킨다. 아비인 고태위가 권력자이자 직속 상관이어서다.

보통 사람이라면 임충을 보면 기가 질릴 법한데 고아내는 남다른 종자다. 아비 권세를 등에 업고 여염집 아낙네를 집중적으로 건드리는 재주를 지녔다. 따라서 남편이 임충이라고 포기할 놈이 아니다. '난봉꾼 나리'라고 불릴 정도니 악명을 짐작할 만하다.

첫눈에 반한(?) 여인을 잊지 못한 고아내는 임충을 밖으로 꾀어낸 뒤 부인을 유인해 다시 한 번 덮치려 한다. 물론 이번에도 실패다. 그러자 분한 마음에 그만 드러눕고 만다. 마음대로 취하지 못할 물건이 없던 놈이 난관에 봉착하니 그만 심사가 뒤틀린 것이다.

고아내가 자리에 눕자 '누린내 나는 고기에 들러붙는' 아부꾼들이 악독한 꾀를 낸다. 고태위가 갖고 있던 보검을 부러 임충에게 판 후, 구경 한번 하자며 기밀실에 데려온 뒤 '무단 침입죄'를 적용해 사지로 몰아넣자는 계획이다.

임충이 보검을 구입한 다음 날 승국관원을 따라다니던 심부름꾼 두 명이 집에 찾아온다.

"태위께서 좋은 칼을 샀다는 이야기를 듣고 비교해보자고 합니다."

임충은 속으로 기뻐하며 '어떤 말 많은 사람이 태위에게 알렸나?'라고 의아해한다. 그러고는 이렇게 묻는다.

"부중府中·전사부에서 그대들을 본 적이 없는데 어디서 왔소?"

"소인들은 새로 온 사람들입니다."

승국은 부중에 도착, 몇 차례 문을 지나 임충을 푸른 전각 앞에 데려놓은 뒤 사라진다.

임충이 태위를 기다리다 편액을 보니 '백호절당白虎節堂'이라고 돼 있다.

군기대사軍機大事·군사정책를 상의하는 곳이라 말단 교두가 들어올 곳이 아니다. 임충은 당연히 크게 당황한다.

그때 고태위가 나타나 꾸짖는다.

"임충! 부르지도 않았는데 어찌 감히 백호절당에 들어왔느냐? 손에 칼을 들고 있는 걸 보니 날 해치려는 것 아니냐?"

놀란 임충이 승국이 데려다 준 것이라고 변명하지만 말이 통할 리 없다. 그는 졸지에 현장에서 암살미수범으로 체포된다. 임충은 이것이 음모라는 사실을 알았지만 권력자가 던진 그물을 피할 길이 없다. 얼굴에 금인金印을 새긴 후 유배지인 창주滄州로 기약 없는 발걸음을 옮기게 된다.

처음 보검으로 임충을 사지에 몰아넣는 계획을 세운 이는 육겸陸謙이란 자다. 그는 임충과 호형호제하는 절친이나, 고아내가 임충 마누라를 재차 덮치려 할 때 임충을 꾀어내는 역할을 했다가 임충에게 쫓기는 신세가 된다. 어차피 우정은 박살났고-처음부터 우정을 생각한 놈은 아니었지만-기왕 벌어진 일, 확실하게 점수나 따자며 아들 병을 걱정하는 고태위에게 악독한 수법을 제시한다.

명검 파는 상황극에 그만 '덜컥'

육겸은 다년간 임충을 경험했기에 임충이 걸려들 수밖에 없는 상황극을 연출한다. 먼저 낡은 전포戰袍를 입은 이를 내세워 조상 유품을 판다고 했다. 칼은 고태위가 보관하던 명검이다. 임충이 지나가는 길에 섰다가 큰 목소리로 두 번 세 번 "안타깝게도 아무도 이 보검을 몰라주는구나"라고 소리치게 한다. 무관이라면, 그것도 80만 금군교두라면 이런 칼에 침을 흘리지 않을 수 없다.

게다가 고아내가 두 번이나 마누라를 괴롭혔기에 심정이 우울한 임충은 낡은 전포를 입고 보검을 파는 이에게서 '동병상련'을 느낀다. 임충이 칼을 살 때 보검 파는 이에게 조상이 누군가를 집요하게 물어보는 건 영화로운 전통을 뒤로한 채 영락한 그에게서 자신을 발견했기 때문이다.

어쨌든 수시로 마누라를 노리는 난봉꾼을 한칼에 베지 못해 심사가 괴로운 임충은 육겸이 친 마수에 덜컥 걸리고 만다. 그것도 1000관이란 거금을 들여서.

성탄은 이런 육겸에 대해 "우정을 저버린 축생이니 심정으로 따지자면 한칼에 죽여도 아깝지 않다"고 말한다. 하지만 그 재주에 대해서는 탄복을 금치 못한다. "재주만 본다면 손을 잡고 통음痛飮을 할 만한 인물이다. 보검을 파는 계책은 얼마나 절묘한가? 거기다 보검 파는 이가 낡은 전포에다 초표가격표를 꽂았으니 그 모양이 임충의 눈과 마음을 찔렀을 것이다. 이 어찌 기이하지 않은가?"라고 찬탄했다.

임충은 요행히 사형을 면하고 창주 유배길에 오르나 이 과정도 마수에서 자유롭지 않다. 호송공인 동초와 설패가 육겸을 만나는 주점은 '검은 야합'이 스멀스멀 피어오르는 자리다.

"두 분이 각각 금 닷 냥씩 받으시고 작은 일을 해주셨으면 합니다."

"모르는 분이 왜 우리에게 금을 주시는 거요?"

"창주에 가는 것 아니오?"

"명을 받아 임충을 그곳으로 압송합니다."

"나는 고태위 심복 육겸이오."

"고태위 부탁이오. 임충을 죽여주시오!"

말을 듣자 동초와 설패는 쩔쩔맨다. 육겸이 말을 잇는다.

"두 분은 임충과 태위가 원수 간이라는 것을 알 것이오. 멀리 갈 것 없이 적당히 조용한 곳에서 임충을 죽여주시오."

동초가 머뭇거리자 설패가 나선다.

"나리, 걱정 마십시오. 길면 역참 5개고 짧으면 이틀 안에 결판내겠습니다."

오롯이 목숨을 뺏기게 된 상황이다. 임충은 그러나 뒤따르던 노지심의 도움으로 구사일생한다. 우여곡절 끝에 창주에 도착한 임충은 유배지 군졸이 되어 말먹이 풀을 쌓아 놓는 초료장을 맡는다. 임충은 여기서 전임자인 늙은 죄수로부터 퇴락한 그릇과 호로병을 받는다. 기껏 인계받은 게 낡은 그릇과 호로병이라니! 또 초료장 주변 몇 리 내에는 인가도 없다. 쓸쓸하고 삭막한 환경은 길 잃은 영웅을 더 초라하게 만든다.

호송공인 동초 설패와 창주로 가던 중 장원 주인인 시진柴進을 만났을 때는 또 어떠했던가? 위풍당당한 시진이 수하들을 이끌고 장원으로 들어오다 임충 일행과 부딪쳤다. 임충은 '혹시 이 사람이 시대관인이 아닐까!' 하고 생각은 하지만 속으로 망설이며 물어보지 못한다. 성탄은 이를 두고 "원래는 똑같은 한 사람인데 죄수복을 입고 보니 존귀한 행차 앞에서 감히 기를 펴지 못하는 것이다. 영웅의 실로를 묘사한 것이 지극히 가련하다"는 평을 내렸다.

초료장에 근무하던 임충은 겨울 들어 어느 날 눈 때문에 숙소가 주저앉자 인근 사당으로 자리를 피한다. 이때 창주까지 따라온 육겸과 또 다른 아부꾼인 부안, 그리고 현지 감옥 차발 등 세 사신死神은 초가 숙소에 불을 지른 뒤 사당 앞에서 드디어 임충을 해치웠노라고 기뻐한다.

불구경을 하면서 그들이 나누는 대화는 그동안 진행된 음모를 적나라하게 드러낸다.

"이 계책이 그래 어떻습니까? 임충 이놈도 이번에야 갈데없이 죽었을 게 아닙니까?"

"관영과 차발 두 분이 참말이지 애 많이 쓰셨소. 동경에 돌아가는 길로 고태위께 말씀드려 두 분을 좋은 자리로 옮겨 드리리다."

"고아내 병환도 이제 나으시겠죠."

"장교두(임충 장인)도 사위가 살아 있으니 이러너저러니 한 게지. 죽은 줄 알면야 싫단 말을 하겠소?"

마누라 장씨를 취하려는 간계이자, 후환을 끝까지 없애려는 집요한 추적이었다. 임충은 간발의 차이로 목숨을 건진 것에 감사하며 화창火槍으로 셋을 꿰뚫고 칼로 목을 자른다.

세 놈 공인 처치하고 파탄난 주인공

임충이 지금까지 억울해도 '왕토王土'에서 끝까지 버텼던 건 다른 활로를 찾을 수 없었기 때문이다. 그런 한편 지금은 비록 어렵지만 언젠가 호시절이 오면 옛 영화와 명성을 다시 회복할 수 있을 것이라는 막연한 희망을 갖고 있었다. 그랬기에 호로병으로 대변되는 참담한 유배 생활을 한 잔 술로 견딜 수 있었다.

하지만 불타는 적개심으로 세 사람을 처단하자, 더 이상 임충이 발을 붙일 땅은 어디에도 없다. 살인을 저지른 후 눈길을 걷다 들른 초가집에서 술을 뺏어 먹는 건 그래서 '마지막 발악'에 해당된다.

소설은 마지막 모습을 이렇게 묘사한다. '창을 들고 문을 나와 걸었다. 술에 취해 몸이 비틀거리니 흐트러진 걸음으로 제대로 걸을 수 없었다. 얼마 못가 강한 삭풍에 밀려 개울 옆에 쓰러졌다. 일어나려고 발버둥쳤으나 그렇게 쉽게 일어날 수 있겠는가? 대저 술에 취한 사람은 쓰러지면 바로 일어나지 못하는 법이다. 임충은 결국 차디찬 눈 속에 쓰러지고 말았다.'

임충은 초가집에서 '우리 마실 것뿐'이라며 술을 주지 않는 사람들을 두드려 팬다. 평소에는 볼 수 없던 면모이지만 극에 달한 분노로 정신이 파탄 지경에 이른 임충은 작은 노기를 자제하지 못한다. 그 파탄을 대행하는 건 살인에 썼던 화창이다. 장객들을 쫓아내고 술에 만취한 임충은 눈밭에 그대로 뻗어버린다. 그리고 그 옆에 화창이 놓여 있다. 이 화창은 분노와 파탄이 남긴 마지막 여파가 되는 셈이다.

양산박에서 다시 찾은 활로

왕토에서 더 이상 살기 힘들게 된 사람은 어디로 가야 하나? 당연히 왕토가 아닌 곳이다. 그곳은 바로 '수호水滸'다. 소설에서는 양산박이 곧 그곳이다.

하지만 길 잃은 영웅이 자리 잡기까지는 더 많은 시간과 사연이 필요하다. 시진에게 구출받은 임충은 기쁜 마음으로 양산박에 도착하나 현지 사정은 그렇게 녹록지 않다. 낙방거사 출신인 첫째 두령 왕륜은 임충이 당당한 호걸에다 출중한 무예를 지녔음을 보고 받아들이려 하지 않는다.

다급해진 임충은 무슨 일이든 다 하겠다고 한다. 왕륜은 투명장投名狀을 요구한다. 딴 사람 목을 베어 바치라는 요구다. 그런데 졸개들과 소로를 찾았으나 행인이 없다. 이틀 연속 허탕을 친다. 임충은 첫날 저녁 숙소에 돌아와 밥을 찾아 먹는다, 이튿날 아침에도 졸개와 아침을 먹는다. '밥을 찾는' 글자는 원문에 '토討'라고 돼 있다. 성탄은 '토' 한 글자가 다급하고 처량한 마음을 그대로 전한다고 분석한다. 이런 '실로失路'는 양지를 만나면서 비로소 끝난다. 그와 한바탕 무예를 겨룸으로써 임충은 산채에 정식 두령으로 입회한다.

잘나가던 경성 군관이 양산박에 오른 건 자의가 아니었다. 목숨을 부지하기 위해서는 그 길 아닌 다른 길을 선택할 수 없었다. 현실적으로도 충분히 합리적인 결정이었다. 중국 역사상 허다한 폭력혁명은 역시 이렇게 역사적으로 합리적인 선택이었다.

'실로'라는 안타까운 단어가 동원됐지만, 임충은 '부패한 관료'와 '의로운 도적'이란 대결구도를 만드는 첫 중심축이다. 그는 나아가 단순히 양산박 두령으로 만족하는 게 아니라, 대의大義가 무엇인지, 포용이 무엇인지 깨닫지 못하는 왕륜을 제거하고 양산박 체질을 '호걸형'으로 바꾸는 개혁가 역할까지 떠맡는다.

생신강 탈취 사실이 들통나 양산박에 온 조개 일행은 왕륜에게서 예상치 못한 이야기를 듣는다. 양식이 부족하고 산채가 좁으니 딴 데로 가 보라는 말이다. 이처럼 많은 호걸을 받아들이기 힘들다는 것이다.

외양은 정중한 사양이었으나, 속은 '심흉협애^{心胸狹隘·마음과 가슴이 좁음}'다. 조개 일당이 입산할 경우 주도권을 뺏길 수 있다는 불안감에서다. 처음 만난 자리에서 조개 일당이 생신강을 탈취하고, 쫓아온 관군을 박살낸 이야기를 들을 때 왕륜은 놀란 얼굴로 안절부절못한다.

임충은 두 번째 연회에서 이런 점을 소상하게 밝힌다. 그는 왕륜에게 이렇게 소리친다.

"네놈은 겉으로 웃으면서 속에 칼을 감추고 말은 번지르르하나 하는 짓 거리는 비열한 놈이다! 내가 오늘은 정말 네놈을 가만두지 않겠다!"

왕륜 죽인 건 '수호일서대주제^{水滸一書大主題}'

임충이 심장에 칼을 꽂은 건 불문가지. 그런 후 조개 일당이 임충을 큰 두령 자리에 앉히려 하자 자신은 '단순한 무부^{武夫}에 불과하다'며 첫째 둘째 셋째 자리를 차례로 조개, 오용, 공손승에게 양보한다. 이 장면은 임충이 진짜 탕탕호호한 호걸임을 여지없이 증명한다.

성탄은 임충이 왕륜을 죽일 때 하는 말을 두고 '수호일서대주제^{水滸一書大 主題}'라고 했다. 임충이 왕륜을 징치하면서 양산박은 살인과 약탈을 일삼던 도적 집단에서 조정 간신배를 상대로 하는 '의협 집단'으로 바뀌기 때문이다.

왕륜을 '심흉협애'한 사람이라고 하지만, 왕륜은 그럴 수밖에 없었다. 원래 과거란 인재를 뽑는 것이지만 시험에 응하는 이들은 합격만 하면 '권세재리權勢財利'가 굴러 들어올 것이란 생각만 한다. 그러다 급제를 못하면 모든 것이 사라진다. 왕륜은 낙방거사로, 그 쓴맛을 본 사람이다.

양산박 두령은 그래서 비록 산채 두목에 불과하지만 왕륜에게는 만족스러운 자리다. 대왕이란 자리가 주는 권력과 이득을 충분히 누리고 있다. 수하에는 수백 명 졸개도 있다. 그런 자신이 무예에 뛰어나다고 임충이나 조개 따위에게 자리를 뺏길 수는 없다.

왕륜은 딛고 서 있던 자리가 달랐을 뿐 간신 고구와 구조적 '상동성相同性'을 지닌다. 부패한 정치권력은 반드시 자신을 닮은 하부권력을 낳기 마련이다. 왕륜은 대척점에서 고구에 상응하는 인물이다. 그래서 임충이 왕륜을 죽이는 것은 상징적 혁명에 해당된다. 부조리로 가득한 조정을 바꿀 수 없으니 그 권력과 대결해야 한다. 그러기 위해서는 대항하는 세력이 먼저 개혁되어야 한다. 임충이 왕륜을 죽인 것은 양산박 공간을 도덕적으로 정화하는 통과의례이자, 구조와 체질을 일신하는 작업이다.

왕륜이 깨닫지 못한 것은 '천하위공天下爲公·천하는 만인의 것이지 군주 일인의 것이 아니다'이다. 사업이란 모두가 같이 참여하고 같이 나누는 것이다. 예기에 나오는 이 말을 깨닫지 못하는 바람에 왕륜은 졸지에 돌아오지 못할 객이 되고 만다.

음모 눈치 못챈 우직한 무부武夫

반면 임충은 '천하위공' 정신을 누구보다 또렷하게 인식한 사람이 된다.

게다가 자신보다 뛰어난 사람에게 자신을 양보할 줄 아는 기량까지 지녔다.

자신을 잘 안다는 건 스스로 자신을 '무부武夫'에 불과하다'고 한 데서 잘 드러난다. 사실 이 말은 겸양에서 한 말이지만, 유교 교양을 갖추지 못한 대다수 양산박 두령들에게서 발견되는 공통된 특질이다.

육겸이 함정을 팠을 때 임충은 잔뜩 독이 오른 상태였다. 육겸이 자신과 술을 마시고 있을 때 고아내가 마누라를 꾀어냈다는 말을 나중에 듣고, 우정을 배신한 육겸을 처단하고자 가슴에 칼을 품고 그를 찾아다닌 터였다.

이럴 때 보검 파는 이가 나타났다. 이때까지는 연관성을 몰랐을 수 있다. 하지만 그 다음날 태위부 사람이 와서 태위가 보검을 보고 싶다고 한다는 전갈을 전했을 땐 음모가 진행되고 있다고 생각했어야 했다.

고아내가 어떤 놈인가? 또 고구는 어떤 놈인가? 부패한 권세가로 마음에 안 드는 사람을 사지에 몰아넣는 걸 밥 먹듯이 하는 인간 말종이 아닌가? 임충이 약간이라도 지모가 있는 사람이었다면 고태위가 부른다는 말을 예사로 흘려듣지 않았을 것이다.

임충이 떠난 후 부인 장씨는 고아내 마수를 피해 목을 매고 만다. 장인 장씨도 곧이어 세상을 등진다. 후일 이 소식을 알게 된 임충은 눈물을 흘리며 마음 한 구석에 남아 있던 '인연'을 정리한다.

임충은 누구도 꺾지 못할 당당한 무관이었다. 그러나 그 당당함은 권력과 간계에 모질게 짓밟힌다. 애석하게도 그에겐 이런 간계를 물리칠 머리와 힘이 없었다. 초료장에서 간계를 꾸민 하수인들을 칼로 응징하기는 하나, 그 후 그가 할 수 있는 건 한 몸 건사해 도망치는 것뿐이었다. '수호'에서 임충이 표상하는 건 '암흑시기'에 정의로운 이가 갈 수밖에 없었던 '실로^{失路}'다.

18

<수호전>을 다시 음미하다

청나라 관리인 지현(知縣)이 늙은 촌사람 안내로
양산박 유적지를 둘러보며 기뻐한다.

수호전 소고小考

청나라 강희 6년1667년에 수장현 지현知縣으로 부임한 조옥가라는 사람이 양산을 방문했다. 안내를 맡은 향촌 노인은 이곳저곳을 다니며 유명한 고적을 설명했다.

"호삼랑이 무용을 떨친 축가장은 저쪽이고, 축가장과 동맹했던 이가장은 그 너머에 있으며, 이웃 현인 운성현에는 조개와 송강의 자손이 아직 살고 있습니다. 증두시 자취도 있는데 이규가 장난으로 지현이 되어 재판을 했던 현청 흔적이 그쪽입니다. 무송이 호랑이를 때려잡았던 경양강은 딴 방향에 있는 양곡현입니다."

지현은 귀를 기울이며 노인이 하는 말이 〈수호전〉 내용과 일치한다며 기뻐했다. 일본 학자 미야자키 이치사다는 "엘리트인 지현과 학문이라곤 없는 시골 촌로가 모두 〈수호전〉 독자로서 의기투합하는 장면은 내겐 정말 참기 어려울 만큼 유쾌한 대목"이라고 했다.

명나라 말 만력 시기에 등장한 〈수호전〉은 엄청난 인기를 얻었다. 이 시기 백성들은 수호 책을 보고, 수호 연극을 즐기며, 수호 그림을 그리고, 심지어 수호 인물을 넣은 도구賭具·골패 화투 투전 등 노름판에 쓰는 물건를 사용할 정도였다.

명말明末 최대 베스트셀러에

명나라 말 개혁 지향 지식인들이 조직한 동림당 지도자 고헌성은 근엄한 주자학자였지만 〈수호전〉 애독자였다. 동림당 핵심인물인 이삼재는 반대파로부터 '탁탑천왕'으로 불렸다. 동림당 반대파인 환관宦官들은 동림당 인사들을 양산박 108호걸에 비유해 '동림점장록東林点将錄'을 만들 정도였다. 수호 이야기는 당대를 관통하는 사회적 현상이었다.

서민들은 노달이 정도를 세 주먹에 때려죽일 때 가슴이 뻥 뚫릴 정도로 통쾌해했으며, 임충과 무송이 고구와 장도감 일당에게 핍박당할 때는 온몸을 바르르 떨며 분노를 삭이지 못했다. 송강이 양산박군을 이끌고 권력과 결탁한 토호들(축가장 증두시)을 응징하고, 권력자 사위가 다스리던 북경 대명부를 쳐부술 땐 열렬한 환호와 박수를 보냈다.

수호 이야기는 물 건너 조선에서도 대유행이었다. 민간은 물론이고 사대부, 심지어 왕실까지 내용을 모르는 이가 드물었다. 숙종이 관무재觀武才·특별히 왕의 명령이 있을 때 시행하던 무과에 대해 이야기를 나눌 때다. 이인엽이란 이가 물었다.

"무사들이 창을 쓰는 기술에 익숙하지 못해 다칠 우려가 많으니 어떻게 하면 좋겠습니까?"

숙종은 이렇게 말한다.

"날카로운 날을 제거하고 한 사람은 흰 옷을, 한 사람은 검은 옷을 입혀 교전케 한다면 흑백으로 승부를 결정할 수 있을 것이오."

그러자 이인엽은 "이 내용은 〈수호전〉에 있으니 그대로 처리하겠습니다"

라고 답한다. 숙종이 제시한 해결책은 청면수 양지가 북경대명부에서 주근, 삭초와 차례대로 무술 대결을 벌이면서 상대를 상하지 않게 하기 위해 한 것이다. 숙종이 관련 내용을 숙지하고 있었음을 알 수 있다.

〈수호전〉은 임진왜란을 전후한 시기에 전래됐다. 유학자와 문인들에게서 혹평과 격찬을 받으며 독서계를 풍미했다. 일부 여성 독자층에는 번역 필사본으로 보급됐다. 인선왕후 장씨가 딸 숙명공주에게 보낸 언문서간에 〈슈호던〉이 나온다.

조선에서도 남녀노소 불문하고 유행

정조 시절 10년 독상獨相으로 유명한 채제공은 당시 상황을 이렇게 설명한다.

"소설 읽기에 빠진 부녀자들이 비녀와 팔찌를 팔고 가산을 탕진할 정도로 경쟁적으로 빌려 읽었다."

조선 후기 문인 이학규도 "비단옷을 입은 부녀자들이 언문 번역소설 읽기를 좋아해 기름불을 밝히며 시간 가는 줄 모르고 마음에 새겨가며 몰래 읽어댔다"고 했다.

신문 연재를 거쳐 1939년 단행본으로 출간된 〈임꺽정〉은 서사 구조와 인물 형상에서 〈수호전〉을 적극적으로 수용한 작품이다. 근대 문학작품까지 〈수호전〉 영향을 받았음을 알 수 있다.

성탄은 그래서 "오호라! 즐거움 중에서 제일은 책을 읽는 것이고, 책을 읽는 즐거움 중에서 첫손 꼽는 것은 〈수호전〉을 읽는 것"이라고 잘라 말한다.

하고 많은 고전 중에 수호 이야기가 이토록 환영받았던 이유는 무엇일까? 조선 선비 유만주는 "유학자 호걸 명사 열사 명장 효자 간웅 모사 용사 신선 도사 명의 승려 노인 아이 서생 평민 아전 병졸 공장工匠 어부 상인 백정 사냥꾼 무뢰한 간신 음녀 간부姦夫 좀도둑 강도를 그리면서 그 신분과 성격을 제각기 잘 형상화했다"고 말한다. 조선 문인 이용휴 또한 "권모가 뛰어날 뿐 아니라 문장이 실로 볼 만하다"고 거든다.

인물묘사 생생해 흡사 곁에서 지켜보는 듯

명나라 학자 이탁오는 "음란한 아낙네에 대해 이야기하면 정말 음란한 아낙네 같고, 정열적인 남자에 대해 이야기하면 정말 정열적인 남자 같으며, 바보 이야기를 하면 정말 바보 같고, 마박육馬泊六·중매인에 대해 이야기하면 정말 중매인 같다. 또 소후자小侯子·개구쟁이 어린애 이야기를 하면 정말 소후자 같다. 그저 한 번만 읽으면 이런 사람들의 모습이 눈에 선하고 그들의 목소리가 귀에 쟁쟁하다. 그 어떤 문인이 이런 솜씨와 안목을 가질 수 있겠는가? 아마 태사공太史公의 문장이라고 해도 감히 이것을 뛰어넘을 수 없을 것"이라고 했다.

평생 패관소설이 어떤 책인지 알지 못했던 이만수란 조선 선비는 하루는 성탄이 평한 〈수호전〉을 구입해 읽고 크게 놀라 "의도하지 않아도 이

책은 능히 문자文字를 바꾸게 할 만하다"고 했다. 그 후 그는 문체를 크게 바꾸었다고 한다.

〈수호전〉이 수백 년을 거치며 명저로 자리 잡은 건 구성과 내용 및 인물 묘사가 치밀하다는 점, 그리고 서민의식을 강렬하게 반영하고 있다는 점에 기인한다. 특히 민간 영웅 형상을 성공적으로 창조한 것은 이후 역사에 큰 영향을 끼쳤다. 조선 후기 실학자 이덕무는 '인정人情과 물태物態를 묘사한 것을 예로 들며 〈수호전〉은 실로 뛰어난 소설이라고 평가했다.

〈수호전〉은 백화소설白話小說이다. 지식인을 대상으로 한, 형식미를 갖춘 문언소설文言小說이 아니라 구어와 속어체 문장으로 쓴 여항閻巷 문학이다. 문체 또한 간결하고 역동적이다. 문학적으로 표현하자면 하드보일드 스타일이다. 대부분 문장이 주어와 동사로 이뤄졌다고 할 만큼 서술방식이 박력 있다. 또 심리묘사가 전혀 없는데도 작중 인물 개성이 살아 꿈틀거린다.

호쾌한 사진, 인색한 이충

노달이 김취련 부녀에게 은자를 건네며 사진과 이충에게 돈을 더 꾸려 할 때다. 사진은 "어찌 형님에게서 되돌려 받기를 바라겠소"라며 봇짐에서 '은자 열 냥을 꺼낸다'. 그러나 이충은 노달이 같은 말을 반복하고 나서야 아무 말 없이 '은자 두 냥을 더듬어 내놓는다.'

'은자 열 냥을 꺼낸다'는 원문으로 '취출십량은자取出十兩銀子', '은자 두 냥을 더듬어 내놓는다'는 '모출이량은자摸出二兩銀子'다. 여기서 취取는 서슴없이 빼르게 꺼낸다는 뜻이고, 모摸는 주머니에 들어 있는 돈에서 두 냥만 꺼내느라 한참 동안 더듬는다는 뜻이다. 취와 모라는 동사 두 개로 호쾌하고 의리있는 사진과 이기적이고 인색한 이충을 생생하게 그려낸다.

창주에서 임충을 돌보고 있던 주점 주인 이소이李小二는 어느 날 수상한 손님들을 맞는다. 원문을 보자. '지견일개인섬장진래只見一個人閃將進來 수후우일인섬입래隨後又一人閃入來' 어떤 낯선 사내가 급하게 들어오고, 얼마 안돼 또 한 사내가 재빨리 들어왔다는 말이다. 여기서 주목할 글자는 '급하고 재빠르다'는 섬閃이다. 이 동작을 통해 그들이 남몰래 무슨 음모를 꾸미고 있다는 점을 짚었다.

이새李賽라는 이는 이렇게 말하기도 한다.

"작가는 긴 심리상태 묘사나 객관적인 심리 분석을 하고 있지는 않지만, 극히 정련된 독백을 선택해 심리 변화과정을 행위와 결합시키는 독특한 묘사를 하고 있다."

독자들이 매료되지 않을 수 없다.

내용은 반유反儒정서로 가득하다. 서민들을 착취하던 탐관오리와 그들에게 기생하던 지배층을 처절하게 응징한다. 반면 권력과 금력에 의해 핍박받는 사람들에겐 따뜻한 손길을 내민다. 암흑 같은 봉건환경에 둘러싸인 하층민들에게 이보다 더 통쾌한 이야기가 또 있었을까?

하층민 한 어루만진 통쾌한 이야기

'억강부약抑强扶弱·강한 자를 누르고 약한 자를 도와줌'은 힘없는 민중들이 바라던 이상이었다. 그러나 현실에서는 이런 일이 일어나지 않았다. 민중들은 〈수호전〉과 같은 '협의俠義'류 소설에서 위안을 찾을 수밖에 없었다.

작자가 시내암施耐庵이라곤 하나 〈수호전〉은 다른 소설처럼 어떤 문인이 영감을 받아 일필휘지로 써내려간 작품이 아니다. 또 특정한 작가가 역사에서 제재題材를 구해 그것을 재구성한 일반 역사소설과도 다르다.

수호 이야기는 민중들이 입으로 즐겨 구전口傳하던 수호 고사故事가 구두문학口讀文學 설화 대본인 화본話本이나 영희影戱, 잡극 극본 등을 통해 끊임없이 가감되고 변용되는 과정을 거친 것이다.

수호 고사는 처음 사실史實에 기초해 구두로 전달되던 단순한 이야기에 불과했다. 그러던 것이 상업경제가 발달하고 민간오락에 대한 요구가 높아지자 보다 짜임새 있고 흥미로운 이야기로 발전한다. 이때 만들어진 이야기가 '청면수' '화화상' '무행자' '석두손립'과 같은 '소설小說 (현대소설과는 다른 의미다)'이다. 남송 사람 나엽이 쓴 〈취옹담록〉에 이 글들이 실려 있다.

수호 고사를 단순 고사에서 줄거리를 지닌 이야기로 격상시킨 이들은 주로 송원대에 활동하던 설화인이다. 이들은 어떤 인물이나 특정 사건을 중심으로 극적인 구성과 명료한 인물성격을 창조했다. 명나라 사람 장대張 岱가 엮은 〈도암몽억陶庵夢憶〉을 보자. 여기에는 당시 민중들을 대상으로 〈수호전〉 이야기를 구연口演하던 설서說書를 기록한 대목이 있다.

"남경 사람 유경정은 피부가 검은 데다 곰보였다. 설서를 잘해 열흘 전에 예약을 해야 했다. 나는 그가 경양강에서 무송이 호랑이를 때려잡는 대목을 들었는데, 본전本傳과는 많이 달랐으나 그 묘사가 그린 듯 세세해 지극히 생동적이었다. 중요한 대목에서는 큰소리로 외쳤는데 집을 무너뜨릴 기세였다."

개별적인 이 이야기들을 하나로 묶어-장회소설章回小說-문학적인 가치까지 덧붙인 최종 완성자가 〈수호전〉 작자로 알려진 시내암이다.

중국 문인 호적胡適은 수호 고사가 민간에서 환영을 받고 유행한 이유를 세 가지로 들고 있다. 첫째 송나라 반란군 두목인 송강宋江 등이 확실히 민간에 유전될 만한 사적史蹟과 위명을 지니고 있었고, 둘째 남송 조정이 편안함을 추구하다 중원을 이민족에게 뺏겼으므로 당시 사람들은 영웅이 등장하길 기대하고 있었으며, 셋째 남송 조정이 부패한 데다 지배층이 폭정을 일삼아 많은 이들이 괴로워했고, 또 북쪽에서도 이민족 통치하에서 서민들이 큰 고통을 받아 남북 가릴 것 없이 정치와 관리에 대한 원망이 깊어져 '차라리 민간에서 영웅이 나왔으면' 하는 심리가 확산됐기 때문이다.

시정에서 허다하게 일어나는 살인을 예로 들면 이 가운데는 사람들을 울리는 사연이 많았다. 또 억울하게 유배당했다가 도적이 되어 돌아오지 못하는 '가슴 아픈 사연'도 있었다. 이런 이야기가 잡극이나 소설로 유행하고 북송시대 동경이나 남송시대 항주를 중심으로 번져나갔다. 〈수호전〉은 명나라 말에 출현했으나, 그 원형인 수호 고사는 이미 남송 중반에 이르러 완성됐다.

때문에 후대에는 양산을 둘러본 수장현 지현 사례에서 보듯 수호 고사가 대부분 사실史實인 것처럼 받아들여졌다. 지현 조옥가가 촌로 이야기를 듣고 반색한 것은 소설 배경을 눈으로 확인했다는 기쁨 때문이었다.

그렇다면 수호 고사는 어느 정도 사실에 기대고 있을까? 수호 고사는 일차적으로 〈송사宋史〉에 그 뿌리를 두고 있다. 〈송사〉 '휘종본기徽宗本紀'와 '장숙야전張叔夜傳'에는 도적 송강이 그 무리를 이끌고 산동 일대에서 세력을 떨치는 바람에 관군이 여러 차례 패했다가 장숙야가 나서 진압했다는 기록이 등장한다.

이 기록은 남송南宋 및 원元을 거치면서 〈수호전〉 얼개가 되는 〈대송선화유사大宋宣和遺事〉로 발전한다. 〈대송선화유사〉에는 36명 두령이 현재 〈수호전〉에 나오는 내용과 비슷한 몇 가지 모험과 사건을 겪은 스토리가 실려 있다. 수호 이야기를 탄생시킨 모태는 〈대송선화유사〉라는 걸 알 수 있다.

여기다 크고 작은 편차는 있으나 일정한 '롤모델Role Model'을 가지고 있던 '화화상' '무행자' 같은 하층 영웅 이야기가 더해지면서 수호 이야기는 지금과 같은 골격을 이룬다. 따라서 수호 고사를 이루는 기본 뼈대는 일정 부분 사실에 기반한다고 볼 수 있다. 물론 뼈대만 그렇다는 것이고, 〈수호전〉에 담긴 유장하고 풍부한 스토리는 오랜 세월 민간에서 담금질을 통해 생산되고 정리된 결과물이다.

70회본 〈제오재자서第五才子書〉 새 지평을 열다

유구한 역사를 자랑하는 만큼 〈수호전〉은 판본도 다양하다. 거칠게 요약하자면 70회본, 100회본, 120회본으로 크게 나뉜다. 여러 판본 중에서 원본에 가장 가까운 것은 100회본이다. 기본적으로 화본話本·이야기투 대본 형식이 남아 있기 때문이다. 매회 서문에 시사詩詞가 있고, 본문에는 인물 외모와 전투 분위기를 묘사한 사륙변려문四六騈儷文·한문 문체 중 하나, 설화인이 말하는 1인칭 어투가 남아 있다. 내용적으로는 송강이 조정에 귀순한 후 방랍 등을 토벌하는 이야기까지다.

120회본은 방랍에 이어 왕경 전호와 같은 반란군을 추가로 토벌하는 이야기를 담고 있다. 그러나 100회본과 120회본은 후반부가 지루한 군담軍談으로 이뤄져 있다. 인물묘사가 생생하고 당대 상황을 한눈에 보여주는 전반부 이야기와 색조와 결이 너무 다르다.

군담을 이끌어가는 것은 명분과 군율이다. 풍부한 서사를 주도했던 개인은 후반부 들어 별다른 역할을 하지 못한다. 양산박 호한들은 전쟁에 종속된 파편적 존재로 고정되고 만다. 때문에 성탄은 아예 후반부 이야기를 삭제한 70회본을 〈제오재자서第五才子書〉로 이름 붙여 내놓았다. 70회본이 등장한 후 다른 판본은 자취를 감추다시피 한다. 조선에서도 주로 70회본이 읽혔다.

의義를 내세운 전반부와 충忠을 강조한 후반부는 상호 모순되는 부분이 많다. 성탄은 빼어난 통찰력으로 재빨리 이 약점을 간파했다. 미야자키는 문헌학 입장에서 보자면 지나친 단정과 착오가 개입된 결정이라고 비난할 수 있겠지만, 전체적으로 보면 오히려 그 뛰어난 문학적 감각에 경의를 표하지 않을 수 없다고 말한다.

특히 성탄은 〈제오재자서〉에 빼어난 평론을 삽입했다. 문인들은 이른바 '쾌론快論'으로 알려진 이 평론에 다들 열광했다. 조선 문인 이재수는 "조선에서는 주로 김성탄본이 읽혔는데 그 이유는 성탄의 탁월한 문사와 예리한 관찰에 사람들이 매력을 느꼈기 때문"이라고 했다.

그런 한편 지배층은 이를 우려하고 저주했다. 〈수호전〉이 도적떼 이야기를 다룬 '범상작란犯上作亂·윗사람을 해치고 난을 일으킴' 서적인데 성탄이 이를 찬미했다는 게 그 까닭이다.

소설 속에 펼쳐지는 현실이란 사실 작가가 재창조하는 허구다. 하지만 예술적 형상화를 통해 획득되는 전형성은 당대 사람들조차 두루 알기 어려운 시대 상황을 압축적으로 우리 앞에 드러내 보인다.

무슨 말인가? 〈수호전〉 시대 배경을 이루는 북송北宋을 보자. 송나라 사법제도와 감옥 현실을 알려면 먼저 그 시대 공식기록을 연구해야 한다. 하지만 그런 자료를 통해 알 수 있는 건 기껏해야 지배층이 남겨둔 '그럴싸한 껍데기'에 불과하다.

반면 소설 〈수호전〉에는 더도 덜도 않고 살아 있는 사법절차 및 감옥 현실이 고스란히 나타난다. 체포, 고문, 뇌물, 협잡, 모함과 같은 단어가 살아서 걸어 나올 정도다. 그 묘사가 너무 핍진해서 흡사 옆 사람이 방금 그런 일을 겪은 듯하다.

체포, 고문, 뇌물, 협잡이 꿈틀거린다

〈수호전〉이 가진 미덕 중 하나가 이런 것이다. 노달이 등장하는 2회 '노제할권타진관서魯提轄拳打鎭關西'에서는 백정이 고기를 어떻게 썰고, 또 그 당시

고기를 싸던 재질이 무엇이었는지 알 수 있다. 제37회 '흑선풍투랑리백조黑旋風鬪浪裏白條'에서는 물고기 파는 어부 조직이 어떤 것이었는지, 고기를 가둬 놓는 이물 쪽 구조가 어떠했는지 한눈에 알 수 있다. 민속사료나 풍속화를 방불케 하는 이런 서술은 결국 〈수호전〉이 가진 사실성을 드높인다.

인정과 물태를 빼어나게 묘사한 〈수호전〉은 그래서 종종 판타지 소설 이자 같은 '4대 기서奇書'로 꼽히는 〈서유기〉와 비교된다. 〈서유기〉는 유불선 삼교와 환상세계가 교차하는 '비현실적 소설'이다. 주인공인 삼장법사 일행 은 천축행 길에서 어려운 일을 만날 때마다 남해관음南海觀音으로부터 도움 을 받는다. 이는 귀신이나 괴이한 일을 서술하지 않은 〈수호전〉과 극명하 게 비교된다. 〈수호전〉 지은이의 창작 역량이 딴 소설보다 뛰어났다고 말 하는 건 그래서다.

물론 〈수호전〉에도 '환상적인' 장면이 없는 게 아니다. 홍태위가 등장하 는 70회본 설자楔子·서문나, 공손승이 도술을 부리는 장면, 송강이 구천현녀九天玄女에게서 천서天書를 받는 내용 등은 다분히 현실과 동떨어진 도교적 구 성이다.

하지만 이런 부분은 소설을 비현실적으로 만드는 게 아니라, 오히려 앞 으로 전개될 상황에 긴장감을 불어넣는 독특한 역할을 한다. 수도 동경에 역병이 돌자 홍태위는 하늘에 지낼 제사를 주재할 장천사張天師를 모셔오기 위해 도교 본산인 용호산 상청궁으로 향한다. 홍태위는 상청궁에서 마왕 들을 가둬놓은 복마전伏魔殿에 들어가 구덩이를 헤친다. 그러자 굉음과 함 께 108마왕들이 하늘로 흩어지고 만다.

신비감으로 가득한 이 장면에 의미심장한 상징이 내포돼 있음은 쉽게 짐작할 수 있다. 특히 마왕들이 흩어지는 장면은 이후 전개될 수호 영웅 이야기를 관류하는 한 가지 힘으로 작용하게 된다. 작품에서는 108호한을 36천강성과 72지살성에 비유하는데, 이는 호한들이 모두 하늘에서 별이 하강한 것으로 묘사함으로써 수호 영웅 개개인에게 신비롭고 상징적인 의미를 부여한다. 또 수호 영웅들이 현실 규범을 파괴하는 행위가 '합리적인 인과'를 가지고 있음을 말해준다.

구천현녀가 등장하는 장면은 송강이란 인물에게 특별한 의미와 권위를 부여하면서 앞으로 송강이 양산박을 이끌어갈 것임을 예고한다. 보잘것 없는 서리 출신인 송강은 구천현녀를 만남으로써 자신을 자각하게 되고, 수많은 호한들 또한 그를 중심으로 자연스럽게 결집된다. 그리고 구천현녀가 송강에게 준 '천서'는 송강이 대두령으로 양산박을 이끌게 될 것이라는 '인장印章'에 해당된다.

〈수호전〉은 전체 얼개가 현대소설과는 판이하다. 성탄은 〈수호전〉을 〈사기〉에 비유했는데, 이는 소설이 '사전史傳적 전통'에 기대고 있는 점과 무관하지 않다. 작품 전반부는 〈사기〉에서 시작된 역사서술 방식인 '기전체紀傳體'를 모델로 하고 있다. 사진 노지심 임충 양지 송강 무송 등에 대한 이야기가 그러하다. 이 이야기들은 그 자체로 개별적인 단편 혹은 중편을 만들수 있을 만큼 독립된 서사 단위를 이루고 있다.

또 사마천이 사평史評을 통해 역사인물을 포폄한 것처럼 성탄 또한 소설속 인물들을 품평했다. 사마천이 안영과 신릉군에게 보낸 호의와 찬탄을 성탄은 무송과 노달에게 보냈다.

중단편 이야기 모은 옴니버스 체제

열전이 계속 이어진다는 건 전체 플롯이 기계적이라는 말이다. 원인이 결과를 낳고 그 결과가 다시 원인으로 작용해서 다음 결과를 이끌어내는 윤회적 구조가 아니라, 이전 이야기는 이전 것으로 끝나고 다음 이야기는 또 그것대로 끝나서 둘 사이에 필연적인 내적 관계가 성립되지 않는다. 현대식으로 말한다면 〈수호전〉은 여러 가지 중 단편을 모은 '옴니버스'라고 할 수 있다.

이런 구성은 전체적으로 봤을 때 상당히 느슨한 느낌을 준다. 현대소설처럼 명확한 주제를 둘러싸고 처음부터 끝까지 긴장이 유지되는 체제가 아니기 때문이다. 중국소설 연구자인 앤드루 플랙스는 〈수호전〉과 같은 중국 고전소설에 대해 "전체적인 일관성보다는 삽화와 작은 요소들을 짜 맞추는 것을 특별히 강조했"고 말하고 중국 서사의 미학적 일관성은 구성적인 차원에서보다는 간극적인 차원에서 인식될 수 있다고 말했다.

그렇다면 현대 서구소설에서는 〈수호전〉과 같은 작품을 어떻게 인식하고 있을까? 1960년대에 하버드대 중국문학 교수인 존 비숍은 크게 세 가지 이유를 들어 중국소설이 일정한 한계를 지니고 있다고 지적했다.

그는 중국 고전소설이 장회소설章回小說을 바탕으로 형성돼 왔기 때문에 발전에 심한 제약을 받게 됐다며 첫째 구연口演을 해야 하는 특성상 세부 묘사가 발전할 수 없었고, 관습적인 표현에 많이 의존함으로써 서술기교가 한정될 수밖에 없었다고 했다. 그래서 소설이 양식적인 특성으로 존재하는 것이 아니라 이야기 자체에 대한 단조로운 몰두에 불과하다고 폄하한다. 비숍은 이 때문에 "중국소설에서는 세르반테스도, 제인 오스틴도 있을 수 없다"고 단언한다.

비숍 "중국소설은 소설기교, 리얼리티 부족한 미숙아"

둘째 이야기 진행이 청중들 영향을 받게 되므로 구성이 치밀하게 이뤄질 수 없으며, 따라서 플롯이 잡다하고 산발적이라고 했다. 〈수호전〉 108 호걸 스토리를 따라가야 하는 고충을 토로하면서 비숍은 "아서왕 로맨스 이래 서양 독자들은 한 작품 아래서 그렇게 과다한 인물과 사건을 즐겨본 적이 없다"고 말했다.

셋째 중국 소설가는 항상 무식하고 감각적인 청중들을 의식해야 하므로 주제는 통속적이기 십상이며 소재는 관능적이거나 환상적인 것을 택할 수밖에 없다고 했다. 때문에 중국소설에서는 자연주의와 초자연주의가 함께 추구되고 이는 소설이 지닌 리얼리티를 크게 손상시킨다는 것이다. 넷째 중국소설에는 심각한 내면묘사나 심리묘사가 결여돼 있는데, 귀족적인 여성주의 문학전통이 없는 것이 이런 결여를 심화시킨 요인이라고 했다.

수호 이야기에 경도된 사람들은 화를 낼 법한 지적이지만, '서구 근현대소설'을 토대로 한 관점에서는 매우 합리적인 분석이라고 하지 않을 수 없다. 문제는 '서구 근현대소설'이란 관점이다.

중국소설을 심도 있게 연구한 네덜란드 중국학자 이드마 교수는 비숍을 통박한다. 그는 중국소설이 "혼돈처럼 보이는 인간 경험을 묘사하고 그

속에 존재하는 패턴을 감지하고자 하는, 서구와는 다르지만 똑같이 창조적인 일련의 독립적인 시도"라며 "전혀 다른 전통 속에서 배태된 서구소설 법칙에 맞춰 중국소설이 평가될 이유가 없다"고 단언한다.

이드마 "비숍이 말하는 건 서구적 잣대"

이드마는 나아가 종래 서구소설 관점에서 본 '중국소설에 대한 부정적 평가'를 오히려 중국소설의 전통적인 특질을 설명하기보다는 서구소설의 한계를 설명하는 데 더 유용한 것이라고 파악한다. 그가 말하고자 하는 바는 '서구 방식이 예술작품을 창작하는 유일한 길이고, 그것만이 인간존재에 의미 있는 일이라고 말할 수 없다'는 사실이다.

이 논전論戰은 많은 것을 시사한다. 서구적 관점에서는 비숍이 옳을지 모르나 그것을 다른 전통과 맥락을 지닌 중국소설을 평가하는 기준으로 삼는다는 건 사실 어불성설이다. 비숍은 '서구적 시각으로 동양을 분석하고 요리하는' 오리엔탈리즘에 충실했던 구미인이라고 할 수 있다. 이드마가 펼치는 반론이 가슴에 더 와닿는 건 그래서다.

〈수호전〉, 특히 〈제오재자서〉 70회본은 17세기부터 동아시아를 풍미했다. 강력한 통치체제 및 유가사상 아래에서 '질식할 것 같았던' 독서계에 새 바람을 불러일으켰다. 역사를 왜곡하고 도적질을 부추긴다는 반론이 많았으나, 패관소설稗官小說·민간에서 떠도는 이야기를 주제로 한 소설을 인정하는 이들은 〈수호전〉에 나타난 기상과 문장을 높이 평가했다.

조선 선비 유만주는 "4대 기서 중에서 이 책만큼 통쾌하고 시원스러운 것이 없다. 대개 충의와 관련된 사람이라면 그를 돕고 보존하며, 조금이라 도 간탐奸食·간사하고 탐욕스러움과 관련된 사람이라면 바로 꾸짖고 죽여버리니, 눈앞에 가득한 불의가 해결돼 환희가 일어난다. 〈수호전〉은 실로 '말세의 실록'이자 '열혈인의 심결心訣'"이라고 찬탄했다.

말세의 실록, 열혈인의 심결心訣

'말세의 실록'이란 경화硬化된 유교체제를 뒤엎을 진정한 이야기라는 말 이고, '열혈인의 심결'이란 가슴 가득 뜨거운 피를 담고 있는 이들이 깊이 간직해야 할 계명誡名이라는 뜻이다.

그런가 하면 〈수호전〉에 담긴 우의寓意는 이렇게 설명되기도 한다.

"부랑아적 본성을 지닌 108호한들이 부패한 사회환경에 부딪혀 여러 가 지 비행을 거듭하다가 양산에 오른 후 도덕적 변모를 겪고 새로운 인간성 을 보여주는 데 있다. 수호 작자는 정치 사회악을 강조하면서도 호한들을 그 피해자로 그리지 않았다."

소설이 선악을 선명하게 대비시킨 단순 구조가 아니라는 말이다. 호한 들은 '관핍민반'이란 흐름에 따라 양산박에 오르고 '체천행도'란 그럴듯한 구호를 내세우지만, 여기엔 비할 바 없는 야만과 폭력이 동시에 깃들어 있 었다. 때문에 "양산박 호한들은 비록 부자에게서 재물을 빼앗으나 반드시 가난한 자를 구제하는 것은 아니고, 포악한 자를 제거한다 하면서도 때로 양민을 죽인다"는 지적은 옳은 말이다.

〈수호전〉은 백화소설이라고는 하나 한문 소설이다. 뜻과 흐름은 한글 번역문을 통해서도 충분히 이해할 수 있지만 원문이 아니고서는 성탄과 수많은 문인들이 그토록 찬탄했던 '문장미文章美'를 제대로 접할 수 없다. 문 득 한문을 자유자재로 구사하던 선인들이 부러워진다.

뒷이야기 하나. 눈 밝은 독자들은 알겠지만 〈수호전〉에는 영구미제(?) 사건이 셋 있다. 첫째 소설 첫머리에 등장하는 80만 금군교두 왕진이 어디 로 갔는가 하는 것이다. 관군에게 쫓겨 위주로 간 사진이 왕진을 찾기는 하나, 행방은 오리무중이다. 작자는 더 이상 가타부타 설명을 하지 않는다. 사진 또한 연락이 닿았는지, 혹은 포기했는지 아무런 언급이 없다.

둘째 축가장을 이끌던 무술사범 철봉鐵棒 난정옥이 어떻게 죽었는지 알 길이 없다. 양산박군과 축가장이 마지막 격렬한 전투를 치른 후 송강이 "난정옥 같은 호걸을 죽인 게 애석하구나!" 하고 한마디 하는 게 전부다. 원래 난정옥은 만 명이 대적하지 못할 무용武勇을 지니고 있는 것으로 소개 됐는데, 죽음에 이르는 과정이 생략된 건 미스터리다.

셋째 장청 내외가 십자파에서 죽인 두타頭陀가 어떤 사람인지 소설은 알 려주지 않는다. 손이랑이 "두타가 남긴 계도가 밤마다 소리를 낸다"며 신비 감을 조성하고, 이 두타 덕분에 무송이 무사히 사지를 탈출했음에도 이러 쿵저러쿵 당사자를 설명하는 이야기는 없다.

사실 이 부분 또한 성탄이 예리하게 포착한 것이다. 그는 인재가 극히 성대한 곳에 이를 때마다 한 사람씩을 빠트려 '그물로 거둔 밖에도' 이채로 운 기인이 있음을 증명한다. 사실 성탄은 지은이가 이 세 가지 화두(?)로 독자들을 놀려먹었다고 분석한다.

참고도서

단행본   최영해 역, <수호전>, 정음사

방영학·송도진 역, <수호전>, 글항아리

연변대학 수호전 번역조 역, <신역(新譯) 수호지>, 청년사

<장자(莊子)>

<사기(史記)>

이혜순 저, <수호전 연구>, 정음사

이중톈 저/심규호 역, <제국을 말하다>, 에버리치홀딩스

이중톈 저/심규호 역, <사람을 말하다>, 중앙북스(주)

이중톈 저/심규호 역, <국가를 말하다>, 라의눈

이중톈 저/홍광훈 역, <중국의 남자와 여자>, 법인문화사

첸푸칭 저/오수형 역, <중국 우언(寓言) 문학사>, 소나무

첸푸칭 저/윤주필 역, <세계의 우언과 알레고리>, 지식산업사

박지원 저/편집위원 설중환, <열하일기>, 소담

신동준 저, <난세의 인문학>, 이담

진정 저/김효민 역, <중국과거문화사>, 동아시아

사네요시 다쓰오 저/이정환 역, <무서워서 읽을 수 없는 수호전>, 이야기

류짜이푸 저/임태홍·한순자 역, <쌍전(雙傳)>, 글항아리

정재서 저, <동양적인 것의 슬픔>, 살림

진보량 저/이치수 역, <중국유맹사(中國流氓史)>, 아카넷

우쓰 저/도희진 역, <잠재규칙>, 황매

안경환 저, <법과 문학 사이>, 까치

위치우이 저/유소영·심규호 역, <천년의 정원>, 미래M&B

위치우이 저/심규호·유소영 역, <중화를 찾아서>, 미래인

이중생 저/임채우 역, <언어의 금기(禁忌)로 읽는 중국문화>, 동과서

미야자키 이치사다 저/차혜원 역, <중국사의 대가, 수호전을 역사로 읽다>, 푸른역사

진산 저/강봉구 역, <중국무협사(中國武俠史)>, 동문선

신동주 역, <무경십서(武經十書)>, 역사의 아침

곽말약 저/임효섭·황선재 역, <이백과 두보>, 까치

리궈원 저/김세영 역, <중국 문인의 비정상적인 죽음>, 에버리치 홀딩스

에릭 홉스봄 저/김동택·김정한·정철수 역, <저항과 반역 그리고 재즈>, 영림카디널

이종호 저, <조선의 문인이 걸어온 길>, 한길사

히야마 히사오 저/정선태 역, <루쉰과 소세키, 동양적 근대의 창출>, 소명출판

유엽추 저/김장환 역, <중국역대필기>, 신서원

모옌 저/이욱연 역, <인생은 고달파>, 창비

미야자키 이치사다 저/중국사연구회 역, <중국의 시험지옥-과거>, 청년사

논문   이승수, 「동아시아 문학사의 전통 반유(反儒) 일고 -김성탄 수호전 송강 평을 중심으로-」

이승수, 「수호전 서사의 전환 하나, 황니강 사건과 삼완(三阮)의 등장 -김성탄의 비평
        을 중심으로-」

이승수, 「수호전 무송 평에 나타난 김성탄의 비평의식 -무십회(武十回)를 중심으로-」

이승수, 「수호전 임충 서사의 김성탄 독법」

이승수, 「흑선풍 이규의 인물 형상과 서사 기능 -김성탄 비평의 관점에서-」

이승수, 「김성탄 소설독법의 실제 -수호전 초반 노달 서사 비평을 중심으로-」

곽정식, 「활자본 고소설의 '수호전' 수용 양상과 그 소설사적 의의」

박영종, 「협객의 충의와 유가적 충의의 충돌에서 바라본 수호전의 비극성」

조관희, 「수호전 인론(引論)」

유승현, 「수호전 연쇄살인의 도덕과 허구 미학」

유춘동, 「수호전 관련기록에 대한 연구」

유춘동, 「수호전의 국내 수용 양상과 한글 번역본 연구」

신상필, 「삼국지와 수호전을 다시 읽는다」

정옥근, 「1949년 이후부터 문화대혁명 전까지의 수호전에 관한 비평」

김하라, 「유만주의 수호전 독법」

한국한문학회 2011년도 추계학술회의, 「한국·중국의 문학적 교섭 양상」

김정옥, 「수호전 언어예술연구」

하명순, 「김성탄의 수호전·서상기 감상비평 연구」

강석열, 「수호전 인물연구」

김태미, 「수호전의 송강연구 -송강의 지도력과 양산박 운명과의 상관관계를 중심으로-」

이개석, 「원말 수호전의 성립과 송원사회(宋元社會)」

김효민, 「수호전 구조의 특징에 대한 고찰」

박재희, 「수호전에 나타난 여성형상 연구」

최정연, 「수호전의 역사적 이해」

이문혁, 「김성탄의 수호전 비평과 소설론」

강계철, 「원잡극수호희연구종술(元雜劇水湖戱硏究綜述)」

조동원, 「수호은자론(水滸銀子論)」

기타   <신동아> 2012년 2월호 세계지도자와 술 ⑪ 무송과 관우가 마신 술 황주(黃酒)

블로그 <중국, 북경, 장안가에서>